古典文獻研究輯刊

二九編

第2冊

從《三言》、《二拍》論「癡情女子負心漢」的
範式情節（上）

陳琪盈 著

國家圖書館出版品預行編目資料

從《三言》、《二拍》論「癡情女子負心漢」的範式情節（上）
／陳琪盈 著 -- 初版 -- 新北市：花木蘭文化事業有限公司，
2024〔民 113 〕
目 8+158 面；19×26 公分
（古典文學研究輯刊 二九編；第 2 冊）
ISBN 978-626-344-552-9（精裝）
1.CST：（明）馮夢龍 2.CST：（明）凌濛初 3.CST：話本
4.CST：明代小說 5.CST：文學評論
820.8   112022452

ISBN-978-626-344-552-9

古典文學研究輯刊
二九編 第 二 冊   ISBN：978-626-344-552-9

從《三言》、《二拍》論「癡情女子負心漢」的 範式情節（上）

作　者　陳琪盈
總 編 輯　杜潔祥
副總編輯　楊嘉樂
編輯主任　許郁翎
編　輯　潘玟靜、蔡正宣　美術編輯　陳逸婷
出　版　花木蘭文化事業有限公司
發 行 人　高小娟
聯絡地址　235 新北市中和區中安街七二號十三樓
　　　　　電話：02-2923-1455／傳真：02-2923-1452
網　址　http://www.huamulan.tw 信箱 service@huamulans.com
印　刷　普羅文化出版廣告事業
初　版　2024 年 3 月
定　價　二九編 21 冊（精裝）新台幣 56,000 元　　版權所有‧請勿翻印

從《三言》、《二拍》論「癡情女子負心漢」的
範式情節（上）

陳琪盈　著

作者簡介

陳琪盈，1997 年生，臺中人。輔仁大學中文系學士，中興大學中文系碩士畢業。現職為原住民語言推廣研發。

提　　要

　　關於《三言》、《二拍》的研究中，常個別討論負心漢、癡情女子，少有綜合論述「癡情女子負心漢」。本文透過前人研究成果，以及文本情節考察，討論人物在故事中所展現的人格特質、負心動機、被負心後的心路歷程等，注意到人物不只具有推演情節的功用，也能透過他們的行為，體現社會風情、禮制影響以及編者在編寫故事時的期許。

　　本文集結前人成果以釐清相關議題的研究現況，並為「負心漢」、「癡情女」釋名釋義；再從敘事手法剖析文本的典範式情節安排、敘事藝術以及聚散結構；觀察文本中人物面對負心的心境，並以對照的角度論述「負心女」文本，比較出負心女與負心漢的不同，最後分析編者在這類範式情節所透顯的編寫意圖及諭世意義。

　　男女對於「負心」有不同的價值觀展現：男性多重視自身利益；女性多注重精神上的感受。癡情女遭受離棄時，多數能表現出堅強獨立的樣子，只是在女性精神初嶄露頭角時，又常因傳統制度、禮教而故步自封。

　　而馮夢龍、凌濛初編改《三言》、《二拍》，懷有強烈「教化」目的，希望藉由通俗故事的傳遞，使讀者在閱讀間潛移默化。因而「癡情女子負心漢」文本也蘊藏著他們的寄託，盼望透過文本傳遞出正向意義，散播在市井中，移風易俗，端正社會歪風。

誌謝辭

　　回首撰寫論文的過程，在工作與學業間奔波，每天都要規劃進度，要求自己按部就班。有時疲憊至極，想放棄的時候，總會感受到溫暖，一下子又有力量支持自己堅持下去。

　　我確定指導老師的時間比別人還晚一點，在那之前常倍感焦慮，又因為遲遲無法決定研究領域而身陷自我懷疑中。不斷調整心情後，才在一次次的課間小論中找到研究課題。真的很感謝淑貞老師，因為您的溫柔與引導，我才逐漸重拾信心，並且很快找到撰寫論文的狀態。在對談間我總是感慨自己的幸運，若非老師您的嚴謹治學與諄諄善誘，這本論文恐怕沒辦法如期完成。

　　同時，也十分感激口試委員徐志平老師以及謝明勳老師，針對我的不足之處給予寶貴意見，並提供我修正方向。再次感謝老師們在百忙之中閱讀完我的論文，並不厭其煩地找出瑕疵處，使我的論文能更趨完備。

　　感謝常為我加油打氣的朋友：瑞玲、奕璇、奕涵、詠殷；感謝我的室友美如、玥彤，常聽我傾訴半工半讀的負面情緒，以及兩隻可愛療癒的貓咪泥泥、哈克，讓我疲憊時可以藉由吸貓來充電。也感謝我的母親、妹妹，讓我傾訴負面情緒，接受我在求學過程時偶有的暴躁、焦慮，妳們的支持是最難能可貴的。

　　最後感謝麗雯助教在提交口試的過程中給予幫助，也很慶幸在碩班結識了許多體貼、溫柔的同窗。

　　為學之路艱辛孤獨，但我一路上所感受到的溫暖不假，希望有一天我也能將這份溫情傳遞出去。

陳琪盈謹誌　2023 年 7 月

目

次

上 冊

誌謝辭

第一章 緒 論 ……………………………………… 1

　第一節 研究動機與目的 ……………………… 1

　第二節 前行研究成果檢視 …………………… 3

　　一、專書 …………………………………… 4

　　二、學位論文 ……………………………… 9

　第三節 研究範圍、方法與進路 ……………… 26

　　一、研究範圍 ……………………………… 26

　　二、研究方法 ……………………………… 29

　　三、研究進路與架構 ……………………… 30

　　四、癡情女、負心漢的釋名與釋義 ……… 32

第二章 「癡情女子負心漢」擬話本敘事範型 …… 35

　第一節 「癡情女子負心漢」擬話本體例形式 …… 35

　　一、入話、頭回：引發閱讀，使故事更具
　　　　張力 …………………………………… 38

　　二、詩詞引證：強化教化意識 …………… 42

　　三、正話：開展多元故事 ………………… 46

第二節　「癡情女子負心漢」敘事手法…………… 49
　　一、視角的移動與變化…………… 50
　　二、敘述接受者：聽眾、讀者…………… 56
　　三、干預敘述者：說書人…………… 60
第三節　「癡情女子負心漢」範式情節：聚散結構
　　…………… 65
　　一、聚合類型…………… 65
　　二、離散類型…………… 69
本章小結…………… 75
第三章　癡情女子面臨負心的處境與應對………… 79
第一節　憑己之力，扭轉劣勢…………… 79
　　一、力挽狂瀾：李鶯鶯…………… 80
　　二、玉石俱焚：王嬌鸞…………… 87
第二節　大勢已定，無力回天…………… 92
　　一、被賣為妾：白玉孃…………… 92
　　二、未婚先孕：陳玉蘭…………… 98
　　三、重視承諾：鄭義娘…………… 101
　　四、遭夫謀害：金玉奴…………… 105
　　五、被夫休離：楊氏…………… 109
　　六、棄若敝屣：張福娘…………… 111
第三節　生既無歡，死又何懼…………… 116
　　一、寧為玉碎：杜十娘…………… 117
　　二、死後復仇：焦文姬、穆廿二娘………… 127
第四節　癡情女子抉擇背後的要素………… 133
　　一、人格特質的展現…………… 134
　　二、家世背景的影響…………… 138
　　三、明代社會的複雜…………… 142
　　四、統攝干涉的因素…………… 146
本章小結…………… 153

下　冊
第四章　負心漢離棄癡情女子的模式………… 157
第一節　被迫負心，大有不捨…………… 158

一、懼怕父輩：阮三郎（前世）、張浩、李甲
　　…………………………………………………………… 158
二、家人施壓：孫姓兒子 ………………… 176
第二節　初時不願，後忘前約 ………………… 179
一、誓不再娶，後出爾反爾：韓思厚 ……… 180
二、抗拒婚配，後貪財慕色：周廷章、
　　滿少卿 ………………………………… 187
三、表明不捨，後不管不顧：朱遜 ……… 199
第三節　不識真情，猜疑枕邊人 ………… 202
一、以己度人：程萬里 ………………… 203
二、先入為主：皇甫松 ………………… 208
三、無端疑忌：東廊僧（前世） ……… 213
第四節　自私薄倖，罔顧癡情女 ………… 217
一、薄情寡義：莫稽 …………………… 217
二、騙財騙色：楊川 …………………… 223
本章小結 ………………………………… 226
第五章　負心漢的對照：負心女故事 …… 229
第一節　女子負心的情節與模式 ………… 229
一、被人誘騙，順水推舟：王三巧、狄氏 … 230
二、發下誓言，最後違背：劉金壇 ……… 246
三、伉儷綢繆，夫死再嫁：陸氏 ……… 249
四、愛情至上，無懼倫理：步非烟 …… 254
五、性欲極強，寂寞難耐：蔣淑真 …… 261
第二節　男女負心之比較 ………………… 265
一、負心因素 …………………………… 266
二、被負心者的結局 …………………… 270
三、說書人評論 ………………………… 274
本章小結 ………………………………… 283
第六章　「癡情女子負心漢」範式情節所透顯的
　　　　意義 ………………………………… 285
第一節　編寫意圖 ………………………… 286
一、勸善教化 …………………………… 286
二、情欲關懷 …………………………… 291

第二節　論世意義 ……………………………… 297

　　一、因果報應，懲惡揚善 ………………… 297

　　二、衝破禮教，追求真情 ………………… 299

　　三、欲望無窮，導正偏失 ………………… 304

　　四、三姑六婆，勿狼狽為奸 ……………… 306

　　五、奸官汙吏，應端正謹慎 ……………… 311

　本章小結 …………………………………… 314

第七章　結　論 ……………………………… 317

徵引書目暨參考文獻 ………………………… 321

表目次

　表 1-1　相關研究成果之專書檢視 ……………… 7

　表 1-2　三言二拍以「形構技巧」為研究方向的
　　　　　學位論文一覽表 ………………………… 10

　表 1-3　三言二拍以「人物」為研究方向的學位
　　　　　論文一覽表 ……………………………… 13

　表 1-4　三言二拍以「主題」為研究方向的學位
　　　　　論文一覽表 ……………………………… 16

　表 1-5　三言二拍以「社會文化」為研究方向的
　　　　　學位論文一覽表 ………………………… 20

　表 1-6　三言二拍以「空間」為研究方向的學位
　　　　　論文一覽表 ……………………………… 21

　表 1-7　以三言二拍與其他作品「比較」為研究
　　　　　方向的學位論文一覽表 ………………… 22

　表 1-8　以三言二拍「評點、教化」為研究方向的
　　　　　學位論文一覽表 ………………………… 23

　表 1-9　「其他」與三言二拍相關研究的學位論文
　　　　　一覽表 …………………………………… 23

　表 1-10　以「負心」為研究方向的學位論文一覽表
　　　　　 ………………………………………… 24

　表 2-1　《三言》、《二拍》「入話、頭回」使用狀況
　　　　　一覽表 …………………………………… 40

　表 2-2　《三言》、《二拍》「癡情女子負心漢」及
　　　　　「負心女」文本的入話、頭回狀況一覽表
　　　　　 ………………………………………… 41

表 2-3 〈白玉孃忍苦成夫〉情節推移與人物視角
　　　變化表 …………………………………………… 53

表 2-4 〈宿香亭張浩遇鶯鶯〉人物視角變化表 ……… 53

表 2-5 〈王嬌鸞百年長恨〉人物視角變化表 ……… 54

表 2-6 〈滿少卿飢附飽颺　焦文姬生仇死報〉
　　　人物視角變化表 ………………………………… 55

表 2-7 三言二拍「癡情女子負心漢」文本視角
　　　變化模式………………………………………… 56

表 3-1 李鶯鶯人格魅力一覽表………………………… 84

表 3-2 〈宿香亭張生遇鶯鶯〉、〈鶯鶯傳〉、
　　　〈西廂記〉三個版本的鶯鶯比較 ……………… 85

表 3-3 李鶯鶯面對負心情節之事件表……………… 86

表 3-4 王嬌鸞面對負心情節之事件表……………… 91

表 3-5 白玉孃面對負心情節之事件表……………… 97

表 3-6 陳玉蘭面對負心情節之事件表……………… 101

表 3-7 鄭義娘面對負心情節之事件表……………… 105

表 3-8 金玉奴面對負心情節之事件表……………… 109

表 3-9 楊氏面對負心情節之事件表……………… 111

表 3-10 張福娘的盼望變動與情節一覽表……………… 113

表 3-11 張福娘面對負心情節之事件表……………… 114

表 3-12 杜十娘面對負心情節之事件表……………… 126

表 3-13 焦文姬面對負心情節之事件表……………… 129

表 3-14 穆廿二娘面對負心情節之事件表……… 131

表 3-15 癡情女子人格特質與憑依重心一覽表…… 137

表 3-16 李鶯鶯與王嬌鸞人物比較一覽表………… 138

表 3-17 李鶯鶯與王嬌鸞行為比較一覽表………… 139

表 3-18 「癡情女子負心漢」癡情女做抉擇背後的
　　　外在因素一覽表 ………………………………… 152

表 4-1 阮三郎（前世）負心情節一覽表……… 164

表 4-2 張浩負心情節一覽表……………… 169

表 4-3 李甲軟弱事件一覽表……………… 173

表 4-4 李甲負心情節一覽表……………… 176

表 4-5 孫姓兒子負心情節一覽表……… 179

表 4-6 韓思厚負心情節一覽表……… 186

表 4-7　周廷章負心情節一覽表……………… 191

表 4-8　滿少卿負心情節一覽表……………… 199

表 4-9　朱遜負心情節一覽表………………… 201

表 4-10　程萬里負心情節一覽表……………… 208

表 4-11　皇甫松負心情節一覽表……………… 213

表 4-12　東廊僧（前世）負心情節一覽表…… 216

表 4-13　莫稽負心情節一覽表………………… 223

表 4-14　楊川負心情節一覽表………………… 225

表 5-1　〈蔣興哥重會珍珠衫〉人物善、惡報
　　　　一覽表………………………………… 238

表 5-2　狄氏故事各版本異同………………… 244

表 5-3　王三巧與狄氏行為異同表…………… 246

表 5-4　王三巧與狄氏異同一覽表…………… 277

表 5-5　說書人對負心漢評論的類型一覽表… 282

圖目次

圖 1-1　臺灣「三言二拍」學位論文分類結構圖… 10

圖 1-2　研究範圍層次結構圖………………… 28

圖 2-1　故事層內外之敘述者與敘述接受者… 57

圖 2-2　真實作者、隱含作者、敘事者間的先後
　　　　構成關係……………………………… 58

圖 2-3　真實作者、隱含作者、敘述者三方關係圖
　　　　……………………………………… 59

圖 2-4　真實讀者、敘述接受者、隱含讀者三方
　　　　關係圖………………………………… 60

圖 2-5　干預與插話關係圖…………………… 63

圖 2-6　〈金玉奴棒打薄情郎〉聚散結構圖… 66

圖 2-7　〈簡帖僧巧騙皇甫妻〉聚散結構圖… 67

圖 2-8　〈宿香亭張浩遇鶯鶯〉聚散結構圖… 68

圖 2-9　〈白玉孃忍苦成夫〉聚散結構圖…… 68

圖 2-10　〈閑雲庵阮三償冤債〉聚散結構圖… 70

圖 2-11　〈楊思溫燕山逢故人〉聚散結構圖… 70

圖 2-12　杜十娘怒沉百寶箱聚散結構圖……… 71

圖 2-13　〈王嬌鸞百年長恨〉頭回聚散結構圖… 72

圖 2-14　〈王嬌鸞百年長恨〉正話聚散結構圖‥‥‥‥ 73

圖 2-15　〈滿少卿飢附飽颺　焦文姬生仇死報〉
　　　　　正話聚散結構圖 ‥‥‥‥‥‥‥‥‥‥‥ 74

圖 2-16　〈張福娘一心貞守　朱天賜萬里符名〉
　　　　　聚散結構圖 ‥‥‥‥‥‥‥‥‥‥‥‥‥ 74

圖 2-17　第二章結構圖 ‥‥‥‥‥‥‥‥‥‥‥‥‥ 77

圖 3-1　　第三章結構圖‥‥‥‥‥‥‥‥‥‥‥‥ 155

圖 4-1　　韓思厚承諾分析圖‥‥‥‥‥‥‥‥‥‥ 186

圖 4-2　　第四章結構圖‥‥‥‥‥‥‥‥‥‥‥‥ 227

圖 5-1　　三言二拍中男性的負心因素圖‥‥‥‥‥ 268

圖 5-2　　三言二拍中女性的負心因素圖‥‥‥‥‥ 270

圖 5-3　　被負心女背叛之人的反應‥‥‥‥‥‥‥ 272

圖 5-4　　被負心漢背叛之人的反應‥‥‥‥‥‥‥ 273

圖 5-5　　步非烟與蔣淑真在情欲中的定位‥‥‥‥ 280

圖 5-6　　說書人對負心人的評論‥‥‥‥‥‥‥‥ 283

圖 5-7　　第五章結構圖‥‥‥‥‥‥‥‥‥‥‥‥ 284

圖 6-1　　負心人之人性偏失圖‥‥‥‥‥‥‥‥‥ 306

圖 6-2　　第六章結構圖‥‥‥‥‥‥‥‥‥‥‥‥ 316

第一章　緒　論

在《三言》、《二拍》中可以看到關於「癡情女子負心漢」的文本，這些故事不僅展現了負心之人的可恨之處，還反映了市井百姓對於愛情的渴求、貞節觀的態度，也有的從各種人物的形象塑造中，展現了寫實的人性。

無論是癡情女子、負心漢，還是重要的配角，他們都出於不同的原因做出選擇，因而帶給讀者多元的結局體驗。在這之間，故事所能帶給人們的並不僅僅只是閱讀娛樂，還蘊藏著編者的思考與創作理念，那才是敘述人物各種悲歡離合之下，所想要傳遞給讀者的珍貴訊息。

透過「癡情女子負心漢」文本考察，可以發現這些人物在類似的情節中，往往會因為各種考量而做出截然不同的決定，而他們為什麼在相似的流轉中展現出不一樣的光彩？編者隱身於說書人背後，引導讀者領略這些故事的目的又是為何？

第一節　研究動機與目的

碩一時課堂小論研究了〈杜十娘怒沉百寶箱〉之百寶箱，分析關鍵物在故事中的指涉、隱含意義，以及敘事手段。過程裡，不禁對李甲的背叛、杜十娘的真誠、孫富的挑撥離間感到好奇，因而閱讀完《三言》、《二拍》，發現這類「癡情女子負心漢」的情節並不算少見，甚至也有負心女的人物形象，體現出了負心之人得到果報這類含有警世意味的設計。

只是，在類似故事中，人物又往往有不一樣的魅力，癡情女更是在面臨負心處境時表現出不同的應對態度，使自己走向截然不同的結局（如死亡、迎接

新生活、忍苦生存）。而負心漢雖然選擇拋棄癡情女，但他們背叛的原因不盡
相同，有的天生薄倖，有的出於利益，也有的是性情懦弱，不敢違抗長輩命令，
更有的是因為生性多疑，無法信任癡情女，或對癡情女施以暴力；負心女同樣
也是在各類原因中選擇了背叛婚姻，其中又與情欲、寂寞脫不了關係。負心漢
的壞有著層次上的漸進，而負心女的壞卻多是精神層面上的匱乏，同樣都是
「負心」，卻不能相提並論，因此啟發了筆者探究《三言》、《二拍》中「癡情
女子負心漢」文本的發想。

　　人們似乎更津津樂道於「才子佳人」的愛情故事，被俊男美女的遇合深
受感動，也佩服他們為了相愛相守而通過層層考驗。但回歸到現實社會中，
不難否認愛情總有缺陷處，並不是所有的愛情都能夠圓滿，也不是所有相遇
都是值得且有意義的。「癡情女子負心漢」便是這樣的結構，它是帶有遺憾性
質的悲劇故事，而何以負心漢背叛愛情、婚姻？癡情女子「癡心」背後的選
擇是個人意志，還是時代所致？筆者認為《三言》、《二拍》是晚明面向百姓
的通俗作品，在有廣大讀者群的情況下，編者擇取這類負心題材加以刪修、
改寫，使用淺白文字，既方便讀者閱讀吸收，也能打開作品的流傳度，使之
快速在人群間「出名」，讓人們茶餘飯後都能談論。從《三言》、《二拍》簡單
易懂的文字、膾炙人口的故事情節入手，或許能從中觀察出編寫者想要傳遞
給百姓的理念，以及相當程度呈現出平民對癡情女與負心漢的看法，讓後世
讀者能夠明白，編寫者所在的時代中，人們是如何看待負心行為的。

　　在現有的專書、論文中，對於「癡情女子負心漢」的分析較小範圍，常專
注、鎖定在某些角色身上，講述他們的人物特性、形象塑造，或解構負心漢負
心的原因，卻少有綜合比較這些人物異同的論述；也較少探究癡情女子悲苦的
命運背後，有著什麼樣堅強的靈魂。另外，除了負心漢的文本外，也有些負心
女的故事，她們負心的情況與負心漢又有什麼不同？其負心的理由與負心漢
的性質是一樣的嗎？這些都是較少被研究討論的。

　　因此筆者著眼於《三言》、《二拍》中「癡情女子負心漢」的文本情節設
定、敘事方式、人物塑造，期許本論文能展示出這些角色的異同，以及背後
可能蘊藏的編者目的、社會風氣，並釐清這類文本是否有呼籲人們對「情」
加以重視，並在善惡、倫理上呈現出教化作用。據此，本論文將以「癡情女
子負心漢」文本來審視《三言》、《二拍》在此類情節推展上；人物塑造上；
主題表現上有什麼樣的作用與意義。以下茲分別說明本論文之研究目的：

　　一、「癡情女子負心漢」擬話本敘事範型：在這類講述負心、癡情的擬話本故事中，有著較統一的敘事範型，先了解文本在這些部份上的異同，如體例上都會有的入話頭回、詩詞引證等；在敘事上則透過視角的移動與變化、敘述接受者、干預敘述者，來了解擬話本常見的敘事技巧；最後則是根據文本的情節推演分類出「聚合類型」與「離散類型」的聚散結構，發現即便是相似的情節結構設計，仍然會走出截然不同的結局。

　　二、探究癡情女子面臨負心的處境與應對：細觀文本，發現這些故事中，被負心的癡情女子們會各自展開不一樣的旅程，有的決定獨力拉拔孩子長大，也有的堅定從一而終，用死亡來明志。這些女性各自做出不同選擇的原因會是什麼？筆者將一一抽絲剝繭。

　　三、觀察負心漢離棄癡情女的模式：負心漢出於各種考量而拋棄癡情女，他們背叛愛情的原因，從文本內容可以注意到，有的是受外在因素而不得不負心，有的是生性涼薄，相比起愛情，又更自私利己，因此與癡情女的感情可以輕易捨棄。筆者將在此章節整理負心漢離棄癡情女的方式有哪些，並綜合比較他們拋棄癡情女的模式之異同。

　　四、探討負心漢的對照──負心女故事：除了「負心漢」之外，也有文本的負心之人為女性。拿這些故事與「癡情女子負心漢」比較，可以注意到負心漢多數以利益、前途為考量，或不敢違抗長輩指定的婚配而拋棄癡情女。負心女則多是獨守空閨或是有物欲上的渴望，導致被有心人士設計誘騙。也有的呈現了重視情欲的女性形象，並批判這種女性自取滅亡的原因多是「水性」使然。更有的展現了女子對真愛的渴求，縱使背叛婚姻是違背倫理道德的，但說書人仍然表現了對女子的同情、惋惜，呈現出理解女子追求愛情的積極，但違背禮制仍然會受到懲罰的教化模式。筆者試分析，在同樣是負心的題材上，編者在男性、女性之間是否有不同的輕重敘寫。

　　五、探索「癡情女子負心漢」範式情節所透顯的意義：編者馮夢龍、凌濛初選擇改編、收錄這些故事到《三言》、《二拍》是否有什麼樣的思想觀念？又或者寄託了什麼樣的欲求？筆者將討論在文本的層層包裝之下，所蘊含著的編者的編寫意圖與諭世意義。

第二節　前行研究成果檢視

　　爬梳目前研究「癡情女子負心漢」議題的專書及碩博士論文，發現研究

方向大多焦點於「人物」、「主題」、「敘事」等，或是注重在幾個文本間，人物、情節設定上的異同，但通常點到為止，或討論了負心漢，分析其行為，卻沒有論及癡情女。本論文希望可以更加全面了解《三言》、《二拍》中關於「癡情女子負心漢」的資料，因此面向較廣闊多元，囊括人物、主題、文類、敘事技巧、社會文化等相關研究、專書等都在研究範圍之列，以下整理有關《三言》、《二拍》「癡情女子負心漢」之相關研究成果：

一、專書

　　提到《三言》、《二拍》，大多會談論的是關於社會環境、狀況，還有編者在其中所呈現的男女關係，而在探討男女關係時，總不免會碰觸到愛情、性、婚姻、貞節觀等議題。閱讀前行研究書目時，也往往不能只閱覽研究「明清擬話本」範疇的書籍，應考量時代的遞嬗下，觀念的轉變、文化的傳承等，在專書這部分，取材範圍不限於「三言二拍」、「明清文學」、「擬話本」，而是較大方向的探討，為接下來論文的撰寫提供豐富的資料以及釐清脈絡。本論文前行研究之專書部分將書籍略分為四類，分別為「負心」、「中國古代社會、生活、價值觀」、「古典小說」、「女性」。

　　「負心」層面的研究，有黃仕忠《落絮望天：負心婚變與古典文學》〔註1〕、《婚變、道德與文學：負心婚變母題研究》〔註2〕，著眼於負心婚變的研究，探究負心人之所以選擇背叛婚姻，背後所傳遞出來的利益考量。

　　「中國古代社會、生活、價值觀」層面的研究，如李春林《大團圓：一種複雜的民族文化意識的映射》〔註3〕點出了中國人的民族意識中，對「大團圓」的複雜追求，而此等意識也體現在戲曲、小說中，這類闔家歡的大團圓結局，似乎也符合中國人在傳統文化、民族風情下所產生的崇尚圓滿的世俗心理；趙洪濤《明末清初江南士人日常生活美學》〔註4〕則探討明末清初江南文人生活的時代背景、人生抉擇，還有起居、飲食、遊山水、讀書賞畫上的介紹，值得一提的是，第六章「自不由人，醒也渾如醉：逛青樓」則探討文人與妓女的關係，而妓女的存在在《三言》、《二拍》故事中也有一定篇

〔註1〕黃仕忠：《落絮望天：負心婚變與古典文學》（上海：文匯出版社，1991）。
〔註2〕黃仕忠：《婚變、道德與文學：負心婚變母題研究》（北京：人民文學出版社，2000）。
〔註3〕李春林：《大團圓：一種複雜的民族文化意識的映射》（北京：國際文化，1988）。
〔註4〕趙洪濤：《明末清初江南士人日常生活美學》（成都：四川大學出版社，2018）。

幅，不容忽視；唐達、嚴建平、趙人俊《文化傳統與婚姻演變：對中國婚姻文化軌跡的探尋》〔註 5〕則討論傳統文化與婚姻演變的軌跡，不能否認傳統習俗、觀念對人們看待婚姻的態度是有相當程度的影響；趙伯陶《市井文化與市民心態》〔註 6〕將先秦、兩宋、明代中後期作為市井文化發展的三大階段，並貫通整個封建時代加以討論；郭興文《中國傳統婚姻風俗》〔註 7〕從中國傳統婚姻的風俗習慣來探討婚齡、婚時、門第觀、貞節觀、天命觀、禁忌觀、審美觀等，能從古代男女成親的過程窺探當時人們的觀念。劉達臨《中國古代性文化》〔註 8〕改變傳統觀念中談性色變，對性存在理解誤區的成分，以簡單易懂的方式，從原始社會的性崇拜、群婚、雜交、性禁忌到私有制社會建立後，統治者的荒淫，性的壓迫與寬鬆，到後來對愛情的頌歌、一夫一妻制的出現，將中國時代由遠至近的性文化按順序講解，幫助讀者明白中國傳統對性的看法，以及之後的變革；顧瑜君等人《中國人的愛情觀：情感與擇偶》〔註 9〕則討論中國人在愛情中「無話可說」的膠著狀態，觀察男女關係從嚴防到兩性自由交往的變革，為中國人的愛情勾勒出一個景象。

以「古典小說」為研究方向的，如周先慎《古典小說鑑賞》〔註 10〕擇取優秀的短篇小說，一篇篇進行分析，充分顯示不同的思想個性和藝術個性，其中還鑑賞了〈蔣興哥重會珍珠衫〉、〈杜十娘怒沉百寶箱〉兩個故事；胡萬川《話本與才子佳人小說之研究》〔註 11〕以及李志宏《明末清初才子佳人小說敘事研究》〔註 12〕，前者探究了話本中才子佳人題材的相關研究，後者則著眼於明末清初才子佳人小說的敘事研究，探查其小說敘事生成及其流行的美學意義、文化價值；郭英德《癡情與幻夢──明清文學隨想錄》〔註 13〕則專精於明清文學的討論，探討此時期文學的因襲創新、老調與新聲、古代與

〔註 5〕唐達、嚴建平、趙人俊：《文化傳統與婚姻演變：對中國婚姻文化軌跡的探尋》（上海：文匯出版社，1991）。

〔註 6〕趙伯陶：《市井文化與市民心態》（武漢：湖北教育出版社，1996）。

〔註 7〕郭興文：《中國傳統婚姻風俗觀念》（西安：陝西人民出版社，2002）。

〔註 8〕劉達臨：《中國古代性文化》（臺北：新雨出版社，1995）。

〔註 9〕顧瑜君等著：《中國人的愛情觀：情感與擇偶》（臺北：張老師月刊出版社，1988）。

〔註 10〕周先慎：《古典小說鑑賞》（北京：北京大學出版社，1992）。

〔註 11〕胡萬川：《話本與才佳人小說之研究》（臺北：臺灣學生書局，1994）。

〔註 12〕李志宏：《明末清初才子佳人小說敘事研究》（臺北：五南圖書出版股份有限公司，2019）。

〔註 13〕郭英德：《癡情與幻夢──明清文學隨想錄》（臺北：錦繡出版，1992）。

近代的交織、出世與入世的玄想，其中也包含仁人烈女、才子佳人的議題，將「風流才子」、「癡情的深化」、「無才不美」等文學作品中出現的狀況加以分析；宋若云《逡巡於雅俗之間：明末清初擬話本研究》〔註14〕則探究明末清初擬話本的概念、詮釋、敘事研究、價值評價，並以卡里斯馬類型去看商人、女性形象；康正果《重審風月鑑：性與中國古典文學》〔註15〕則從風月鑑說到性文學，討論紅顏禍水、偷情、男色、淫書等議題；何滿子、李時人主編：《明清小說鑑賞辭典》〔註16〕收集了明清時期的小說內容，包含評析、書籍介紹、作者介紹，對於想一次閱覽明清時期小說的讀者而言是一大福音；王鴻泰《三言二拍的精神史研究》〔註17〕則探究《三言》、《二拍》在命運觀、人生觀、情感世界、人格形象、生命歸向等方面的表現；陳永正《市井風情——三言二拍的世界》〔註18〕針對《三言》、《二拍》各種議題探討，如皇帝喜怒、詩人命運、商人的運氣、殉情的女性、對和尚尼姑的嘲弄等等，能見隱藏在文本中待研究的問題；楊義主編的《中國文史經典講堂・三言選評》〔註19〕與《中國文史經典講堂・二拍選評》〔註20〕則挑選《三言》、《二拍》中較廣為人知的文本如〈杜十娘怒沉百寶箱〉、〈滿少卿饑附飽颺　焦文姬生仇死報〉進行註解、評析，幫助人了解故事背後的底蘊；吳禮權《中國言情小說史》〔註21〕按照時代排序，依次介紹言情小說的萌芽、發展成熟、轉捩、鼎盛期，而明清時代則屬於言情小說的鼎盛期。

　　以「女性」為研究方向的：蕭國亮《中國娼妓史》〔註22〕細說中國各時代以來的妓女類型，並介紹妓女制度的變遷，與經濟生活的相關，還有妓女的心態、歸宿等；武舟《中國妓女文化》〔註23〕將妓女的存在作為一種文化現象來加以審視，系統性考察制度的演變以及歷代妓女在生命、文化、經濟等方面的

〔註14〕宋若云《逡巡於雅俗之間：明末清初擬話本研究》（北京：中國社會科學出版社，2006）。
〔註15〕康正果：《重審風月鑑：性與中國古典文學》（臺北：麥田出版，1996）。
〔註16〕何滿子、李時人主編：《明清小說鑑賞辭典》（杭州：浙江古籍出版社，1992）。
〔註17〕王鴻泰：《三言二拍的精神史研究》（臺北：國立臺灣大學出版委員會，1994）。
〔註18〕陳永正：《市井風情——三言二拍的世界》（香港：中華書局香港分局，1988）。
〔註19〕楊義主編：《中國文史經典講堂・三言選評》（香港：三聯書店，2006）。
〔註20〕楊義主編：《中國文史經典講堂・二拍選評》（香港：三聯書店，2006）。
〔註21〕吳禮權：《中國言情小說史》（臺北：臺灣商務印書館股份有限公司，2000）。
〔註22〕蕭國亮：《中國娼妓史》（臺北：文津出版社，1996）。
〔註23〕武舟：《中國妓女文化》（上海：東方出版中心，2006）。

發展、興盛、消亡的過程；鮑家麟：《走出閨閣：中國婦女史研究》〔註24〕展現了中國婦女走出閨閣的各種嘗試，書籍主要從思想上探究、討論中國古代婦女的生活與地位變化，最後還有個案研究，如詳細介紹明末清初的江南才女徐燦等，使讀者對古代社會的婦女在多個方面上有更進一步的認識；衣若蘭《三姑六婆：明代婦女與社會的探索》〔註25〕則針對「三姑六婆」的文學作品形象、真實社會的職業寫照等整理探析；劉詠聰《德・才・色・權——論中國古代女性》〔註26〕透過德、才、色、權四方向切入，探討女性在道統、教化、情色及政治方面的得失經驗，更有助於了解在相應時代中，女性的思考價值觀是如何形成的。

以下用表 1-1 統攝前面所列作者、書名以及研究內容：

表 1-1　相關研究成果之專書檢視

研究類別	作　者	書　名	書籍內容
負心議題	黃仕忠	落絮望天：負心婚變與古典文學	探究負心人之所以選擇背叛婚姻，背後所傳遞出來的利益考量。
		婚變、道德與文學：負心婚變母題研究	
中國古代社會、生活、價值觀	李春林	大團圓：一種複雜的民族文化意識的映射	點出中國人的民族意識中，對「大團圓」的複雜追求
	趙洪濤	明末清初江南士人日常生活美學	探討明末清初江南文人生活的時代背景、人生抉擇，還有起居、飲食、遊山水、讀書賞畫上的介紹
	唐達 嚴建平 趙人俊	文化傳統與婚姻演變：對中國婚姻文化軌跡的探尋	討論傳統文化與婚姻演變的軌跡，發現傳統行俗、觀念的變化會影響人們看待婚姻的態度
	趙伯陶	市井文化與市民心態	從先秦、兩宋、明代中後期作為市井文化發展的三大階段，貫通整個封建時代加以討論
	郭興文	中國傳統婚姻風俗	從中國傳統婚姻的風俗習慣來探討當時人們在男女成親上的觀念、原則、禁忌

〔註24〕鮑家麟：《走出閨閣：中國婦女史研究》（上海：上海世界書局，2020）。
〔註25〕衣若蘭：《三姑六婆：明代婦女與社會的探索》（臺北：稻鄉出版社，2002）。
〔註26〕劉詠聰：《德・才・色・權——論中國古代女性》（臺北：麥田出版股份有限公司，1998）。

	劉達臨	中國古代性文化	改變傳統觀念中談性色變的風氣，將中國時代由遠至近的性文化按順序講解
	顧瑜君等人	中國人的愛情觀：情感與擇偶	討論中國人在愛情中「無話可說」的膠著狀態，觀察男女關係從嚴防到兩性自由交往的變革
古典小說	周先慎	古典小說鑑賞	鑑賞了〈蔣興哥重會珍珠衫〉、〈杜十娘怒沉百寶箱〉兩個故事
	胡萬川	話本與才子佳人小說之研究	探究話本中才子佳人題材的相關研究
	李志宏	明末清初才子佳人小說敘事研究	著眼於明末清初才子佳人小說的敘事研究
	郭英德	癡情與幻夢——明清文學隨想錄	探討明清時期文學的因襲創新、老調與新聲、古代與近代的交織、出世與入世的玄想，並將「風流才子」、「癡情的深化」、「無才不美」等文學作品中出現的狀況加以分析
	宋若云	逡巡於雅俗之間：明末清初擬話本研究	探究明末清初擬話本的概念、詮釋、敘事研究、價值評價，並以卡里斯馬形象類型去看商人、女性形象
	康正果	重審風月鑑：性與中國古典文學	從風月鑑說到性文學，討論紅顏禍水、偷情、男色、淫書等議題
	何滿子李時人主編	明清小說鑒賞辭典	收集明清時期的各類小說，包含評析、書籍介紹、作者介紹
	王鴻泰	三言二拍的精神史研究	探究《三言》、《二拍》在命運觀、人生觀、情感世界、人格形象、生命歸向等方面的表現
	陳永正	市井風情——三言二拍的世界	針對《三言》、《二拍》各種議題探討，能見隱藏在文本中待研究的問題
	楊義主編	中國文史經典講堂・三言選評	挑選《三言》、《二拍》中較廣為人知的文本如〈杜十娘怒沉百寶箱〉、〈滿少卿饑附飽颺　焦文姬生仇死報〉進行註解、評析，幫助人了解故事背後的底蘊
	楊義主編	中國文史經典講堂・二拍選評	
	吳禮權	中國言情小說史	依時代排序，介紹言情小說的萌芽、發展成熟、轉捩、鼎盛期

女性研究	蕭國亮	中國娼妓史	細說中國各時代以來的妓女類型，介紹妓女制度的變遷，還有妓女的心態、歸宿等
	武舟	中國妓女文化史	將妓女作為一種文化現象加以審視，系統性考察制度的演變以及歷代妓女在生命、文化、經濟等方面的發展過程。
	衣若蘭	三姑六婆：明代婦女與社會的探索	針對「三姑六婆」的文學作品形象、真實社會的職業寫照等整理探析
	劉詠聰	德·才·色·權——論中國古代女性	透過德、才、色、權四方向探討女性在道統、教化、情色及政治方面的得失經驗
	鮑家麟	走出閨閣：中國婦女史研究	展現了中國婦女走出閨閣的各種嘗試，使讀者對古代社會的婦女在多方面上有更進一步的認識

　　從這些專書可以發現，無論是討論《三言》、《二拍》，還是討論性文化、負心婚變、妓女、三姑六婆、市井百姓……這些都是分開研究的，如討論三姑六婆者，較不會去碰觸「才子佳人」、「負心漢」議題；探討「青樓女子」者，則較少篇幅提及名媛閨秀的生活……但在本論文中，希望能夠在《三言》、《二拍》的範圍裡探討負心的始末，以及被負心者的選擇，還有關鍵配角在其中對故事內容、對人物思考所產生的影響與作用。除此之外，社會的思潮、風氣，百姓的接受傾向，是否也是造成「癡情女子負心漢」文本撰寫、編改情節的考量，如結局為「大團圓」的故事走向是否受到民族性影響而產生？

　　上揭之關於「負心」、「中國古代社會、生活、價值觀」、「古典文學」、「女性」之專書，能幫助筆者在前人豐碩的研究成果之下更加了解時代背景、小範圍議題的展現，也更能使本論文在挖掘《三言》、《二拍》中藉由「癡情女子負心漢」所蘊藏的意圖，呈現本論文在學術研究上的承繼價值。

二、學位論文

　　目前臺灣與《三言》、《二拍》議題相關的學位論文約有 129 篇，依研究大方向而言，可以分為「形式」與「內容」兩大類，「形式」則為「形構技巧」，探究《三言》、《二拍》在架構、寫作、敘事技巧上的表現；「內容」則可分為「人物」、「主題」、「社會文化」、「空間」、「比較」、「評點、教化」以及「其他」，共計分成兩大面向八個類別不同的研究方向列表闡述。

　　下圖為筆者對臺灣博碩論文網中以《三言》、《二拍》為研究主體的學位論文，按照不同研究方向所做的分類結構：

圖 1-1　臺灣「三言二拍」學位論文分類結構圖

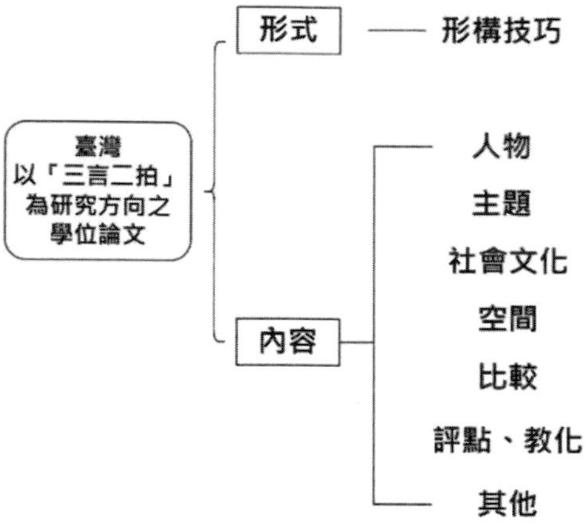

　　「形式」方面主要為「形構技巧」，其中「取材、重寫」這部分有助於本論文在解構文本時，觀察《三言》、《二拍》在收錄、編寫的過程中是否有別出心裁的創作，而在原先的故事所做的刪改又是出於什麼樣的動機？這使筆者分析作者創作目的、諭世意義時有所啟發；「敘事」上則能在本論文探究《三言》、《二拍》行文解構、敘述鋪陳上有進一步的認識。

　　三言二拍中以「形構技巧」為研究方向之狀況如下表：

表 1-2　三言二拍以「形構技巧」為研究方向的學位論文一覽表

細分項目	論文名稱	作者	學校	年度
取材、重寫	「二拍」重寫《夷堅志》故事研究	江昌倫	國立嘉義大學中國文學系碩士論文	2006
	三言改寫六十家小說研究	卓佩瑜	國立臺灣師範大學國文學系碩士論文	2012
	《二拍》取材《太平廣記》篇章重寫的研究	朱峻民	臺北市立教育大學中國語文學系碩士論文	2012
	《三言》重寫《太平廣記》故事之研究	洪明璟	國立臺灣師範大學國文學系碩士論文	2012
	「二拍」取材明末小說之研究	林靜香	銘傳大學應用中國文學系碩士論文	2016

敘事	《二拍》敘事技巧之研究	汪蕙如	東海大學中國文學研究所碩士論文	1994
	細緻與奇巧——「三言」的細節、情節與心理描寫	陳裕鑫	輔仁大學中文系碩士論文	1999
	《三言》之越界研究	吳玉杏	國立政治大學中國文學碩士論文	2002
	《三言》敘事藝術研究	張佩琳	玄奘大學中國語文學系碩士論文	2012
	《三言》寶物敘事之研究	紀玟萍	國立政治大學國文教學碩士論文	2013
	《二拍》敘事研究	李佳穎	玄奘大學中國語文學系碩士論文	2013
	《三言》中的鬧	張佩玲	國立臺灣師範大學國文學系碩士論文	2014
結構、寫作	凌濛初二拍的藝術探析	鄭東補	輔仁大學中國文學系碩士論文	1987
	「關鍵意象」在小說結構中的地位研究——以〔三言〕為觀察文本的探討	林漢彬	南華大學文學研究所碩士論文	2000
	馮夢龍《三言》小說寫作藝術之研究	王珍華	中國文化大學中國文學系博士論文	2007
美學	俗與雅的辯證——馮夢龍三言美學探究	張惠玲	明道大學中國文學系碩士論文	2010
隱喻	馮夢龍《三言》的認知隱喻研究	廖志斌	國立彰化師範大學國文學系碩士論文	2018

（一）針對三言二拍「取材、重寫」之研究成果簡述

　　江昌倫旨在探討《二拍》中重寫《夷堅志》故事的考源，突出《二拍》具有的「文化商品」性質，說明其在晚明話本小說中的特殊性；洪明璟探討《三言》中取材自《太平廣記》的故事內容，進行主要人物、情節、思想上的比較，並運用黃大宏的「重寫」概念進行分析〔註27〕，了解重寫作品與原文本之間的差異；朱峻民則注意到《二拍》對《太平廣記》的相承關係，且凌濛初多在重新撰寫的過程中，加入自己角度思考，並對原題材加以修改，使故事創造出嶄新元，朱以重寫技巧面向來研究，希望透過這種創新性來印

〔註27〕關於「重寫」概念，可見黃大宏：《唐代小說重寫研究》（重慶：重慶出版社，2004）。

證翻譯文學中重寫的定義；卓佩瑜則注意到最早的話本集《六十家小說》有十一篇話本為《三言》改寫，並針對共同文本觀察，從結構、情節、人物進行分析，整理出《三言》整理文本時的取捨觀點、書寫策略。林靜香則探討《二拍》在同時期作品中脫穎而出的關鍵，並整理分析凌濛初在取材、撰寫上的策略，包含合理化故事情節、補強故事完整性的寫作手法。

（二）三言二拍「敘事」之研究成果簡述

汪蕙如認為俄國的形式主義、法國的結構主義等，對小說所蘊含的敘事潛力都抱持著極大的關注，「敘事」在小說作品的形成中有相對的重要性。而《二拍》直到美國韓南教授提出凌濛初在創作藝術技巧的研究，才開創《二拍》另一個研究新方向，因此想結合中西學者對敘事的看法，並以此審視《二拍》；李佳穎同樣也是進行《二拍》的敘事研究，探究其體制架構；張佩琳則將焦點放在《三言》上，透過作者人生體驗還有當時政治、經濟、社會思潮影響，體察《三言》所呈現的思想主體以及體制架構；陳裕鑫則注重在《三言》的寫作技巧，從細節、情節、心裡三部分分析，觀察馮夢龍利用巧合、懸疑、伏筆製造出不同節奏變化的藝術技巧；紀玟萍則研究《三言》中的「寶物」，透過寶物敘事，探究故事情節發展、功能作用、象徵意義還有背後所反映的民俗文化；吳玉杏、張佩玲則分別著眼於《三言》之「越界」、「鬧」，透過細節、敘事技巧上的分析，蠡測人的心理世界與真實的經驗感。

（三）三言二拍「結構、寫作」之研究簡述：

鄭東補從凌濛初「如何寫」的角度切入，望能探索凌濛出創作《二拍》的全貌與特點；林漢彬從文本結構入手，希望填補意象在小說理論研究中的空缺，並擇取「關鍵意象」來切入，透過情節、人物、主題、環境氛圍的塑造來理解，並能對關鍵意象運用的優劣、藝術價值提出說明；王珍華探究馮夢龍《三言》小說寫作藝術，以寫作中題材、人物、情節、主題、思想、語言等方面為基礎，深入探討《三言》的藝術技巧、審美理想、審美趣味。

「內容」方面主要為「人物」、「主題」、「社會文化」、「空間」、「比較」、「評點、教化」、「其他」。其中「人物」、「主題」、「評點、教化」對本論文議題較為重要。其「人物」上的分析、探究，對本論文在針對癡情女子、負心人、配角「如何思考」、「為何下此決定」的詮釋上有一定程度的參考與啟發；「主題」中的情感、犯罪詐騙、思想觀念等方向的研究則能搭配「人物」的論文，相輔相成。期許能夠在這些前人豐富的研究中汲取薈萃，針對「癡

情女子負心漢」之人性、社會風氣、貞節觀等角度，探討癡情之深沉、負心之狠絕，這種情節安排的效果與用意；「評點、教化」上則有助於本論文第六章的撰寫，從編者透過說書人之口表達的評點中，挖掘其中所蘊藏的教化意圖，並判斷編者想透過故事傳遞給讀者的訊息。

三言二拍中以「人物」為研究方向之狀況如下表：

表 1-3　三言二拍以「人物」為研究方向的學位論文一覽表

細分項目	論文名稱	作　者	學　校	年度
女性	《三言二拍》中的女性研究	林麗美	國立中央大學中國文學系碩士論文	1994
	三言二拍一型中的婦女形象研究	劉灝	文化大學中國文學系碩士論文	1995
	《二拍》婦女研究	劉燕芝	國立高雄師範大學國文學系碩士論文	1995
	根據三言二拍一型見證傳統的女性生活	陳國香	國立成功大學中國文學系碩士論文	1997
	晚明清初擬話本之娼妓研究	吳佳真	淡江大學中國文學系碩士論文	2000
	〈三言〉中女性角色的形象塑造與婚姻愛情觀——以〈三言〉中明代小說為主體的考察	王世明	南華大學文學研究所碩士論文	2004
	《三言》娼妓故事研究	黃玉君	國立中央大學中國文學系碩士論文	2007
	「三言二拍一型」中「三姑六婆」形象研究	王瀚珮	國立臺南大學國語文學系碩士論文	2008
	《三言》娼妓故事探討	石朝菁	國立中山大學中國文學系碩士論文	2009
	《三言》《二拍》中的三姑六婆	韓卓君	國立中山大學中國文學系碩士論文	2009
	《三言》所映射之時代女性觀研究	黃麗夙	玄奘大學中國語文學系碩士論文	2011
	投射與倒影：「三言」女性形象的二元建構	洪欣怡	國立中興大學中國文學系碩士論文	2011
	馮夢龍《三言》中的女性形象研究	傅家員	國立高雄師範大學國文教學碩士論文	2012
	《三言》中的女性研究	柯乃榕	國立高雄師範大學國文學系碩士論文	2013

男性	《三言》、《二拍》中的男性研究	賴美雪	國立中山大學中國文學系碩士論文	2012
	《三言》明代作品中男性的婚戀表現研究	張依詩	國立嘉義大學中國文學系碩士論文	2016
全書人物	三言人物研究	柳之青	國立臺灣師範大學中國文學碩士論文	1990
	「三言」人物心態研究	李曉蓁	中國文化大學中國文學系碩士論文	2006
	《三言》人物形象研究——以違反道德為例	吳珮嫣	國立屏東教育大學中國語文學系碩士論文	2010
	馮夢龍《三言》人物描寫研究	吳信樺	淡江大學中國文學系碩士論文	2015
士人、文人	「三言二拍」中的士人處境	劉樹斌	國立政治大學歷史系碩士論文	2008
	「三言」對文人形象的塑造及其意蘊——以〈盧太學詩酒傲公侯〉為考察中心	謝郁萱	國立臺灣大學中國文學系碩士論文	2016
	知音難尋：《三言》中的文人認同與想	林秀婷	臺灣大學中國文學系碩士論文	2018
士人、商人	馮夢龍《三言》裡的士子與商人	陳薏安	國立臺灣師範大學國文學系碩士論文	2004
	《三言》中的士商關係	陳雅紅	國立彰化師範大學國文學系碩士論文	2007
僧侶	《三言》《二拍》僧侶形象研究	林裕肱	南華大學文學研究所碩士論文	2006
	馮夢龍作品中的姦僧淫尼——以《三言》為例的一個分析	游棨淞	國立中央大學中國文學系碩士論文	2010
商人	《三言》、《二拍》商人形象研究	黃惠華	國立政治大學國文教學碩士論文	2005
	明代小說中「儒商」之研究——以《三言》《二拍》為依據	陳穎吉	國立雲林科技大學漢學資料整理研究所碩士論文	2009
	《三言》中商人形象的研究	楊茗華	南華大學文學研究所碩士論文	2006
	馮夢龍《三言》商人形象研究	劉文婷	臺北市立教育大學中國語文學系碩士論文	2006
配角	邊緣人物的功能與意義——馮夢龍三言中的配角研究	廖珮芸	東海大學中國文學系碩士論文	2003

	《三言》中小人物的功用──從「人物形象」及「情節安排」切入	何萃棻	國立高雄師範大學回流中文碩士論文	2009
	《三言》中的樞紐角研究	徐志康	元智大學中國語文學系碩士論文	2014
	馮夢龍《三言》中「串場人物」研究	張文銘	國立臺灣師範大學國文學系碩士論文	2016
	「三言」邊緣人物身體敘事的人欲觀照	詹捷茵	國立臺灣師範大學國文學系碩士論文	2018
游民	「三言二拍」中的游民探析	賴文華	國立政治大學中國文學系碩士論文	1995
佛道人物	「三言二拍」佛道人物形象研究	劉翊群	國立臺灣大學中國文學系碩士論文	2003
官吏	三言二拍中的官吏形象研究	黃昭憲	國立高雄師範大學回流中文碩士論文	2009

（一）三言二拍「女性」之研究成果簡述

關於《三言》、《二拍》的女性研究很是豐富，有從傳統婦女角度分析的，也有從三姑六婆視角探查的，也有針對娼妓故事研究的。如陳國香透過三言二拍一型所描繪的婦女生活，觀察舊社會中傳統婦女的生活型態是否真是屈居弱勢，探究故事中凸顯女性群體「邊緣化」形象的手法目的；王瀚珮、韓卓君則從三姑六婆研究，闡述三姑六婆的社會地位、內涵，分析這些在市井階層中奔走的職業婦女對於政治、文人、社會經濟上所產生的作用；吳佳真、石朝菁則透過娼妓故事來分析妓女的形象塑造、命運歸宿，並探討妓女與社會、文人之間緊密的關係。

（二）三言二拍「男性」之研究成果簡述

針對「男性」的研究相較「女性」則少，推估是因為故事中的男性多數以「士人」、「商人」、「官吏」等角色出場，在論文研究中，也多以這些社會地位為研究出發點，少以單純男性族群為方向的。賴美雪針對《三言》、《二拍》男性為研究目標，歸納出文本中對男子戒淫，行善，堅守中國傳統道德標準，忠信孝義、不貪財，持正義的期許，並以男性角色類型來探討明代社會多元化的樣貌；張依詩則縮小範圍，鎖定研究男性的「婚戀」表現，分析在商人、士人、其他男性這三大身分裡，各自有著什麼樣的婚戀追求。

（三）三言二拍「配角」之研究成果簡述

在眾多研究中，「配角」往往是有別於「主角」的人物。廖珮芸稱呼為「邊緣人物」，顯現配角研究的重要性以及仍未受重視的研究現況，由配角視角觀察主角不欲人知的隱私與內心矛盾；何萃菉則稱為「小人物」，認為這些角色、形象及個人行為的展現，巧妙在情節中穿插，使故事的局面導向不同的結果；徐志康則更針對於配角中「樞紐角」的表現，認為他們是背後隱含了教化及社會意圖的功能性角色，論文中使用了普洛普的功能人物理論來輔助說明，證明樞紐角是故事中相應於主角、其他小配角的重要存在；張文銘則以「串場人物」來稱呼，從他們對話、表現、動作的經營來凸顯主角的性格、塑造，在開展故事上有其重要性；詹捷茵雖使用「邊緣人物」來稱呼，但定義上則更縮限於儒家裡較為核心的社會體制下，被排擠在主流話語外的失意士人、妓女及冥界異類，觀察《三言》中，這類邊緣人物如何透過「身體」展現人欲。

（四）關於三言二拍「其他」之研究成果簡述

劉樹斌、林秀婷展開了對「士人、文人」處境、認同、想像上的研究，有助於建構《三言》、《二拍》中對於士人、文人的角色定位；而黃昭憲的官吏形象研究，則能顯示故事推展中，與牢獄相關的情節，官吏的公正謹慎與否，也會影響到好人是否被誣陷，壞人是否逃過律法制裁。而官吏的存在在本論文中對於「癡情女子」能否平反，「負心漢」是否受到懲罰有所關係。

三言二拍中以「主題」為研究方向之狀況如下表：

表1-4　三言二拍以「主題」為研究方向的學位論文一覽表

細分項目	論文名稱	作　者	學　校	年度
題材	三言主題研究	王淑均	輔仁大學中國文學系碩士論文	1979
	三言題材研究	崔桓	國立臺灣大學中國文學系碩士論文	1984
	馮夢龍「三言」故事源流察考	鄭文裕	玄奘大學中國語文學系碩士論文	2005
思想、觀念	《三言二拍一型》的貞節觀研究	劉素里	文化大學中國文學系碩士論文	1995
	《三言二拍一型》之戒淫故事研究	馮翠珍	中國文化大學中國文學系碩士論文	1999

	《三言》貞節觀研究	劉純婷	立雲林科技大學漢學資料整理研究所碩士論文	2005
	明清新倫理論述的建構——以「三言」等小說文本為場域的分析	阮寧	中國文化大學史學研究所碩士論文	2005
	《三言》中儒釋道思想與庶民文化試探	許雪珠	國立中興大學中國文學系碩士論文	2006
	《三言》中才德觀研究——以才子佳人小說為例	白素鐘	國立彰化師範大學國文學系碩士論文	2007
	傳承與嬗變——從「三言」探析儒家榮辱道德觀	毛金素	玄奘大學中國語文學系碩士論文	2009
	「三言」福禍始微觀念研究	林漢彬	國立東華大學中國語文學系博士論文	2009
	《二拍》道德與性研究	蔡鄢如	淡江大學中國文學系碩士論文	2010
	《三言》與佛教相關之研究	許清月	國立臺南大學國語文學系碩士論文	2013
	《三言》中儒家人性觀研究	陳姿蓉	國立中山大學中國文學系研究所碩士論文	2013
	馮夢龍「三言」的宗教故事研究	陳素靜	南華大學文學系碩士論文	2013
	「三言」、「二拍」、「一型」中的孝道書寫	鄭良宏	國立臺灣大學中國文學系碩士論文	2015
	「三言」愛情故事中的信約與世道關懷	蘇怡妃	東海大學中國文學系碩士論文	2016
果報	《二拍》果報故事研究	黃郁茜	國立中興大學中國文學系碩士論文	2006
	《二拍》果報故事研究	王子華	國立臺南大學語文教育學系教學碩士論文	2006
	三言果報觀研究	王芊月	玄奘大學中國語文學系碩士論文	2007
	《三言》中的善惡報應故事研究	高僑憶	國立高雄師範大學國文學系碩士論文	2018
	「三言」女性婚戀果報故事研究	李婉如	國立東華大學中國語文學系碩士論文	2019
犯罪、詐騙	三言獄訟故事研究	郭靜薇	輔仁大學中國文學系碩士論文	1989

	《三言》公案小說的罪與法	霍建國	國立政治大學中國文學研究所碩士論文	1994
	《三言》公案故事計謀之研究	倪連好	國立臺灣師範大學國文系碩士論文	2001
	《二拍》中騙術研究	盧志琳	南華大學文學系碩士論文	2009
	《三言》案獄訴訟故事研究	蔣慈玲	國立臺南大學國語文學系碩士班論文	2009
	從《三言》故事看明代刑律中「姦罪」之規範	陳怡初	東吳大學法律學系碩士論文	2010
	馮夢龍及《三言》犯罪故事之研究	林怡君	國立中興大學中國文學系碩士論文	2012
	《三言》詐騙術類型及其敘事研究	梁雅晴	國立清華大學中國語文學系碩士論文	2016
題材、源流	三言主題研究	王淑均	輔仁大學中國文學系碩士論文	1979
	三言題材研究	崔桓	國立臺灣大學中國文學系碩士論文	1984
	馮夢龍「三言」故事源流察考	鄭文裕	玄奘大學中國語文學系碩士班論文	2005
異類、幻異	《三言》幻異故事研究	許懿丰	國立臺灣師範大學國文學系碩士論文	2004
	《三言》異類故事之研究	楊孟儒	國立臺南大學國語文學系國語文教學碩士論文	2004
	「三言」異類故事及其常民文化心理之研究	鍾杏	玄奘大學中國語文學系碩士論文	2011
發跡變泰	《三言》「發跡變泰」題材之研究	王吟芳	國立臺灣師範大學國文學系碩士論文	1995
	「二拍」中發跡變泰故事的重寫研究	洪佩伶	國立政治大學國文教學碩士論文	2015
情感	三言愛情故事研究	咸恩仙	輔仁大學中國文學研究所碩士論文	1982
	《三言》中的婚姻與戀愛	蔡蕙如	國立高雄師範大學國文研究所碩士論文	1994
	《三言》幽媾故事研究	楊凱雯	國立中央大學中國文學研究所碩士論文	1998
	《三言》、《兩拍》情色探究	陳秀珍	東海大學中國文學系碩士論文	1999

	《三言》、《兩拍》愛與死故事探討	陳嘉珮	國立中興大學中國文學系碩士論文	2003
	《二拍》「偷情」主題研究	陳渝麓	淡江大學中國文學學系碩士班論文	2018
死亡	《三言》的死亡故事探討	金明求	國立政治大學中國文學系碩士論文	1998
青樓	《三言》的青樓故事研究	張詩萱	南華大學文學系碩士論文	2008
諷刺	《二拍》諷刺故事研究	丁瑞英	南華大學文學系碩士論文	2009
推理	《三言》、《二拍》推理成分之研究	徐筠絜	國立臺灣師範大學國文學系碩士論文	2009

（一）三言二拍「思想、觀念」之研究成果簡述

　　思想、觀念在「主題」研究方向中實乃大宗。劉素里、劉純婷注重在「貞節觀」的研究。明代節烈婦女的大增，無疑指向貞節與明代女性道德規範的緊密關係，限制著女性思想、生活、愛情與婚姻各方面的發展，因此若要探知明代女性的生活，對「貞節觀」的認識是不可或缺的一環；馮翠珍則以「戒淫」為主題展開論述，觀察作者在文本中「以淫止淫」的表現目的，探究其中極度露骨的情色描寫是否能起到戒淫的有效性；蔡鄂如則結合道德與性，探究士人、僧侶、女性等角對性的態度，並從作者的描寫角度來考察自身對道德、性之間的衝突是持有什麼看法；阮寧、許雪珠、白素鐘、毛金素、陳姿蓉、鄭良宏則以倫理觀念、孝道、才德觀、儒釋道思想、儒家榮辱道德觀、人性觀等角度切入，以這些觀念重新審視《三言》、《二拍》，藉此挖掘蘊藏在文本中的核心理念；林漢彬、許清月、陳素靜則以宗教角度觀察，分析分散在《三言》中的宗教故事，考察編者馮夢龍在傳統禮教中灌注情感，柔化僵化的說教，將情教思想與浪漫、現實交融在一起的作法與精神。

（二）三言二拍「果報」之研究成果簡述

　　在《三言》、《二拍》中常看見對於因果報應的敘寫，而這在學位論文中也是極受到歡迎的主題研究方向。黃郁茜、王子華、王芊月、高僑憶針對「果報」研究，透過宗教勸善的宗旨，因果報應輪迴的教化口吻，導引人們往正面的目標前進，並強調作惡之人不僅自身受到懲治，往往也會波及子孫後代；李婉如則以女性婚戀果報故事為主，透過文本中情、理考量與性格化的女性形象為焦

點，從未婚、已婚、再嫁三種身分的女性進行分析，藉此爬梳作者主情、理的觀點以及情節裡傳遞善惡報應觀，呈現思想與教育目的手段。

（三）三言二拍「情感」之研究成果簡述

「情感」是較為籠統的稱呼，而在細項的研究中，又可分為愛情、婚姻、偷情、情色等。如咸恩仙著重在《三言》的愛情故事，分析歸納愛情之對象、尋求、危機、結局、男女愛情觀等，並將愛情故事分為浪漫之愛與倫理之愛；蔡蕙如則從《三言》裡歸納當時人的婚姻型態與文本中所呈現的婚姻觀、幸福觀，重新檢討中國人的兩性關係及婚姻態度；楊凱雯則著重在非婚姻關係的性行為，以及人與異類之間的性行為，因為這兩者都不符合中國社會傳統禮教的規範，所以是「不正常的性行為」，並從這類故事中分析背後所代表的反抗思想；陳渝麓則專以《二拍》「偷情」故事為研究方向，探討偷情的驅動力，以及形成偷情行為的關鍵因素，如舟船、寺廟等空間，並結合《二拍》的諷刺書寫風格，體認凌濛初的編寫目的是藉由偷情題材來達到諷刺、教化效果；陳秀珍則透過《三言》、《二拍》的情色描寫、情色事件來觀察內在意涵，如奉行忠孝節義會受褒揚，貪慾好色則得到懲罰，雖然故事內容露骨，仍能察覺出編者的教化立場；陳嘉珮則專注於男女為了實現愛情而不惜一切甚至犧牲肉體生命的面向，並以存在主義理論來關照，透過「愛慾與死亡」的思考，解析《三言》、《二拍》中的情愛故事。

三言二拍中以「社會文化」為研究方向之狀況如下表：

表 1-5　三言二拍以「社會文化」為研究方向的學位論文一覽表

細分項目	論文名稱	作　者	學　　校	年度
生活	《三言》公案小說所反映的明末社會現象	詹淑杏	國立彰化師範大學國文學系碩士論文	2004
	「三言」小說中的民俗題材研究——以節日、婚俗、數術為中心	張倩雯	國立臺灣大學中國文學系碩士論文	2008
	《三言》所反映的明代市井生活研究	陳品欣	玄奘大學中國語文學系碩士論文	2011
語言	《三言》中的諺語研究	王筱蘋	臺南師範學院教師在職進修國語文博士論文	2002
	「三言」詈罵語探討	許雪芬	玄奘大學中國語文學系碩士論文	2005

| 經濟 | 馮夢龍編作三言的社會經濟基礎 | 黃明芳 | 國立中山大學中國文學系碩士論文 | 1993 |

（一）三言二拍所呈現「生活」之研究成果簡述

《三言》、《二拍》是面向市井階層的作品，其內容往往呈現了當時的社會文化。詹淑杏從《三言》中的民事糾紛、刑事案件來探討晚明的社會現象，包含政治、經濟、文化，藉此了解馮夢龍所編寫的時代背景，以及作品背後的意義與內涵；張倩雯、陳品欣則透過《三言》的故事細節來推敲當時社會的民俗風情、市井生活，有助於還原晚明社會的日常作息以及節日氛圍。

（二）三言二拍「語言」之研究成果簡述

有社會文化、生活上的研究，也會有面向語言的研究。如王筱蘋研究諺語在《三言》中的功能、價值，並從諺語的運用中，透過人物刻寫、情節發展等角度，探索諺語在其中所發揮的藝術功能；許雪芬則透過「罵文化」來考察《三言》中人物的個性、人際關係、價值觀，並能從使用的詞彙了解晚明社會流行的詈罵語。

（三）三言二拍中關於「經濟」之研究成果簡述

面向社會文化、語言的研究中，也少不得有「經濟」上的討論。如黃明芳藉由了解馮夢龍的出身、經濟和教育背景、活動地點、社會地位種種角度切入，嘗試尋求可能影響馮夢龍編作《三言》的因素。並了解擬話本之盛行，除了通俗性，也因為經濟不虞匱乏，才能在文人參與、民眾需求、印刷發展等多重條件中脫穎而出。

三言二拍中以「空間」為研究方向之狀況如下表：

表 1-6　三言二拍以「空間」為研究方向的學位論文一覽表

細分項目	論文名稱	作　者	學　校	年度
空間	《三言》中私人花園的空間意義	張雅琪	國立交通大學外國文學與語言學研究所碩士論文	2005
	城與人——《三言》中的臨安研究	戴為淑	國立中央大學中國文學系碩士論文	2005
	三言兩拍的女性生活空間探究	陳映潔	東海大學中國文學系碩士論文	2005
	「三言二拍」舟船空間敘事研究	歐陽立中	國立臺灣大學中國文學系碩士論文	2015

| 時空 | 「三言」他界書寫的時空型研究 | 林真瑜 | 國立中興大學中國文學系碩士論文 | 2006 |

（一）三言二拍「空間」之研究成果簡述

在文本中，空間的移動、改變，或者對故事的隱射性是有一定意義的。如張雅琪以「私人花園」所呈現的「屬於家又不同於家的空間」了解其在故事中所演涵的文化與空間意涵，並進一步指出在《三言》中，私人花園是男女對抗現實，培養私情的理想位置，同時也是家與社會之間的灰色地帶；戴為淑則以《三言》中以南宋都城臨安為背景的若干文本作為主要研究方向，探究遭遇靖康之難後，人們偏安江南一隅的「臨安」，其在商業、遺民、宗教三個面向的特殊意涵；陳映潔則將討論範圍縮限在女性與家（閨房）、船、花園等空間的獨特性表徵，並針對三姑六婆、妓女這類游離空間內外的特殊女性，探討空間對其生存的影響與去留；歐陽立中則透過《三言》、《二拍》分析，明代運河疏浚完善，人們在交通上常選擇舟船往返，而在舟船封閉的空間中，人物也會產生各種行為，導致小說情節的發展，並透過「劫騙行舟」、「情牽客舟」、「情斷舟船」三種類型的舟船故事來延伸討論不同情節下形成的「犯罪空間」、「情慾空間」、「負心空間」。

（二）三言二拍「時空」之研究成果簡述

除了空間地點上的討論，時空的變化融合也有一定的研究價值。如林真瑜由巴赫汀「時空型」概念出發，探索《三言》他界書寫中具有時空變化的形式、內容，並從不同界時空的敘寫中，顯現生命型態的多種可能。

以三言二拍與其他作品「比較」為研究方向之狀況下表：

表 1-7 以三言二拍與其他作品「比較」為研究方向的學位論文一覽表

細分項目	論文名稱	作者	學校	年度
比較	啖蔗、三言二拍與今古奇觀比較研究	任明玉	中國文化大學中國文學研究所碩士論文	1993
	《三言》與《十日譚》婚姻愛情故事之比較研究	蔡蕙如	國立高雄師範大學國文學系博士論文	1999
	《情史》與《三言》對應篇目研究	陳琬瑜	國立高雄師範大學國文碩士論文	2004
	《三言》、《情史》共同本事作品之比較研究	蔡佩潔	國立臺灣師範大學國文學系碩士論文	2008

　　一部名為《啖蔗》的手抄本中，收錄了中國古代白話小說，且這些小說皆見於《三言》、《二拍》、《古今奇觀》，於是有人認為《啖蔗》是《三言》、《二拍》原本。任明玉便是針對此議題，將四個文本互相比較，找出異同。

　　蔡蕙如認為《三言》、《十日譚》篇數相似，引述故事的發生時代也相近，且兩部著作分別對中國、西歐的短篇小說立下開創性里程碑，因而透過兩部作品中的愛情婚姻來比較研究，深入了解兩部中西通俗小說在愛情婚姻主題上的異同，以及作者的創作動機、表現手法、人物塑造，並分析馮夢龍與薄伽丘的婚戀思想。

　　馮夢龍在《情史》中傳達了對情教的理想，而《三言》中，思想更是完整化，陳琬瑜、蔡佩潔便想透過兩邊共同收錄的故事比較，了解所側重書寫的重心、情節上的刪改，還有技巧上的變化。

　　以三言二拍「評點、教化」為研究方向之狀況如下表：

表 1-8　以三言二拍「評點、教化」為研究方向的學位論文一覽表

細分項目	論文名稱	作　者	學　校	年度
評點、教化	《三言》教化功能之研究	柯瓊瑜	國立臺灣師範大學國文碩士論文	1994
	「三言」評點教化研究	柳志傑	國立高雄師範大學國文研究所碩士論文	2011
	凌濛初《二拍》之評點研究	陳品好	國立彰化師範大學國文學系碩士論文	2014

　　柯瓊瑜、柳志傑、陳品好透過《三言》、《二拍》中作者借說書人之口發表的評點為研究方向，探討其中所蘊含的「教化功能」，包含勸善、懲惡兩個內涵。並反思編者在創作上的矛盾現象、讀者接受之不確定性。

　　剩下的論文較雜，難以細分某種研究範圍，因此筆者將它們歸類於「其他」。

　　「其他」與三言二拍相關的研究方向之狀況如下表：

表 1-9　「其他」與三言二拍相關研究的學位論文一覽表

細分項目	論文名稱	作　者	學　校	年度
其他	二拍的生產及其商品性格	胡衍南	淡江大學中國文學系碩士論文	1994

話本文體英譯研究：以《三言》〈杜十娘怒沉百寶箱〉為例	許恬寧	國立臺灣師範大學翻譯研究所碩士論文	2007
畢曉普及其《三言》研究——《三言》在英美漢學界由華語教材到專題研究之轉折	余真	國立雲林科技大學漢學資料整理研究所碩士論文	2008
《三言》中具有民間童話質素作品之探討	黃暄方	國立臺南大學中國文學系碩士論文	2018

胡衍南透過「生產」、「商品性質」來重新審視《二拍》，認為在印刷技術與商人的宣傳下，任何作品以「書」的面目呈現，都或多或少被迫帶上商品的烙印。

許恬寧則考量文學傳統的差異與目標語讀者的「讀者接受度」，探討歷來譯者將話本翻譯成英文時，面臨「是否保留話本格式」的抉擇。並回顧馮夢龍《三言》於 19 世紀末至 21 世紀初的英文譯本，探討譯本的翻譯策略及效果。

英語學界研究中國短篇白話小說的第一部專著是漢學家畢曉普（John Lyman Bishop, 1913～1974）以英文出版的 The Colloquial Short Story in China: A Study of the San-Yen Collections（《中國的短篇白話小說：以《三言》為研究對象》），長達兩百年間，《三言》的英譯始終未脫華語教材的範疇，直到最近五十年才得以轉變為研究專題。余真透過畢曉普的研究基礎，並以《三言》在英美漢學發展的脈絡為背景，呈現其英譯作為華語教材的狀況。

黃暄方認為《三言》雖被歸類為世情小說，但許多故事也適合青少年、兒童閱讀，故以《三言》為文本，研究《三言》中有哪些作品具有民間童話素養，並探討其在結構、內容上的表現手法。

除了上述以《三言》、《二拍》為主要研究方向的，也有少數學位論文探討「負心」議題。

以「負心」為研究方向之狀況如下表：

表 1-10　以「負心」為研究方向的學位論文一覽表

細分項目	論文名稱	作　者	學　　校	年度
負心	明代短篇話本小說中負心婚變之研究	魏旭妍	淡江大學中國文學系研究所碩士	1994
	科舉時代癡情女子負心漢故事研究	蔡淑娜	逢甲大學中國文學系碩士論文	1994

	元明戲曲負心婚變題材之研究	柯瑛娥	國立花蓮師範學院民間文學研究所碩士	2001

　　魏旭妍透過明代短篇話本小說中負心婚變故事反性中國傳統禮教制度下，男女對婚姻所抱持的態度，並將小說中所反映的觀念、思想，融合進歷史情境的文化脈絡中作比對。

　　蔡淑娜研究科舉時代下「癡情女子負心漢」的故事，探討其中固定的敘事模式，並以心理學、社會學角度加以分析，對科舉制度下負心婚變的產生作深入研究。

　　柯瑛娥透過摹寫人生百態的小說、戲曲中，發現負心婚變題材之豐富，從婚姻、政治、社會、心理、負心情節分析等方面著手，希望釐清從古至今負心情變的脈絡。

　　以上所列論文涵蓋多元層面的研究方向，成果豐碩。無論是《三言》、《二拍》文本上的探討、技巧研究，還是編者馮夢龍、凌濛初的價值觀探查，又或是社會文化的影響、顯現，或關於「負心」議題的分析，皆洋洋灑灑，不禁讚嘆前人研究之百花齊放。只是，雖然上述議題的研究方向給予筆者在書寫策略、思考邏輯上打下良好基礎，但大部分與筆者論題「癡情女子負心漢」僅僅只是「擦邊」。本論文擬研究《三言》、《二拍》中「癡情女子負心漢」文本的範式情節展現，在人物上，區分為「癡情女子」、「負心漢」以及與負心漢對照的「負心女」，並從這三種人物探討各自在故事推進中所做的決定，以及影響他們抉擇的社會風氣、思想價值觀、學識高低等。

　　過去的研究中，常專注討論單一人物種類，如「負心人」、「士人」、「商人」、「娼妓」，卻少有將這些人物綜合論述的。筆者以為，一個故事的精采程度，除了取決於編寫者的敘述能力、人物形象塑造，還有賴於角色之間的互動性，因此若要研究「負心」、「婚變」、「背棄」等議題，卻單單只討論拋棄方的「男性」，而不關注被拋棄的女性，她們的所思所想，以及採取的應對方式，那麼所觀察到的角度往往較單一且不完整。筆者企圖在「癡情女子負心漢」文本中，透過對癡情女子、負心漢的分門別類、分析，以及探討「負心女」的成因、結局等，詮釋文本中所蘊藏的內涵，說明「癡情女子負心漢」在《三言》、《二拍》的定位以及目的，而這同時也是本論文選擇「癡情女子負心漢」文本來研究《三言》、《二拍》的意義、價值。

第三節　研究範圍、方法與進路

　　本研究期許站在先行者的肩膀上，立基於前人相關研究成果的基礎，結合散在各類論文中關於「男性角色」、「女性角色」、「配角」、「精神研究」、「婚戀觀」、「貞節觀」等議題，汲取精華，探討《三言》、《二拍》「癡情女子負心漢」文本中，女子被拋棄背叛後的選擇、結局；男子出於什麼考量而放棄愛情，另娶他人；而女子成為負心人的原因與負心漢之間有何決定性的不同？並藉由文本情節、人物塑造、對話內容的分析，從而探查當時的社會風氣，以及影響編者編撰《三言》、《二拍》過程中，論及這類負心故事的目的。

一、研究範圍

　　《三言》、《二拍》是編者馮夢龍、凌濛初蒐羅宋元以來的話本故事，經過修改潤飾後，與獨立創作的短篇小說一同整理而彙編出版的著作〔註28〕。馮夢龍在《三言》中整理了各種題材的故事，有談及因果報應，也有描述商人生活、還原封建官僚、描寫文人妓女的愛情，更有觸及情色淫穢的內容，故事的豐富、多元程度可謂五花八門、琳瑯滿目，但在這些文本中，能夠發現不少編者的巧思。

　　《三言》透過擬話本的形式，利用「說書人」的存在作為媒介，引導讀者了解馮夢龍將這些故事集合起來的用心，為的是在這些充斥著利益、欲望、人性的複雜內容中，帶出教化、勸善、警惕的效果，如負心之舉不可為、殺人償命天經地義等，無形中灌輸了正向的價值觀。而《二拍》編者凌濛初根據野史筆記、社會傳聞等，獨立寫出了不少原創作品，故事內容除了提到百姓對財富的追求，對享樂的傾向，也有渴望愛情的敘寫、對自由平等思考的萌芽等等，其中蘊含了不少對生活、對時局、對貞節、對婚姻等各種議題的反思，並導引讀者在閱讀之餘，深深思考故事中人物的行為舉止是否合宜？

〔註28〕談論《三言》、《二拍》的專書及論文非常多，如專書便有王鴻泰《三言二拍的精神史研究》、陳永正《市井風情──三言二拍的世界》；論文上則有林麗美〈《三言二拍》中的女性研究〉、劉樹斌〈「三言二拍」中的士人處境〉等等，關於《三言》、《二拍》的探討作品，數量之多，內容之豐富，族繁不及備載，可參見本論文第一章第二節「前行研究成果檢視」。本論文立基於前人研究的結果，延伸討論「癡情女子負心漢」文本的敘事、人物，針對《三言》、《二拍》其他主題的分析整理與書籍介紹便先行略過，優先以「癡情女子負心漢」為本論文主要論述方向。

他們所迎來的結局是否符合期待？

　　《三言》、《二拍》用通俗淺白的文字整理、改寫了不少宋元以來的著作，方便市井小民理解內容，也能加快作品傳播的速度，而在《三言》、《二拍》蔚為風潮的同時，故事中人物的所思所想便成了人們津津樂道的話題。

　　馮夢龍與凌濛初希望故事能達到教化、勸善的目的，因此文本中往往也包含了對善的讚頌，對惡的唾棄，刻寫不少人物一念之間的猶豫、糾結，這之間也包含了「癡情女子負心漢」這類負心故事。他們將負心漢的各種型態、思考呈現出來，詮釋了因為諸多原因而選擇拋棄癡情女的負心漢；描繪了在真心換絕情後，癡情女子的情緒變化、應對態度。這些人物在愛恨情仇之間有的展現了人品的高潔、高尚的情操，有的則表現出了短視近利的思考、貪婪貪欲的性格。在這些負心故事中，會發現癡情女子、負心漢的情節推移有著相似的聚散離合，而女子遭遇負心後的應對、男子拋棄女子的原因都有著大同小異的地方，形成一種範式。

　　因此本論文選擇《三言》、《二拍》中「癡情女子負心漢」的負心故事研究，探討這些通俗短篇故事中，面對拋棄、背叛、真心換絕情的局面，會有著什麼樣的情節設計、安排，而編者將這些故事收集整理，彙編成冊目標，又會是什麼？這些將在本論文中一一展現。而本論文在研究《三言》、《二拍》「癡情女子負心漢」文本的同時，作為「負心行為」的對照，同時也會介紹數篇背叛丈夫，對婚姻不忠的負心女，藉此分析同樣是負心的行為，男方負心，或者女方負心，兩者之間有何異同，希望能盡可能呈現出「負心」背後複雜的思考以及男女方重視的事物的落差。

　　關於本論文的研究範圍，若細分則研究取材之範圍可以分為三個層次：第一層——文本範圍，即《三言》、《二拍》屬於「癡情女子負心漢」情節的故事，以及作為對照組，有負心舉止的「負心女」文本；第二層——時代風貌，故事題材未必是編者原創，有的出自前朝古代，可以比對故事在馮夢龍、凌濛初的整理下出現什麼樣的更動，而這些情節、人物的刪修，是否凸顯出了市井百姓的「閱讀傾向」；第三層——前人研究視野，《三言》、《二拍》是熱門的題目，從早期的「敘事研究」、「女性研究」、「男性研究」到後來的「空間研究」、「精神史研究」、「娼妓研究」等，研究的方向越來越多元豐富，而從這些議題裡，會混雜著對「癡情女子負心漢」文本的分析討論、點評，這些前人研究的結果都會是本論文的參考取鏡。以下以圖 1-2 統攝研究範圍層次結構：

圖 1-2　研究範圍層次結構圖

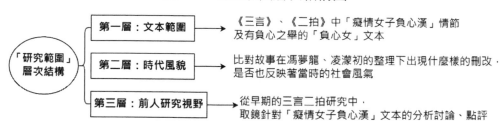

而關於《三言》、《二拍》的出版書目〔註29〕，今日可見之《三言》版本繁多，不擬詳述，本論文以里仁書局出版之六冊為參考底本：

《古今小說》：其原書為明代天許齋刻本，是目前所知時代最早，保留最完整的本子，藏日本內閣文庫。1995 年文學古籍刊行社重印，里仁書局以文學古籍刊行重印本為底本，參考《清平山堂話本》及《今古奇觀》，訂正錯字，加之一些註解，共四十卷。

《警世通言》：常見的有兼善堂本（四十卷）、三桂堂本（三十六卷）、衍慶堂本（二十四卷）及其他排印本，三桂堂、衍慶堂與兼善堂本有篇數上的差異，篇目也不同。明金陵兼善堂本是最早的刻本，原書在日本，里仁書局以有傳鈔排印的世界文庫本為底本，共四十卷。

《醒世恆言》：里仁書局以世界文庫覆排明葉敬池刻本為底本，參考衍慶堂刻本和《今古奇觀》等書，對原書錯訛缺漏處加以訂正增補，共四十卷。其中對於個別色情描繪的字句做了刪節，而過於猥褻的〈金海陵縱欲亡身〉則整篇刪去。

《二拍》則主要以三民書局出版之二冊為參考底本：

《拍案驚奇》：坊間排印的《拍案驚奇》都只有三十六卷，雖然也有以四十卷標目的，但只有三十六卷是原作，後四卷是增補出來的，如第三十七、三十九、四十卷是根據《太平廣記》的故事而成，第三十八卷則是根據《今古奇觀》卷三十〈念親慈孝女藏兒〉篇補而成。三民書局根據明崇禎元年尚友堂原刊四十卷本為底本，加以校正，並加上標點符號，在用字上作適當刪改。

《二刻拍案驚奇》：原刻本在中國本土未見，但在日本卻完整保留。1955

〔註29〕《三言》、《二拍》書目皆經過了後人的整理校對，且因為諸多考量而有內容上的刪改。考慮到不同出版社會有不一樣的註釋、修改，筆者在參閱過程中，仍會對照明代刊本，確認文本內容一致，或注意到何處被刪改，以確保研究過程中不因為文字刪節而有內容誤讀、誤解的狀況發生。

年，李田意在日本研究，發現《二刻拍案驚奇》的尚友堂原刊本，將之攝成膠
捲帶回美國研究，並整理、分段、圈點。後來 1960 年由正中書局出版《二刻
拍案驚奇》，之後臺灣所見翻印刊本越來越多。三民書局則將各類翻印刊本之
本子作綜合性研究，比較優劣，取長補短，將正文內艱僻俗字、古字改成正體
字，並附上註解。

二、研究方法

　　本論文主要針對《三言》、《二拍》的體例、敘事結構，以及「癡情女子負
心漢」文本的人物塑造、價值觀、社會觀、編寫意圖等做較全面性的探討，是
故本論文研究方法主要分為三大方向：

　　第一，以「文本分析」為主，以「敘事理論」、「心理學」、「社會學」為輔。
細讀文本，從故事中人物的言行舉止探究性格，並在閱讀文本時參考「敘事
學」，如胡亞敏《敘事學》〔註30〕、米克‧巴爾（Mieke Bal, 1870～1946）《敘
述學：敘事理論導論》〔註31〕、徐岱《小說敘事學》〔註32〕，了解故事的架構
美學、藝術性質，以及對於敘述者、敘述接受者等敘事技巧上的使用，使筆者
在細品文本的情節跌宕同時，還能以敘事學的理論、角度剖析，對文本有更深
刻的認識。在提點、諭示、底蘊的部分則透過「心理學」、「社會學」補充印證，
使癡情女、負心漢的思想觀念、道德束縛、婚戀嚮往都更加清楚呈現，並透過
理論的補充，使人物的行為抉擇更加具體、鮮活。而在針對文本的討論裡，會
將癡情女、負心漢、負心女分門別類，透過情節推演、心境變化、選擇等方面
的異同，整理出這些人物在相似流轉中所展現的意志。

　　第二，相關範圍則使用「統整歸納法」，從專書、論文等材料中，蒐羅與
「癡情女子負心漢」有關的研究資料，如婚戀觀、貞節觀，女性研究、男性
研究等，了解過去的研究進展，以及其他可開展融合的議題，如對貞節觀的
重視會影響到婚戀觀，女性、男性在貞節上的不同態度，女性有婦德、婦節
要恪守，男性則未有此道德束縛，三姑六婆在文人眼中的地位……從這些議
題中，可供筆者發想「癡情女子負心漢」的研究細節。在蒐集各類材料的尾
聲，會以統整歸納法從可見資料中，推敲出癡情女子、負心人各自的心路歷

〔註30〕胡亞敏：《敘事學》（武漢：華中師範大學出版社，2004）。
〔註31〕（荷）米克‧巴爾（Mieke Bal）著；譚君強譯：《敘述學：敘事理論導論》（北
　　　　京：中國社會科學出版社，2003）。
〔註32〕徐岱：《小說敘事學》（北京：中國社會科學出版，1992）。

程，探討選擇背後的利益牽扯，以及干涉因素。

第三，使用「歷史研究法」，了解時代背景、社會風貌。文本方面，除了細讀故事內容，對情節架構有所認知外，也會藉現存資料如後人對《三言》、《二拍》的研究、從心理學探討情感、從社會學看人格養成等，加以分析整理，探討《三言》、《二拍》在什麼樣的思潮中孕育而出，而馮夢龍、凌濛初又是受什麼樣的思想影響，從而收錄改編「癡情女子負心漢」文本，這類故事中又蘊藏什麼樣的意義。

三、研究進路與架構

關於《三言》、《二拍》的研究是豐碩的，在基本層面上提供了本論文豐富的參考價值，在故事情節、人物、主題、寫作技巧、意識觀念上都可以看到許多前人研究中已經多有談論。只是，以「癡情女子負心漢」角度切入研究，卻少有完整而詳細的論文可以閱讀，大多對「負心」議題的點評、分析僅散見於各類不同主題的研究中，而未能統整比較。

誠然，故事本身多是虛構的，就算是真人真事改編，也往往在編寫考量上增添不少情節，使故事有起承轉合。但同時也不能否認，無論是小說、話本，又或者是詩詞、戲曲，在內容呈現上很大程度會投射現實社會，甚至放大一些被人忽略的幽微之處。創作者、編寫者觀察、體驗社會，並將所思所想結合題材寫出來，使讀者在「虛構」、「寫實」中穿梭，既產生了親切感，也容易代入，產生共鳴，甚至受人物角色影響，在意識、思考上產生潛移默化的作用。

由於前人研究中對「癡情女子負心漢」議題的討論僅僅只是其他主題下的附庸，即便有談論到負心漢的，卻沒有將癡情女子列出來一同論述；而在「負心」中，也不見得只有男性會背叛女性。《三言》、《二拍》不乏有關於負心女的故事情節，若不將這些「負心人」一同整理比較，實在難窺馮夢龍、凌濛初編寫文本上的思緒，以及想傳遞給讀者的訊息。

基於此，本論文將承續前人研究成果，在已有基礎上開展。研究進路為：一、就《三言》、《二拍》「癡情女子負心漢」以及「負心女」文本，觀察探究貫穿其中的負心情節的起因、影響、結局。二、分析「負心」對故事情節、人物所產生的作用，而遭受負心之人的反應又是如何？男女間在「負心」、「被負心」的處境中是否有不同層次上的考量？三、透過這些故事情節的展現，探究其中所蘊藏的編者思考，以及透顯出來的社會文化現象。希望藉由「癡情女子

負心漢」文本的深入探析，得以顯現男女性在面對「負心」、「情欲」上的處理方式，以及社會大眾對於男性娶妾外遇、女性守貞或再嫁的認同與否。

據此，本論文各章研究脈絡、架構安排如下：

第二章論述「癡情女子負心漢擬話本敘事範型」：藉由敘事理論的輔助，來了解《三言》、《二拍》擬話本體裁。並透過敘事角度的轉換來整理敘述上的不同呈現手法，探討敘述視角的轉變是否影響故事的焦點，或引導讀者注意創作者所想暗示的重點，而「癡情女子負心漢」文本的情節遞進可以藉由聚散離合結構分出兩種類型，本章將依序論述。

第三章論述「癡情女子面臨負心的處境與應對」：人物形象的刻劃是故事最迷人之處，通過對人物的塑造可以展現創編寫者的人生理解、好惡和價值觀，同時也能呈現當時社會對男性、女性各自不同的期待。而被負心漢狠狠拋棄、背叛的癡情女子們，她們有的堅忍不拔，有的選擇將青春葬送，有的以死明志，在相似的處境中，是什麼促使她們做出不一樣的選擇，最後走向不同的結局？將於本章逐一論述。

第四章論述「負心漢離棄癡情女的模式」：除了癡情女子的處境、選擇外，也需要了解負心漢之所以負心的原因。從文本敘述上來看，負心漢會有精神上、物質上不同層次的考量，也有主動負心、被迫負心的區別，而他們在負心之後是否對癡情女懷有虧欠？還是心無疙瘩，轉身就另娶他人，只為了更好的前程、門當戶對呢？本章將逐步探究。

第五章論述「負心漢的對照：負心女故事」：除了癡情女子、負心漢這樣的人物形象外，事實上，也有著性別翻轉的負心故事。負心之人為女性，她們出於寂寞、情欲、受到誘騙等原因而背叛婚姻，她們的不忠與負心漢是否有著層次上的異同？而同樣是遭受負心對待，負心女的丈夫又是什麼樣的思考？決定？與癡情女子之間最大的不一樣又是什麼？而這之間是否也能觀察到創作者在背後對不同角色的關懷？本章將深入挖掘。

第六章論述「癡情女子負心漢」範式情節所透顯的意義」：透過對文本的分析，推測編者在「癡情女子負心漢」文本中所透顯的意義，筆者將之又分為編寫意圖與諭世意義，前者探討編者在搜羅故事的同時，基於什麼考量將故事收錄進《三言》、《二拍》；後者試圖了解編者編改故事後，背後所想要傳遞給大眾的訊息。

第七章「結論」：收攝歸結全文，並揭示未來研究展望。

四、癡情女、負心漢的釋名與釋義

　　在開展論述前，有必要針對「癡情女子負心漢」以及「負心」做出定義解釋。在蔡淑娜〈科舉時代癡情女子負心漢故事研究〉中給出的解釋為：「『癡情女子負心漢』一詞，是用來譴責社會上一些喜新厭舊的男子對女子的一種拋棄，且造成多情女子無以自拔的痛苦」〔註33〕，其中「譴責」展現出了社會大眾對負心之舉的厭棄，說明負心行為並不受待見；「喜新厭舊」則顯示了負心行為的背後往往是象徵著「只見新人笑，不見舊人哭」的形式，也是多數負心人拋棄舊人的原因；「無以自拔的痛苦」則可以有多面向的猜測，或許是遭受拋棄後，無法獨立生存的痛苦，也可能是婚姻破滅，失去社會地位的痛苦，又或是山盟海誓被踐踏，真心換絕情的痛苦。

　　在中國古代婚姻觀念中，「愛情」不具有地位，更沒有所謂男女平等、心靈契合之愛，女子無法與男子站在平等的立場談論感情，故在「癡情女子負心漢」討論中，不能簡單以現代「愛情忠誠」、「移情別戀」的觀念來界定，古代所謂的負心、癡心其實有著特別的社會涵義，這「心」並不絕對等於性愛觀中出於情感和精神感受的心。恩格斯（Friedrich Engels, 1820～1895）曾討論古代婚姻與性愛：

> 在中世紀以前，是談不上個人的性愛的……在整個古代，婚姻的締結都是由父母包辦，當事人則安心順從。古代所僅有的那一點夫婦之愛，並不是主觀的愛好，而是客觀的義務；不是婚姻的基礎，而是婚姻的附加物。〔註34〕

雖然這段話是以中世紀歐洲婚姻社會為背景，但與中國傳統婚姻有許多相似之處，且在中國婚姻制度、傳統觀念中，男女性愛關係甚至會受到禮教排斥，無論是因性生愛還是因愛生性，都不是禮教所樂見的〔註35〕。在古代，男女地

〔註33〕蔡淑娜：〈科舉時代癡情女子負心漢故事研究〉，臺中：逢甲大學中國文學系碩士論文，1994。

〔註34〕（德）弗里德里希‧恩格斯著（Friedrich Engels），收錄於中共中央馬克思恩格斯列寧斯大林著作編譯局譯：《馬克思恩格斯全集》（北京：人民出版社，1965）第二十一卷〈家庭、私有制和國家的起源——就路易斯‧亨‧摩爾根的研究成果而作，頁89、90。

〔註35〕《禮記》中有「昏禮者，將合二性之好，上以事宗廟，而下以繼後世也；故君子重之。」顯示婚姻形式上須「父母之命，媒妁之言」，而婚姻的主要目的是奉祭祀、廣繼嗣。並非基於男女情愛而結合，更多是出於兩方家族需要，有著濃厚的功利色彩。引言內容可見於（先秦）佚名著；（漢）鄭元注；（唐）孔穎

位不平等，女性在社會、婚姻中較卑微，依附於男子，甚至可說對女性而言，婚姻只是一種名分、地位的象徵，唯有「從一而終」才能保住她們的社會地位，因此女子之「癡心」或許是為了維持體面的社會身分以及遵守傳統制度而有的行為。

　　「父母之命，媒妁之言」的婚姻當然也可能有感情的滋生，但並非絕對，所以也可以從女子面對負心所採取的不同選擇、考量中，判斷她們心中是否有對愛的渴望，詳細將於本論文第三章「癡情女子被負心後的流轉」展現。

　　正因為女性只能透過這種癡心行為來維持「從一而終」的貞節傳統，此時「負心」含義變得多元且有道德意涵。負心並非專指愛情上的辜負，因為古代婚姻觀念中沒有給愛情留空位，愛情可以是婚姻制度下的附屬產物，但不會是結成夫妻的必然因素，一旦男性喜新厭舊，或者為了更好的前途而捨棄關係，這會使女子「忠於婚姻」、「恪守婦道」的堅持化為烏有，使她們的名分、社會地位受到威脅，因此形成負心局面。

　　當然在《三言》、《二拍》中，因為編者對「情」的嚮往、重視，故事中的「負心」也不全然都是傳統定義，還混雜了現代常見的「對感情不專」上的背叛，因此從「癡情女子負心漢」的定義、負心意涵的轉變可以隱隱察覺，馮夢龍、凌濛初在創作或改編時，面對社會大眾所想傳遞的，或許還包含對「情真」的肯定。

　　對於本論文中所討論的「負心」定義，筆者認為，凡是「對婚姻、感情不忠，對伴侶不信任、多疑，辜負對方期待，或使對方陷入糟糕局面、使其原先生活發生負面變化」都可歸類為負心。因此負心漢除了「拋棄」、「背叛」癡情女的行為被稱為負心外，對妻子、小妾施以暴力，對其不信任而輕易休離，導致癡情女無法獨立生存的，都能算作負心行為。

　　而「負心女」，從文本審視，發現多是指女子「違反」婚姻制度從一而終的規範，之所以說「違反」而不說「背叛」，是因為女子的行為被發現後，卻少有論及丈夫除了怒火以外的情緒。只能說「女子負心」的文本更像是在強調「情真」的重要，若只為了肉慾、寂寞而放縱不知節制，甚至跨越婚姻底線，違背從一而終規範，也辜負了丈夫對夫妻關係的期待，則也屬於負心。

　　自文本觀察「癡情女」，可見女子多難改變劣勢，處境艱難；或者在面對

達等正義：《禮記》，收錄於《十三經注疏本》冊5，印嘉慶二十年江西南昌府學開雕本（臺北：藝文印書館，1989），頁999。

背叛的情況下，仍然堅守從一而終的貞節態度，強調婚姻不是兒戲，就算只是私約終生，也必定遵守誓言，不願另嫁他人。癡情女並非一味難過負心男的狠心，在文本中更多是透過癡情女的形象刻寫以及她們做的決定來呈現出性格上的堅強、屹立不搖，使讀者感慨，癡情女竟能為了遵守誓言、堅守原則而寧可終生不嫁甚至以死明志。但也如同前文所提及，有部分癡情女子之所以癡心，很大可能是為了維持既有的社會身分及遵守傳統制度而有的行為，也因此女子的癡情除了展現她們性情中頑強剛毅的一面，同時也體現了社會對女性的高度期許，希冀她們貞忠不二、一生乖順。她們的癡情或許激起人們對愛情的想像，對高尚人格的敬意，可隱藏在癡情的背後，仍是「禮教吃人」的問題，如若不是為了生存、為了符合社會的期待，是不是這些女子也能擁有有別於「癡情」的選擇呢？

筆者大致上認同蔡淑娜對「癡情女子負心漢」所做出的解釋，不過基於本論文所要探討的文本內容，若單單以「喜新厭舊的男子」來解釋負心漢實在不夠精準，且在《三言》、《二拍》中，癡情女子也並非單一性的只呈現「無法自拔的痛苦」，有的甚至展現了令人敬佩的果敢、聰慧，她們熱情、積極，而且能夠爭取幸福，若以「弱女子」來形容她們也實在草率。

因此筆者在本論文的「癡情女子負心漢」解釋為：「在婚姻、感情中因諸多考量而率先捨棄關係的男子，以及捍衛婚姻、制度、愛情卻不盡如人意的女子」，在這裡筆者將蔡淑娜的「譴責」去掉，想要更客觀簡單呈現癡情女、負心漢之間的關係，而編者（馮夢龍、凌濛初）、說書人、書中人物對癡情女、負心漢的看法則在各別人物的分析上可以窺見一二。

第二章 「癡情女子負心漢」擬話本 敘事範型

    本章主要探討「癡情女子負心漢」文本的敘事結構，透過擬話本體例的介紹、敘述手法的巧思、聚散結構的異同整理分析「癡情女子負心漢」在《三言》、《二拍》中的情節安排、設定、人物形象塑造。

    癡情女子負心漢的故事在《三言》、《二拍》中並不算少見，它們是否有相似的敘述手法？情節推移？是否有共同的人物特色或結局走向？是以採用敘事角度進行分析。本章將以「擬話本體例形式」、「癡情女子負心漢敘述手法」、「癡情女子負心漢範式情節：聚散結構」三個面向討論。「體例形式」有助於了解《三言》、《二拍》擬話本中如何呈現「癡情女子負心漢」；「敘事手法」則能藉由敘述者、敘述接受者、干預敘述者以及視角的移動與變化增加故事的豐富度；「聚散結構」則將癡情女、負心漢相知相愛而後真心錯付的情節推演梳理出來，並依照不同的結局走向分類。

第一節 「癡情女子負心漢」擬話本體例形式

    宋代開始流行話本，即說話的底本，說書人講唱精彩的故事，滿足觀眾好奇心，達到娛樂的效果，形成一種商業交易。為了講唱給百姓聽，故事用語通常俚俗，方便口耳相傳。話本小說流傳到明、清，便有文人模仿話本小說的體例，形成新的創作流派──「擬話本」。

    在馮夢龍的《古今小說》（後改名為《喻世明言》）刊出時，已經有許多長

篇通俗小說在民間流行，但短篇小說卻少有。後馮夢龍的《三言》、凌濛初的《二拍》暢銷，短篇小說集開始廣受歡迎，引起了模仿潮〔註1〕。

　　最先將這種在明末清初大為流行的短篇小說集稱為「擬話本」的是魯迅，其在《中國小說史略》將模擬話本而寫成的作品稱為擬話本，而擬話本形成的原因與特徵，魯迅也分析：「南宋亡，雜劇消歇，說話遂不復行，然話本蓋頗有存者，後人目染，仿以為書，雖已非口談，而猶存囊體」〔註2〕因為話本的廣泛流傳，後來的作家為了商業利益、作品流傳度，遂而產生效仿的念頭，這也使聽眾逐漸成為讀者，藉由閱讀擬話本，從中感受到話本的口談氛圍：

> 由「說話」逐漸發展到「話本」的出現，無疑是由聽覺藝術，逐漸變為文學作品。「話本」的涵義應是說話人的故事底本，別稱「話文」。「話本」其後被稱為「小說」，當在刊行給大眾觀賞之後。這亦顯示了原先只供說話人運用的底本，逐漸變成可供大眾閱讀的短篇小說。〔註3〕

從聽覺藝術、說話人表演的底本逐漸轉變為文學作品、可閱讀之短篇小說，擬話本的發展可謂如火如荼。於此同時，讀者的喜好也會成為影響創作的關鍵因素，因為是面向社會基層的通俗作品，因此不僅能從故事內容分析當時百姓的閱讀傾向、社會風氣，還能探討編寫者藉由創作、編纂這些作品，隱隱想要傳遞給大眾的訊息。而回頭審視擬話本嶄露頭角的時代，不得不說那是結合天時、地利、人和的最佳時機。吳佳真認為，在城市經濟繁榮、發展之下，印刷事業也開始蓬勃，同時，說話藝術也逐漸跳脫說話表演的範疇，朝著更廣大的閱讀市場發展，這些都是「擬話本」誕生的溫床。到了明代中晚期，社會思潮迎來變革，思想激進的文學家如李贄、馮夢龍等人，極度推

〔註1〕陳大康曾提到：「從《隨航集》、《解閑集》、《醒夢集》等話本合集名稱可見，他們主要是供人們消遣時閱讀，而商賈則是這類讀物的重要讀者群，從《隨航集》可看出端倪。話本單行本、合集的廣泛流傳，也使得後來的作家有了仿效的念頭。」該引文可見於陳大康《明代小說史》（北京：人民文學出版社，2007）第十六章第一節〈擬話本的形式特徵及其蛻變〉，頁546。
〔註2〕魯迅：《魯迅小說史論文集：中國小說史略及其他》（臺北：里仁書局，1992）中國小說史略第十二篇〈宋之話本〉，頁101。
〔註3〕楊永漢：《虛構與史實──從話本「三言」看明代社會》（臺北：萬卷樓圖書股份有限公司，2021）第一章第二節〈「三言」與話本〉，頁33。

崇通俗文藝，並且親自投入其中的挖掘、整理、出版工作，使許多話本得以保存下來〔註4〕。

　　城市經濟、印刷事業的蓬勃發展，話本逐漸變為可供閱讀的案頭小說。因為閱讀市場的需求，加上馮夢龍等文人在搜羅話本題材後，自己也撰寫、改編作品，在其中投注自身思考、價值觀，反而使擬話本在通俗的口吻中碰撞出精彩的火花，使原先的話本故事在藝術表現上更為突出，展現「文人化」的傾向。

　　而在擬話本中，「癡情女子負心漢」的故事形式絕不在少數。在負心背叛的情節中，有的癡情女子與負心漢最後仍大團圓，也有的負心漢逍遙半生，才終於遭到報應；癡情女子則有的保持沉默，承受負心漢帶來的傷害，或終於能夠自己作主，卻選擇步向死亡……好似在這類文本中，讀者總會看到為求功名、貪圖美色而不擇手段的負心漢，以及面對傷害只能沉默以對，企求善惡終有報，自身卻無能為力改變情勢的癡情女子。在這樣充斥著遺憾、唏噓、悲憤的故事氛圍中，編寫者的目的為何？這其中所包含的教化、警世意味又指向什麼樣的社會問題？而承載著這類沉重、嚴肅議題的故事，其所使用的體例也不能不重視。

　　本章節便要先討論擬話本的體例，認識擬話本的特徵。魯迅認為宋市人小說的必要條件大約有三：「1.須講近世事；2.什九須有「得勝頭迴」3.須引證詩詞」〔註5〕在「須講近世事」部分，陳大康認為這是歷來對一部古代小說或創作流派做考察時的重要內容，唐人多寫時事，因為唐代講話較自由，寫時事也不至於得禍；宋人多寫古事，因為宋代忌諱漸多，文人只能想方設法迴避。不過南渡後的宋朝，有些說書人並不會像文人一樣百般顧忌，他們明白百姓愛聽與自己生活時代相近或相同的人、事、物的故事，因此常會說些金人鐵騎南侵所引起的各個悲歡離合的感人故事，吸引親身經歷或熟悉靖康之變的聽眾。正是因為這樣的現象，魯迅認為「須講近世事」應作為話本小說的必要條件之一。但陳大康考察後，發現宋時代話本的這項特徵，在明

〔註4〕該段完整敘述可見於吳佳真：《晚明清初擬話本之娼妓研究》（新北：淡江大學中國文學系碩士論文，2000）第一章第二節之一〈晚明清初」及「擬話本」之定義〉，頁6。

〔註5〕魯迅：《魯迅小說史論文集：中國小說史略及其他》古小說散論第二章〈宋民間之所謂小說及其後來〉，頁419。

代擬話本中卻表現不突出。陳大康認為,演述明代的故事雖然也多,但描寫近世事(嘉靖以來)的作品卻很少〔註6〕,因此可以見得,「演述近世事」並非明代擬話本的特徵。

到了明代,小說的概念內涵比較寬廣,不似宋時那麼狹隘,凡講史、神魔等作品都可以被稱作小說,因此明代擬話本的作者在編寫創作時便不會再受宋時小說分類的限制。同時,作者創作目的常是為了警惕世人、針砭時事,但這不一定要「講近世事」才能做到,如果能妥善運用、演述古事,處理得當,則同樣能夠起到規勸的效果。

因此下文將針對宋話本、明代擬話本共有的體例進行討論,分別為「入話、頭回」、「詩詞引證」、「正話」。

一、入話、頭回:引發閱讀,使故事更具張力

在魯迅所觀察到的宋話本必要條件中,所謂的「得勝頭回」即是作品在篇首詩詞與正文之間那段文字的統稱。若再細分的話,又可以拆為入話、頭回。入話是有解釋性質的,將篇首的詩詞略作解釋、議論,承上啟下,為引入正文作準備,使篇首詩與正話之間的銜接不那麼突兀。如〈金玉奴棒打薄情郎〉在篇首詩詞後解釋其背景,也有作者發揮性的議論:

> 「枝在牆東花在西,自從落地任風吹。枝無花時還再發,花若離枝難上枝」這四句,乃昔人所作棄歸詞,言婦人之隨夫,如花之附於枝;枝若無花,逢春再發;花離枝,不可復合。勸世上婦人,事夫盡道,同甘同苦,從一而終;休得慕富嫌貧,兩意三心,自貽後悔。〔註7〕

篇首詩後,揭示了棄歸詞的背後含意,再延伸勸戒妻子對丈夫應該從一而終、同甘共苦。接著以朱買臣與妻子的故事對應前面勸戒的「婦人應事夫盡道」的說法。故事後,準備進入正文,以「這個故事,是妻棄夫的。如今再說一個夫棄妻的,一般是欺貧重富,背義忘恩,後來徒落個薄倖之名,被人講論」〔註8〕當作過渡,強調了不可「慕富嫌貧」、「欺貧重富」、「忘恩背義」的理

〔註6〕 關於「講近世事」是否為擬話本特徵的論述推演,可見陳大康:《明代小說史》第十六章第一節〈擬話本的形式特徵及其蛻變〉,頁547~549。

〔註7〕 (明)馮夢龍編;許政揚校注:《古今小說》(臺北:里仁書局,1991)冊下,頁404。

〔註8〕 (明)馮夢龍編;許政揚校注:《古今小說》冊下,頁408。

念，然後才說起金玉奴與莫稽的故事。

　　另外在〈滿少卿飢附飽颺　焦文姬生仇死報〉中也可見篇首詩後大量的議論內容：

> 話說天下最不平的，是那負心的事，所以冥中獨重其罰，劍俠專誅其人。那負心中最不堪的，尤在那夫妻之間。蓋朋友內忘恩負義，拼得絕交了他，便無別話。惟有夫妻是終身相倚的，一有負心，一生怨恨，不是當要可以了帳的事。古來生死冤家，一還一報的，獨有此項極多。〔註9〕

說書人提及了朋友之間若有背叛之事，大可以絕交了事；惟有夫妻，需相互扶持，患難與共，如果有一方負心，便是一生怨恨難解。從篇首詩中的「誰有不平事」〔註10〕，將不平事與負心做連結，並認為夫妻間的負心最難了結。在篇首詩與評論後，說書人再以頭回講述夫妻之中女負男的故事，帶入正文，並言「今日待小子說一個賽王魁的故事，與看官每一聽，方曉得男子也是負不得女人的」〔註11〕。

　　頭回是由一則或二、三則小故事組成，在情節上與正文通常沒有必然的邏輯關係，但可以從正面或反面映襯正文。如同魯迅所說「取不同者由反入正，取相類者較有深淺，忽而相牽，轉入本事，故敘述方始，而主意已明」〔註12〕

　　在〈滿少卿飢附飽颺　焦文姬生仇死報〉中，便是先以陸氏負鄭生的故事，提及負心之舉會誤人終身、害人性命，而後再帶出正文滿少卿與焦文姬這類男負女的故事。強調了不論男女都不該有負心的行為。

　　在〈簡帖僧巧騙皇甫妻〉中，以「錯封書」為頭回，然後正文說的是「錯下書」的故事。兩個故事沒有必然的關係，甚至頭回說的是無心之下造成的誤會，但正文卻是僧人有意為之的騙局。兩個故事雖然內容無關，但「錯」的概念貫串整個故事內容，使情節更具有張力。

　　入話、頭回是擬話本的主要表現形式之一，但不一定要同時使用，有時候

〔註9〕　（明）凌濛初撰；劉本棟校訂；繆天華校閱：《二刻拍案驚奇》（臺北：三民書局，1991），頁201。

〔註10〕　「十年磨一劍，雙刃未曾試。今日把贈君，誰有不平事。」內容見於（明）凌濛初撰；劉本棟校訂；繆天華校閱：《二刻拍案驚奇》，頁201。

〔註11〕　（明）凌濛初撰；劉本棟校訂；繆天華校閱：《二刻拍案驚奇》，頁203。

〔註12〕　魯迅：《魯迅小說史論文集：中國小說史略及其他》中國小說史略第十二篇〈宋之話本〉，頁100。

只有頭回，也有的僅有入話，或者兩者皆無。以下以表 2-1 考察《三言》、《二拍》入話、頭回的使用狀況：

表 2-1 《三言》、《二拍》「入話、頭回」使用狀況一覽表

	喻世明言	警世通言	醒世恒言	初刻拍案驚奇	二刻拍案驚奇
僅有入話	21	11	18	2	4
僅有頭回	9	9	9	8	10
入話、頭回均有	5	9	5	30	25
入話、頭回均無	5	11	8	0	0
合計	40	40	40	40	39〔註13〕

從表格中可看出，在《三言》時期，入話與頭回的分布並不整齊，到了《二拍》則明顯「入話、頭回均有」的數量比《三言》大幅增加。大概原因是馮夢龍時，並沒有在概念上將入話與頭回嚴格區分〔註14〕。

話本小說中，頭回是比較偏向商業利益的存在，說書人希望聽眾可以多一些，但到了約定的時間就必須開講，不能一直等到人數夠多才開始。所以說書人就開始了「頭回」，讓已入場的觀眾被頭回的故事吸引，聽得津津有味，不會因為正文故事開講的時間推遲而不高興；場外的觀眾聽到頭回正在進行，但正文還未開始，也很願意進場，等待正文故事的開始。這種商業手法的頭回久而久之也成為話本小說的重要標誌，但到了文人創作的擬話本，因為文人在創作上並沒有說書人那樣需要拖延時間的商業需求，頭回的使用便只是純粹的模仿話本體例，並非必要，因此頭回的使用頻率也就逐漸變少〔註15〕。

〔註13〕《二刻拍案驚奇》卷 40〈宋公明鬧元宵雜劇〉為雜劇，故實際上只有 39 篇。

〔註14〕陳大康更是舉例，在《醒世恒言》卷三十五〈徐老僕義憤成家〉中，曾有句「適來小子道這段小故事，原是入話，還未曾說到正傳」，此處的「入話」應是「頭回」，而到了《西湖二集》與凌濛初的《二拍》時，作者已將入話與頭回這兩個概念區分開來。關於更詳細的入話與頭回的使用狀況、區分方式之敘述，可見陳大康：《明代小說史》第十六章第一節〈擬話本的形式特徵及其蛻變〉，頁 551。

〔註15〕陳大康分析道：「在文人創作的擬話本中，頭回的存在純粹是出於對話本的模仿，那些作者不僅沒有說話人那樣迫切的商業需求，而且構想與設置頭回還往往會成為創作的累贅。既然頭回存在的必要性已經不復存在，於是它在擬話本中出現的頻數也就慢慢的減少。」引言內容出自陳大康：《明代小說史》第十六章第一節〈擬話本的形式特徵及其蛻變〉，頁 552。

到了清初，入話、頭回的這個特徵喪失存在的必要性，在擬話本發展過程中常被省略或走樣，到最後這些特徵已難分辨，甚至與其他作品沒有明顯的差別。而在《三言》、《二拍》「癡情女子負心漢」、「負心女」文本中，入話、頭回的使用狀況如下表：

表2-2 《三言》、《二拍》「癡情女子負心漢」及「負心女」文本的入話、頭回狀況一覽表

篇　名	僅有入話	僅有頭回	入話、頭回均有	入話、頭回均無
蔣興哥重會珍珠衫	●			
閑雲庵阮三償冤債	●			
楊思溫燕山逢故人	●			
金玉奴棒打薄情郎			●	
簡帖僧巧騙皇甫妻		●		
宿香亭張浩遇鶯鶯				●
杜十娘怒沉百寶箱	●			
王嬌鸞百年長恨		●		
蔣淑真刎頸鴛鴦會			●	
白玉孃忍苦成夫	●			
酒下酒趙尼媼迷花 機中機賈秀才報怨			●	
李克讓竟達空函 劉元普雙生貴子			●	
東廊僧怠招魔 黑衣盜奸生殺			●	
滿少卿飢附飽颺 焦文姬生仇死報			●	
張福娘一心貞守 朱天錫萬里符名			●	

僅有〈宿香亭張浩遇鶯鶯〉在篇首詩後隨即開始了正話故事。大部分文本都有「入話」或者「入話、頭回」皆有。在《三言》中，「僅有入話」的比例較高，頭回出現的頻率不高，到了《二拍》，基本上篇尾詩、入話、頭回的安排都是具備的，顯見凌濛初在模擬體裁上的用心。

而在文本中，可見入話、頭回與正文主題的呼應、對比，如〈閑雲庵阮三償冤債〉入話，在篇首詩後，首先解釋了詩意，並奉勸世人早些了卻兒女債，謹記「男大須婚，女大須嫁」，否則容易鬧出些醜事來。這時候讀者一定會好奇：為什麼要有這樣的言論？如果沒有做到，又會有什麼壞事發生？正當讀者的疑惑來到最高點時，便說明男女若到了適婚年齡還未婚，屆時情竇初開、年輕氣盛，男的容易偷情、嫖娼，女的則會拿不定主意。最後才進入正文，以陳玉蘭、阮三郎的故事應證篇首詩勸告要早早了卻兒女債，莫要讓子女適婚年齡到了還不娶不嫁，最後惹出禍端來，到此入話與正文相互呼應。

另有〈簡帖僧巧騙皇甫妻〉，在篇首詩後加了頭回，以有別於正文的小故事當開場白，說明「錯封書」的趣聞，接著再以「錯」、「書」等關鍵，引出正文的「錯下書」，展開因為一封簡帖兒所造成的夫妻衝突，到此頭回與正文之間融合了「錯」、「書」的概念，使讀者感受到編書人的巧思與趣味性。

也有如〈滿少卿飢附飽颺　焦文姬生仇死報〉是入話、頭回皆有，先以篇首詩點出世間多有不平事，再以入話討論「天下最不平事為負心」，接著頭回介紹了「陸氏赴約」的故事，說明女負男會遭受到的懲罰、報應，接著貫串「負心」主題。介紹完陸氏這個女負男的例子後，以「男負女也有例子」帶出正話，說起滿少卿與焦文姬之間的情愛糾葛，使讀者充分感受到負心之可惡，也說明了不論男女，一旦有負心行為，都是天理難容的。

綜合上述，可見入話、頭回的作用對於正話而言多是議題相關，且具有引導作用，使讀者在進入正話前，可以透過入話、頭回的說明、開場，引發閱讀興趣，進而增添故事張力，並思考正話所想要體現的核心價值。

二、詩詞引證：強化教化意識

在正話到了尾聲，要替故事結尾時，說書人會交代故事最終走向、人物的歸屬等，講述所有人的狀況，展示故事最後是大團圓收場還是悲劇收尾，這時說書人常以「有詩為證」、「有詩嘆云」來帶出篇尾詩，除了加強故事的真實性，也警惕讀者，莫要跟故事中的人物一樣誤入歧途。

除了篇首詩、篇尾詩之外，正話故事中也會有不少使用詩詞的地方。如〈蔣興哥重會珍珠衫〉：「有緣千里能相會，無緣對面不相逢〔註16〕。」說明

〔註16〕（明）馮夢龍編；許政揚校注：《古今小說》（臺北：里仁書局，1991）冊上，頁 7。

了王三巧與陳商如何因緣際會對到視線，從而引起後面一連串的麻煩事，兩人固然有緣份，卻著實是一段孽緣。〈金玉奴棒打薄情郎〉：「漂母尚知憐餓士，親妻忍地棄貧儒。早知覆水難收取，悔不當初任讀書〔註17〕。」則以詩諷刺了莫稽接受金家的幫助、資助，卻不知感恩，並為金家打抱不平。〈張福娘一心貞守　朱天賜萬里符名〉：「不孝有三無後大，誰料兒亡竟絕孫？早知今日淒涼景，何故當時忽妾姬〔註18〕。」則說明了朱景先以為朱遜與正妻年輕，還能夠有孩子，因此狠心不讓已經懷孕的張福娘一起歸還蘇州，誰知道朱遜英年早逝，沒來得及與妻子生下孩子。此時張福娘肚子中的孩子便成了朱家唯一的香火，何其諷刺。

　　宋時話本常使用詩詞，那是文人的風雅，但話本是面向市井小民的說話底本，並不是供人閱讀的文人作品，那些案頭小說中會有的吟詠詩詞則變成「引證」，即如上文所述，在故事有所轉折之際，以「有詩為證」、「詩曰」、「正是」做引，再以詩詞來為故事做段落性總結。魯迅對於小說多用詩詞此一現象有以下評論：

> 唐人小說也多半有詩，即使妖魔鬼怪，也每能互相酬和，或者做幾句即興詩，此等風雅舉動，則與宋市人小說不無關涉，但因為宋小說多是市景間事，人物少有物魅及詩人，于是自不得不由吟詠而變為引證，使事狀雖殊，而詩氣不脫；吳自牧記講史高手，為「講得字真不俗，記問淵源甚廣」（《夢粱錄》二十），即可移來解釋小說之所以多用詩詞的緣故的。〔註19〕

話本既是向百姓說故事，那麼說書人在講述的過程中必定旁徵博引，用各種豐富的故事帶出他們的正話，或引詩詞來為正話故事增添可信度，使聽眾想要將故事聽完。到了明清時期，文人撰寫擬話本時，詩詞的使用更多是為了顯示人物形象的塑造與情節安排，這些文人本身就是有著一定聲望的名士，完全沒必要像宋時說書人一樣，大量使用詩詞來展現自己的學識豐沛。而在《三言》、《二拍》中，正話之間的詩詞引證，以及篇尾詩的設置都夾雜著較強的教化意識，勸戒世人的目的非常明顯

〔註17〕（明）馮夢龍編；許政揚校注：《古今小說》冊下，頁406。
〔註18〕（明）凌濛初撰；劉本棟校訂；繆天華校閱：《二刻拍案驚奇》，頁545。
〔註19〕魯迅：《魯迅小說史論文集：中國小說史略及其他》古小說散論第二章〈宋民間之所謂小說及其後來〉，頁418。

　　如羅小東針對《三言》、《二拍》的篇尾詩研究，認為可以歸納為「總結情節，點名題旨」以及「對讀者進行勸誡」兩種，前者是承宋元話本的傳統而來的，後者則是因為文人作者在寫小說上有「教化意識」，因此常在故事最後，藉由說書人之口說教，勸戒目的非常強烈〔註20〕。

　　馮夢龍在《古今小說》敘言：「試今說話人當場描寫，可喜可愕，可悲可涕，可歌可舞；……怯者勇，淫者貞，薄者敦，頑鈍者汗下。雖小誦孝經、論語，其感人未必如是之捷且深也。〔註21〕」其盼望故事的整理、改寫是能夠對人民產生教育、教化作用的，而凌濛初在馮夢龍的帶動、影響下撰寫《二拍》，他們在通俗小說中有意識的推動，在文章中積極說教、傳遞思想價值觀，其貢獻是無法衡量的。如〈酒下酒趙尼媼迷花　機中機賈秀才報怨〉末段內容為：

> 後人評論此事，雖則報仇雪恨，不露風聲，算得十分好了。只是巫娘子清白身軀，畢竟被污。外人雖然不知，自心到底難過。只為輕與尼姑往來，以致有此。有志女人，不可不以此為鑑。詩云：好花零落損芳香，只為當春漏隙光。一句良言須聽取，婦人不可出閨房。〔註22〕

文本末段說書人議論人物的結局命運，並加上詩詞，總結故事，此時評論與篇尾詩渾然一體，好似一氣呵成。而其中所帶的說教意味濃厚，要女性更加謹慎小心，大門不出、二門不邁，才可能最大限度保護自己不受有心人設計陷害，導致最後污了清白。而文末雖未評價賈秀才，但他能站在巫娘子身邊支持身心，而未反過來責怪巫娘子大意被陷害，才因此遭受卜良迷姦，這在講究男尊女卑、重視女性貞潔的時代，賈秀才的作為是難能可貴的。

　　又如〈杜十娘怒沉百寶箱〉故事後段，亦是在議論人物結局後，以篇尾詩作結，既憐憫杜十娘的遭遇，也感慨「情」之不易：

> 後人評論此事，以為孫富謀奪美色，輕擲千金，固非良士；李甲不識杜十娘一片苦心，碌碌蠢才，無足道者。獨謂十娘千古女俠，豈

〔註20〕 關於此段論述，詳細可見羅小東：《「三言」、「二拍」敘事藝術研究》（北京：中國社會科學出版社，2010）第二章第一節〈語言、入話和篇尾詩的規範〉，頁51。

〔註21〕 （明）馮夢龍編；許政揚校注：《古今小說》冊上，頁2～3。

〔註22〕 （明）凌濛初撰；劉本棟校訂；繆天華校閱：《拍案驚奇》（臺北：三民書局，1981），頁72。

不能覓一佳侶，共跨秦樓之鳳，乃錯認李公子，明珠美玉，投於盲
人，以致恩變為仇，萬種恩情，化為流水，深可惜也！有詩嘆云：
不會風流莫妄談，單單情字費人參；若將情字能參透，喚作風流也
不慚。〔註23〕

從文末議論與篇尾詩的內容可以明顯看出對李甲、孫富的貶低；對杜十娘的
同情與佩服。篇尾詩也點出了「情」在故事中的作用，杜十娘為情而汲汲營
營，在世故中保持著追尋愛情的天真浪漫；而李甲則是為了情放下身段，到
處奔走籌錢，只可惜兩人對「情」的重視並不相同。杜十娘可以為了情而放
棄生命，但李甲卻可以為了錢、為了平息父親怒火而捨棄情。因為兩人對於
情的不同認知，最後走向悲劇。

　　再如〈蔣淑真刎頸鴛鴦會〉中，張二官發現蔣淑真與朱秉中的私情，在端
午節夜晚砍下兩人的頭顱，文末一番說教性質的言論後，以詞引證：

禍福未至，鬼神必先知之，可不懼歟！故知士矜才則德薄，女衒
色則情放。若能如執盈，如臨深，則為端士淑女矣，豈不美哉。
惟願率土之民，夫婦和柔，琴瑟諧協，有過則改之，未萌則戒之，
敦崇風教，未為晚也。……又調南鄉子一闋，詞曰：春老怨啼鵑，
玉損香消事可憐。一對風流傷白刃，冤冤，惆悵勞魂赴九泉。抵
死苦留連，想是前生有業緣。景色依然人已散，天天，千古多情
月自圓。〔註24〕

文末勸戒世人端莊謹慎，夫妻之間可以和諧安穩，若有過錯則改進，若有壞
心思萌生，則要盡早斬草除根。只要崇尚教化，則人人都有改過自新的機會。
而〈蔣淑真刎頸鴛鴦會〉雖是慘案收尾，同時也警戒讀者，放縱情色，不顧
夫妻情的後果為何，且人在做天在看，就算行壞事未被他人發現，鬼神也必
定能有所感知，這是不可能逃掉的，千萬不可抱持僥倖心態。最後的〈南鄉
子〉也強調了因果報應的理念，只有自己行得正，為人處事皆坦蕩，不做違
背倫理道德、傷天害理之事，才不會淪落到蔣淑真、朱秉中那樣，身首分離，
死狀慘烈。

　　這些詩詞引證除了帶有說教目的，也頗有感慨故事中人物的意味，感慨他

〔註23〕（明）馮夢龍編；嚴敦易校注：《警世通言》（臺北：里仁書局，1991）冊下，
　　　　頁499。
〔註24〕（明）馮夢龍編；嚴敦易校注：《警世通言》冊下，頁580～581。

們命運多舛，或是自作孽不可活，若早日回頭是岸，則可避免今日慘狀。

　　隨著擬話本的逐漸發展，得勝頭回與詩詞引證的次數開始減少，這是因為文人模擬話本不像說書人一樣帶有商業考量，更多的是將注意力放在對作品實際內容的構思，而非只是模擬話本的形式。在此方面，馮夢龍與凌濛初皆是重要改革者，他們在擬話本的編創上投注創意，停止永無止盡的模仿，轉而增添原創性，如凌濛初在《拍案驚奇》敘所言：「取古今來雜碎事，可新聽睹，佐詼諧者，演而暢之〔註25〕。」蒐羅古今可用來小說創作的素材，將它們去蕪存菁，用通俗語言演述並且豐富之，使擬話本創作更上層樓。而「詩詞引證」也從話本時期的吸引觀眾、展示說書人學識的意義轉變為強化教化意識的工具，幫助百姓在案頭閱讀時，建立正確的價值觀。

三、正話：開展多元故事

　　正話是講述主要故事的部分，涉及了故事核心，也是全文最關鍵的地方，通常使用通俗語言，方便大眾閱讀：

> 擬話本是隨著市民階層閱讀需求而興盛茁壯的，這種大眾文學「與屬於個性產物的純文學不同，大眾文學是由大眾來創造的，作家只不過是根據大眾的種種要求而賦予它一個形式而已。正因為如此，大眾文學深深地烙上了大眾的印記。〔註26〕

正話所說的故事大多是市民階層的人喜歡聽的，貼於生活，也能從中體現主流思想，當然擬話本因為是文人執筆，也不乏有些思想前衛的言論，但僅僅只是在文章中帶過，隱隱夾雜說教成分，反而像是說書人在講唱之餘，與觀眾的幾句閒聊，夾雜幾分個人情感、思考，卻並不強調，而是期待觀眾在聽完故事後，會有自己的見解。

　　既然擬話本主要是給市民階層的人看的，那故事也特別需要貼合世俗社會，勾起人民的共鳴，而人物的形象塑造、情節的推移，也必須合理且如實呈現社會底蘊，方能成就絕妙的作品。然而故事不能只有「真實」的生活基調，若是以瑣碎的生活日常拼湊出來的真實，雖然可以勾起親切感，卻容易凌亂破碎，因此應在「真實」的瑣碎中夾雜虛構創造的環節，使人物、經歷

〔註25〕　（明）凌濛初撰；劉本棟校訂；繆天華校閱：《拍案驚奇》（臺北：三民書局，1981）〈拍案驚奇序〉，頁1。

〔註26〕　（日）尾崎秀樹著；徐萍飛、朱芳洲譯：《大眾文學》（北京：中國社會科學出版社，1994）〈緒論〉，頁2。

更顯逼真，如吳佳真認為「如能站在現實生活基礎上來虛構及創造，同時遵循著現實生活邏輯，那麼就能夠達到「逼真」的效果，此即「情真」、「理真」的藝術境界。〔註27〕」

　　以現實生活、人物為基礎，在真實中添加藝術手法，將故事情節、人物行為、形象合理化，依循邏輯，將內容的起承轉合安排得宜，這樣的故事如何不引人入勝呢？加上以生活中的真實為基礎去撰寫的內容，相當程度能引起百姓的共鳴，如落魄書生、女子遇人不淑、商人買賣等，都是社會中常見的，特別能讓人入戲。而讀者被文本中人物的經歷牽動著情緒，這也是擬話本的魅力所在。

　　除了故事以真實為基礎，揭示社會底蘊、使用淺白文字外，正話中也常出現「話說」、「且說」、「看官」、「諸公」等字眼，是說書人在講演故事的過程中，引導聽眾跟著情節推移的關鍵：

> 在中國敘事文學傳統中，敘事者的出現常伴隨以下的套語，如「話說」；「且說」；「話中且說」；「卻說」；「在說」；「說話的，因甚說這？」；「單說」；「閒話提過」；「話分兩頭」；「有話即長，無話即短」；「話休絮煩」；「說」……這些套語雖略有差異，但都具備了關鍵字──「說」，這個現象顯示敘事者以「述說」來執行其敘述活動，而其敘事文本，也由「述說」來構成。〔註28〕

話本是說書人面向觀眾講故事的底本，那些「話說」、「卻說」等「說」的套語有助於重新拉回觀眾的吸引力，也可用於說書人岔開話題後，再把焦點拉回原先故事的過渡〔註29〕。除了形式上有其特徵，擬話本在故事題材上也有喜歡呈現的主題，陳大康便發現擬話本的題材較集中於當時世態人情的反映，作品展現的畫面也多是社會各個角落的狀況。其中，愛情、商賈力量、金錢勢力、中下層知識份子的處境等內容最多，關於這些方面的側寫、敘述，

〔註27〕吳佳真：〈晚明清初擬話本之娼妓研究〉第一章第三節之一〈現象真實與小說虛構的辯證〉，頁15。

〔註28〕尤雅姿：《中國敘事理論與實際批評》（臺北：臺灣學生書局有限公司，2017）第三章第一節〈敘事者的範疇〉，頁131。

〔註29〕除卻這種把焦點拉回故事本身的用語，也有「正是」、「卻似」、「有詩為證」、「有詞為證」等語，作用是使情節暫停，唱幾句詩或詞，再接著說下去。該內容可見於葉慶炳：《中國文學史》（臺北：臺灣學生書局有限公司，1997）第二十六講〈宋代話本與諸宮調・宋人話本之結構〉，頁183。

往往生動鮮明，顯現出明末社會的時代風貌〔註30〕。

愛情婚姻可以說是社會中最敏感的問題之一，《詩經》就不乏有男女對幸福的追求與嚮往；唐傳奇更是有〈霍小玉傳〉、〈李娃傳〉等名作。這種愛情故事歷久不衰，一直都是人們所津津樂道的話題。到了宋元時代，說書人順應民意，也觸碰了愛情的主題，呈現當時的風情，如〈碾玉觀音〉就可看出女主人公的形象有所轉變，與封建禮教中期許的溫柔、矜持不同，女主人公璩秀秀勇於表現對愛情的積極、對戀愛對象的傾慕。這種脫離舊時代社會對女性的束縛表現，很大程度也呈現了當時市井女性意識的覺醒。

而且有別於才子佳人那種郎才女貌、天作之合的愛情，在擬話本中，更有著「癡情女子負心漢」的形式，癡情女子或許沿襲了過往創作中，女子柔弱無法反抗的形象，但在面對負心漢的薄倖之舉，有的選擇了反抗，呈現女性強悍潑辣的一面，反而魅力大增，更教人拍手叫絕。

對於「情」、「欲」的肯定，也能從擬話本的故事中得到驗證。如〈張舜美燈宵得麗女〉中，劉素香主動邀請張舜美談情說愛，並說：「你我莫若私奔他所，免使兩地擁抱相思之苦〔註31〕」這種大膽且主動追求愛情的行為，在其他故事中也多有刻寫，且作者大多是抱持肯定態度，並未將這類勇於追求愛情的女性定位為「蕩婦」角色。

又如〈宿香亭張浩遇鶯鶯〉，李鶯鶯主動選擇婚配對象，與張浩私定下婚約，這是違背禮教之事，但在故事末，比起經過「父母之命，媒妁之言」的婚姻，龍圖閣待制陳公更講究了先後順序，認同了張浩、李鶯鶯私約在先的行為，並成全他們，使其成為夫妻。文末的詩詞更以「今日張生仗李鶯」〔註32〕肯定李鶯鶯積極挽回婚姻，勇於追求愛情的行為。

除了這類對情、欲的肯定，馮夢龍、凌濛初所在的明末清初雖然大肆強調女性貞節觀，但在文本呈現上，卻也出現了與禮教背道而馳的言論，如〈蔣興哥重會珍珠衫〉中，王三巧被休，自覺羞愧，正準備自縊，她的母親如此開導：

你好短見，二十多歲的人，一朵花還沒有開足，怎做這沒下梢的事？

〔註30〕詳細論述可見於陳大康：《明代小說史》第十六章第三節〈擬話本創作中的三大主題〉，頁567。

〔註31〕（明）馮夢龍編；許政揚校注：《古今小說》冊下，頁360。

〔註32〕（明）馮夢龍編；嚴敦易校注：《警世通言》冊下，頁457。

> 莫說你丈夫還有回心轉意的日子，便真個休了，恁般容貌，怕沒人
> 要你？少不得別選良姻，圖個下世受用。你且放心過日子去，休得
> 愁悶。〔註33〕

或許對母親而言，這樣的言論更多是為了勸阻女兒尋短，因此要她珍惜生命，說不定來日還能與丈夫破鏡重圓，又或是另外覓得新夫。這種違反禮教「希望女子從一而終、守貞節」的言論，筆者認為這反而凸顯出了一個母親對女兒的關愛，只要孩子不要尋短，就算違反了社會的價值觀又如何？活著，可比任何事情都重要。

在「癡情女子負心漢」文本中，王三巧母親的行為是不多見的，多數父母對女兒的離經叛道（私情）是斥責、憤怒，但王三巧的母親卻反而鼓勵女兒振作，當父親聽聞女兒想輕生，也勸解她一番。父母的行為反而襯托出了對王三巧的感情、珍視，正是因為舐犢情深，方能擺脫一女不嫁二夫的禮教思想，對於女性改嫁的行為有所寬容，並以此寬慰王三巧，希望她珍重生命，莫要再尋死。生活在對女性限制諸多的社會環境下，還能以女兒生命、幸福為優先考量，將禮教的神聖性淡化，並加強了父母與孩子間的情感互動，非常難得且可貴。

第二節 「癡情女子負心漢」敘事手法

故事要被流傳下去，除了口耳相傳，便是用文字記錄。相比起口傳有可能產生的以訛傳訛，文字紀錄比較能留下證據，使後世人在考古研究時，有不同的出土文獻、版本比較，找出異同，觀察流傳過程中故事的改動。

而優秀的作品被不斷謄寫、印刷的機會較大，留到後世的可能性也最高。好的作品被大眾給接受，內容相似的文章自然也會不少，但為什麼只有少數文章可以留到後世被看見？這要探討的便是文章的敘述手法了：

> 就敘事文而言，敘述方式將直接關係到故事的性質。在處理同一素
> 材時，如果人們從不同的側面，采用不同的編排方式，或運用不同
> 的語氣，必將出現風格迥異的敘事文。〔註34〕

世上故事千萬種，但也總會有相似的故事情節，如才子佳人、金榜題名、生

〔註33〕（明）馮夢龍編；許政揚校注：《古今小說》冊上，頁25～26。
〔註34〕胡亞敏：《敘事學》（武漢：華中師範大學出版社，2004）第一章〈敘述〉，頁18。

死輪迴⋯⋯許多題材歷經時代考驗，仍然被許多人喜愛，而由題材所衍生出來的故事，大多都是大同小異。如何出類拔萃，受人矚目，就十分考驗作者的敘述方式。同樣一件事情，作者可以用懸念的方式帶過，也可以用不同的人不同的角度帶出「羅生門」的情境，讓讀者好奇，事情真相究竟如何：

> 在敘事文中，不單是觀察角度會左右事件的性質，敘述者在材料的取捨、組構過程乃至語氣的運用上都會不同程度的影響故事的面貌和色彩。

> 同時，敘事文的無限豐富也正寓於敘述方式的奇妙組合之中。古往今來，關於愛情、死亡、追求的敘事作品數不勝數，而使他們異彩紛成的重要原因之一是敘述方式的千變萬化。一些老而又老的題材為何能夠引人入勝，也無不與敘述方式直接相關。〔註35〕

明清擬話本中，許多故事都是來自唐傳奇、宋話本，經過文人另類的詮釋方式、角度，而賦予了不一樣的生命，有的脫離了原先故事的設定，另闢新路，有的則青出於藍更勝於藍，不僅不俗套，反而寫出了經典的好作品。以下將以視角的移動與變化、敘述接受者、干預敘述者三種層面來討論文本中常見的敘述方式。

一、視角的移動與變化

在故事中，為了追求內容的層次豐富、精彩，往往會藉由視角轉移來呈現文本內容，讀者則能在故事遞進下接收到不同視角所帶來的資訊，藉以完整故事的全貌。「具體來說，許多敘事作品都不是運用一種視角類型完成的，聚焦方式也不一定一成不變地貫穿於一部作品的始終」〔註36〕。這種敘寫方式，改變了傳統的敘述邏輯，擴大了敘事藝術的表現空間。胡亞敏認為，視角變化最主要表現兩方面——減少信息和增加信息：

> 減少信息，又稱省敘，指從已采納的視角類型中扣留一些信息，換句話說，敘述者或人物知道而故意向讀者隱瞞。省敘最突出的表現是對非聚焦型視角的限制。

> 增加信息，又稱擴敘，敘述者或人物突破單一的聚焦方式進入更廣闊的視野，或者說，向讀者提供超過敘述者或人物在某一聚焦位置

〔註35〕胡亞敏：《敘事學》第一章〈敘述〉，頁19。
〔註36〕胡亞敏：《敘事學》第一章第一節之四〈視角的變異〉，頁34。

上所了解的信息。擴敘可出現在內聚焦作品中，或插入敘述者的議論，或描寫人物不可能看到的景象，或披露另一人物的思想。〔註37〕讀者能否從閱讀中得到驚喜、快感，全賴於作者如何讓書中人物闡述，又如何分配視角的變化，讓讀者跟著故事內容走向，對人物抱有一點神秘色彩，又不至於對其感到陌生。

在《三言》、《二拍》中，說書人是馮夢龍、凌濛初的化身〔註38〕，是負責向讀者傾訴故事的人物，他是全知、全能的視角，知道故事的全部發展，也知道人物的最終結局。但偶爾，說書人會將視角轉換到其他人身上，利用故事層中的人物視角，減少讀者所能得到的訊息，使讀者聚精會神，跟著故事人物一同探索，最後迎來結局。在本節中，所謂的視角移動與變化，是指視角在說書人（全知全能）、故事人物（減少信息）之間的轉換，亦即視角在故事層內、外的移動。

《三言》、《二拍》雖然是擬話本形式，以說書人的全知全能視角推移情節，但也會出現以某人物視角來敘寫的篇幅，盡可能減少讀者所能得到的資訊，並以該人物的思想、立場發展故事，讀者了解人物內心變化的同時，也能逐步感受到其成長或墮落。如〈滿少卿飢附飽颺　焦文姬生仇死報〉中大多以滿少卿的視角來發展故事，讀者可以窺見他在難以忍受飢餓而大哭時，意外遇見焦大郎的心思變化——除了感謝，還希望焦大郎能幫助更多一些，有點「得寸進尺」的意味。而滿少卿那人性的卑鄙也在他回家鄉時得到展現，他竟然因為父輩議定的婚配對象貌美、家世優渥而動心，反覆思索再三，刻意忽視自己對焦文姬的「良心不安」，努力將自己的負心行為正當化，使內心不那麼煎熬。從這些故事細節都可以看出滿少卿性格中的卑劣，他是自私而自大的，讀者隨著他的視角觀看故事發展，無不對其負心行為恨得牙癢癢。且也因為是由滿少卿視角出發，讀者所能知道的資訊並不多，因此當焦文姬再次出現時，不禁讓人好奇為何她時隔多年才又重新出現在滿少卿面前。這種疑惑到了焦文姬鬼魂身分得到確認後才得以解開，使讀者在閱讀體驗上跟著人物情緒起伏，代入感十足。

而「增加信息」的視角變化也能在文本中見到，如不斷穿插不同人物的

〔註37〕胡亞敏：《敘事學》第一章第一節之四〈視角的變異〉，頁35。
〔註38〕關於說書人為何是馮夢龍、凌濛初的化身，詳可見本章第二節之二「敘述接受者：聽眾、讀者」。

視角,使讀者能藉由不同人物的思考、經歷而對整個故事的資訊掌握較多,甚至可能比單一人物所知道的情報還多。如〈金玉奴棒打薄情郎〉,分別有金老大、金癩子、金玉奴、莫稽、許德厚等人的視角敘述,當酒席被金癩子破壞後,金玉奴在房中氣得兩淚交流,因此她決心投錢栽培莫稽念書,希望他功名成就,掙個出頭;莫稽則是從婚前的思慮、酒席的破壞、聽聞「金團頭家女婿作了官」而不滿,就能看出他心思不正,思量著如何擺脫金家。這些人物的視角敘寫都被讀者盡收眼底,也因此讀者早早就知道莫稽的為人,從而當莫稽做出謀害金玉奴的舉動時,讀者並不會感到意外。

除卻以上的例子,《三言》、《二拍》中雖然視角移動的手法很常見,但最大宗仍是使用說書人視角,以「旁白」的方式與讀者對話,抽離原先情節的氛圍,對讀者說教,或試圖引導讀者對人物的喜惡判斷。但在「癡情女子負心漢」的文本裡,還出現了非常有趣的現象。似乎故事都很喜歡在前半段注重介紹男女雙方的家世背景;男主如何驚豔女主的長相、才情、氣質,又如何陷入愛河。如〈白玉孃忍苦成夫〉,程萬里見到白玉孃的長相,心中歡喜。文章中曾用詩詞來描繪白玉孃的嬌美;〈宿香亭張浩遇鶯鶯〉張浩初見鶯鶯,也是「神魂飄蕩,不能自持」〔註39〕隨後更是因為思念鶯鶯,渴望與其接觸而形貌憔悴。

我們可以見下方表 2-3,在故事段落「二、程萬里落難」中,大多是以說書人的角度說明程萬里如何輾轉逃亡、被擄為奴隸,而在這樣的過程中,會有幾段是程萬里的心聲描寫,這邊展現的便是程萬里的視角,以他的角度來看事物,使讀者更快代入程萬里的角色,並且對他的處境以及選擇產生憐憫、認同。

到了故事段落「三、程萬里對白玉孃從懷疑到信任」,便基本都是程萬里的視角,前文所提程萬里見到白玉孃的長相,心中歡喜的部分也是出自該段落,展現的是程萬里喜獲嬌妻的愉悅,以及緊接著被妻子的身分背景勾起的惆悵,再來是被妻子勸說逃走時心中產生的各種思考過程。讀者可以窺探程萬里是如何懷疑白玉孃的真誠,又是如何辜負了白玉娘的苦口婆心。而故事段落「四、白玉娘被賣後直至出家為尼的過程」則多是以說書人的角度快速帶過白玉孃的遭遇,在某些需要描繪白玉孃所思所想的地方才會以白玉孃的角度敘寫其心聲。

〔註39〕 (明)馮夢龍編;嚴敦易校注:《警世通言》冊下,頁 450。

表2-3 〈白玉孃忍苦成夫〉情節推移與人物視角變化表

故事段落	視角
一、得勝頭回	說書人
二、程萬里落難	說書人 程萬里
三、程萬里對白玉孃從懷疑到信任	程萬里
四、白玉娘被賣後直至出家為尼的過程	說書人 白玉孃
五、兩人幾經波折終於團圓	說書人

又如下方表2-4，在故事段落「一、張浩與李鶯鶯定下私情」中，先是以說書人視角介紹了張浩的家世背景，再以張浩的角度看到了李鶯鶯，並驚艷其天人之姿。隨後故事大半都是以張浩的視角展開，敘寫他如何深受思念折磨，又如何與李鶯鶯有了肌膚之親，如何分隔兩地，飽受煎熬，又如何迫於壓力，準備另娶他人。讀者可以感受到張浩對李鶯鶯狂熱的癡迷，以及不得不迎娶他人的委屈與無措。雖然即將做了負心之事，卻又讓讀者難以大罵其可惡，畢竟他的真情，讀者是盡收眼底的。而到了故事最後「五、李鶯鶯力挽狂瀾」中，短暫出現了李鶯鶯的視角，以她的角度出發，先是得到父母的應允，而後自寫訴狀告官，扭轉劣勢。故事最後李鶯鶯得到勝利，與張浩終成眷屬，此時以說書人視角收尾，為故事畫上句號。

表2-4 〈宿香亭張浩遇鶯鶯〉人物視角變化表

故事段落	視角
一、張浩與李鶯鶯定下私情	說書人 張浩
二、兩人行夫妻之實	張浩
三、分隔兩地	張浩
四、張浩將另娶他人	張浩
五、李鶯鶯力挽狂瀾	李鶯鶯 說書人

在文本中，讀者通常是藉由男方視角了解狀況，看到男、女主之間如何郎有情妹有意，如何透過友人、侍女、老尼等人幫助，私下幽會培養感情。男女雙方乾柴烈火，篤定了對方就是自己的唯一。這時，男方往往會遇到考

驗，看是選擇對感情忠誠，又或者是負心，與女方分道揚鑣。而「癡情女子負心漢」故事中，男方若選擇了「負心」，這時視角通常會變換到女方，讀者可以看到女方在得知男方的背棄後，如何傷心欲絕，最後走上末路。

如下方表 2-5，故事前期只有在表達王嬌鸞對周廷章的心動時，以她的視角表現了少女春心萌動的情懷，接著無論「三、私訂終身」還是「四、周廷章返鄉探親」都多是以周廷章的視角出發，又或者以說書人角度來推移情節，讀者比較難窺探王嬌鸞的思考。故事到了周廷章負心後，王嬌鸞的視角開始變多，讀者能知道她從不敢相信到不得不認清事實的情緒變化，也能從她「不願默默而死，便宜薄情郎」的行為舉止感受到其不願白受委屈的性情。這時讀者對王嬌鸞的認識變得具體，能更明白在遭逢負心後，王嬌鸞為何會做出玉石俱焚的行為。

表 2-5 〈王嬌鸞百年長恨〉人物視角變化表

故事段落	視　角
一、得勝頭回	說書人
二、王嬌鸞與周廷章兩情相悅	說書人 王嬌鸞 周廷章
三、私訂終身	說書人 周廷章
四、周廷章返鄉探親	周廷章
五、周廷章辜負王嬌鸞	王嬌鸞 說書人 周廷章
六、樊公替王嬌鸞主持公道	王嬌鸞 樊公 說書人

除了這種「負心情節前」多以男方視角出發，「負心情節後」則轉以女方視角敘述的視角變化，還有一種是：若女方死後化成魂魄來向男方索命，則女方生前對男方的負心行為是什麼情緒通常是輕描淡寫或省略，重點會放在「復仇索命」的橋段，敘述男方如何自食惡果，為自己的負心付出代價。

如下表 2-6，故事前半段，焦文姬的視角很少，只有在滿少卿一舉登第

後，準備上京選官時，焦文姬表達了自己的不安之情，之後便再無關於焦文姬情緒的描述。在「五、滿少卿另娶他人」、「六、焦文姬索命」段落，滿少卿已然背叛，文本大多著墨於滿少卿如何說服自己「拋棄焦文姬是對的選擇」以及擔心害怕焦文姬尋來的情緒，此時故事對於焦文姬在家鄉遲遲等不到滿少卿消息的處境未有交代，直到「六、焦文姬索命」，焦文姬成功取走滿少卿性命，向滿少卿妻子朱氏道別時，讀者才能透過焦文姬的自訴明白她當時的絕望，還有焦大郎、侍女青箱各自的結局，方唏噓起原來滿少卿的自私負心，竟造成了焦氏家破人亡的慘況。

表2-6 〈滿少卿飢附飽颺　焦文姬生仇死報〉人物視角變化表

故事段落	視　角
一、得勝頭回	說書人
二、焦大郎幫助滿少卿	說書人 滿少卿 焦大郎
三、焦文姬與滿少卿定情	說書人 焦大郎 滿少卿
四、滿少卿一舉登第	滿少卿 焦大郎 焦文姬
五、滿少卿另娶他人	說書人 滿少卿
六、焦文姬索命	滿少卿 焦文姬 說書人

視角移動沒有固定的模式，但在「癡情女子負心漢」中可以觀察出一些反覆出現的形式：一、開頭常以說書人角度介紹男女雙方的家世背景；二、男女初次見面時，常以男方視角描繪女方的國色天香；三、負心情節前，多以男方視角敘述這場感情所遇到的挫折與困難；四、負心情節後，以女方角度呈現出遭逢背叛後的絕望及處境，此時讀者會跟隨女方視角，見證她們在「毀滅」或「生存」中做出選擇；五、若有復仇、索命的情節，則較少著墨

女方面對負心的思考，多是以說書人視角推移故事，將重點擺放在男方如何得到懲罰。六、故事結尾通常是以說書人的視角點評人物的是非對錯。

以下以表 2-7 統攝《三言》、《二拍》「癡情女子負心漢」文本中，在不同情節之下，多是以何種視角來敘述：

表 2-7　三言二拍「癡情女子負心漢」文本視角變化模式

情　節	視　角
一、開頭	多以男方視角讚嘆女方美貌、姿色
二、男女初識	由說書人角度推移情節，並多以男方視角敘述該段情感的發展
三、負心情節前	男方視角
四、負心情節後	女方視角
五、有復仇、索命情節	以說書人角度交代男方如何自食惡果
六、結尾	說書人視角點評

二、敘述接受者：聽眾、讀者

無論是自言自語，還是與人交談，宣之於口的言論總會有「接受」的一方，是接受訊息與情報的人：

> 凡敘述——無論是口述還是筆述，是敘述真事還是神話，是講述故事還是描述一系列有連貫性的簡單動作——不但必須以（至少一位）敘述者並且以（至少一位）敘述接受者為其先決條件，敘述接受者即敘述者與之對話的人。〔註40〕

通常在話本、擬話本中，敘述者為「說書人／作者」，敘述接受者為「聽眾／讀者」。話本而言，敘述者為以口談藝術為生的說書人，他們的敘述接受者即面前聽故事的聽眾；而到了擬話本，作品從聽覺藝術變為可閱讀的小說，這時的敘述者與敘述接受者則分為作品內、作品外。作品之外的敘述者為撰寫擬話本的真實作者，而敘述接受者為閱讀擬話本的讀者；作品之內的敘述者為故事中以說書人口吻進行故事敘述的說書人，而敘述接受者則是說書人面對的聽眾。以下以圖 2-1 呈現擬話本的作品內／外之敘述者、敘述接受者，方框內為故事文本內的世界，方框外為真實世界：

〔註40〕胡亞敏：《敘事學》第一章第三節〈敘述接受者〉，頁 53。

圖 2-1　故事層內外之敘述者與敘述接受者

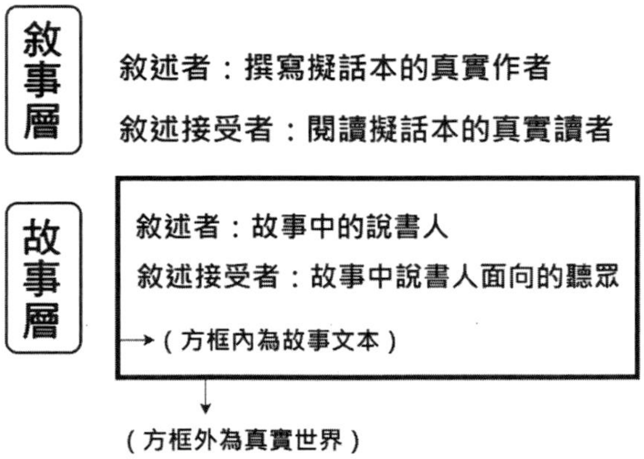

敘事層

敘述者：撰寫擬話本的真實作者

敘述接受者：閱讀擬話本的真實讀者

故事層

敘述者：故事中的說書人

敘述接受者：故事中說書人面向的聽眾

→（方框內為故事文本）

↓

（方框外為真實世界）

　　在《三言》、《二拍》中，敘述接受者的存在格外明顯，即故事進行中，故事內的說書人常會與敘述接受者對話，以下節錄幾段：

> 看官，則今日聽我說珍珠衫這套詞話，可見果報不爽，好教少年子弟做個榜樣〔註41〕。（蔣興哥重會珍珠衫）

> 好姻緣是惡姻緣，莫怨他人莫怨天。但願向平婚嫁早，安然無事度餘年。這四句，奉勸做人家的，早些畢了兒女之債。常言道：「男大須婚，女大須嫁；不婚不嫁，弄出醜吒。」多少有女兒的人家，只管要揀門擇戶，扳高嫌低，擔悞了婚姻日子。情竇開了，誰熬得住？男子便去偷情閗院，女兒家拿不定定盤星，也要走差了道兒，那時悔之何及！則今日說箇大大官府，家住西京河南府，梧桐街兔演巷，姓陳，名太常。自是小小出身，累官至殿前太尉之職〔註42〕。
> （閑雲庵阮三償冤債）

說書人說出「看官」，有著明顯的敘述接受者，而下一段的「則今日說箇……」這種「今天要說什麼樣的故事」的起頭式，在話本、擬話本中也很常見，都是說書人吸引觀眾往下聆聽的過渡說詞。

　　美國敘事學者查特曼（Seymour Chatman, 1928～2015）曾以一圖表說明敘事——交流情境的狀況：〔註43〕

〔註41〕　（明）馮夢龍編；許政揚校注：《古今小說》冊上，頁1。

〔註42〕　（明）馮夢龍編；許政揚校注：《古今小說》冊上，頁80。

〔註43〕　（美）西摩・查特曼（Seymour Chatman）著；徐強譯：《故事與話語：小說和電影的敘事結構》（北京：中國人民出版社，2013），頁135。

圖 2-2　真實作者、隱含作者、敘事者間的先後構成關係

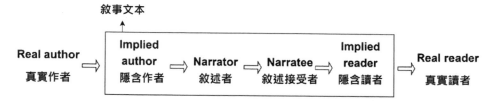

圖中，方框內即真實作者利用文字所創作出來的敘事文本，而方框外的真實讀者，便是真實世界中閱讀敘事文本的人。

　　以《三言》、《二拍》為例，故事中的說書人即敘述者（Narrator），他們口中的「諸公」、「看官」則是敘述接受者（Narratee）。而《三言》、《二拍》的編者馮夢龍、凌濛初即為真實作者（Real author），後來閱讀他們著作的讀者則是真實讀者（Real Reader）。

　　在真實作者有意撰寫文本的情況下，說書人（敘述者）與觀眾（敘述接受者）之間的交流、互動，可以說是為了帶出隱含讀者（Implied reader），即作者理想中的故事涵義接受者。作者寫故事的同時，必然會預設這是要給怎樣的受眾閱讀，這類預設受眾，即是作者的理想讀者（隱含讀者），是他想要重點分享的對象。

　　既然作者會有想要重點分享的對象，則他想要闡發的心情、理念、價值觀，便會成為敘事文本中的「隱含作者」（Implied author），即形而上的「寓意」。在故事進行中潛移默化，將自己的思考、目的融合在故事裡，又或者藉由人物的對話交流來抒發。敘述者（Narrator）與敘述接受者（Narratee）更可以說是真實作者（Real author）與真實讀者（Real Reader）之間的一個橋樑：

> 敘述接受者是敘述者與讀者之間的中介，這是敘述接受者在敘事文一直起著的作用。敘述者為了傳遞自己的敘述意圖，必須首先與敘述接受者接觸。他或者采用較為含蓄的方式，用隱喻、象徵、引述等間接手段影響敘述接受者，或者採用解釋、介紹等更為直接的方式來控制敘述接受者，甚至采用直呼其名的方式向敘述接受者表明心跡，藉此向讀者傳遞各種信息。〔註44〕

在《三言》、《二拍》中，可將敘述者（說書人）看作是真實作者（馮夢龍、凌

〔註44〕胡亞敏：《敘事學》第一章第三節第四小節〈敘述接受者的功能〉，頁 61、62。

濛初）的人偶、發言人一點也不為過。真實作者藉由說書人的嘴，無論是說著故事的悲歡離合，還是岔開故事，對人物行為進行評論，都可說是真實作者想要傳遞給真實讀者的訊息。

　　而敘述接受者（說書人的聽眾）也可看作是真實讀者的化身。他們本身並不會影響故事的情節發展，也能跟著說書人的節奏了解故事，並在情節推移中，以主觀想法、價值觀對故事中人物產生同情、厭惡、憐憫、感慨等情緒，達成真實作者想要渲染的情緒效果。

　　雖然敘述接受者多是指文本內的閱聽人，但敘述接受者同時也肩負敘述者（說書人）與讀者（真實讀者）之間的橋樑，真實讀者在閱讀過程中，儼然就是文中的敘述接受者，跟著敘述者（說書人）的步調了解故事，並接受敘述者（說書人）在故事中的解說、批評。因此在此節所探討的敘述接受者，雖然是文本中的聽眾，但也包含真實讀者（閱讀擬話本的真實讀者），這兩者之間的緊密關係是不容忽視的。

　　簡單來說，從本論文所要探討的「癡情女子負心漢」文本而言，真實作者自然是撰寫《三言》、《二拍》的馮夢龍、凌濛初，敘述者（即說書人）是他們在故事裡的化身，負責傳遞寓意。但在說書人的角度，「傳遞寓意」是一種「展現」，體現說書人讓聽眾專注聆聽的功力，還有經驗的老道、學識的豐富等。而寓意之於真實作者，是撰寫文本的真正目的，真實作者則將自己的思想投射在寓意裡。若說說書人是真實作者的傀儡，是負責敘述故事、傳遞寓意的化身，那寓意就是真實作者的價值觀體現、思想投射。以下以圖2-3展現三方關係：

圖 2-3　真實作者、隱含作者、敘述者三方關係圖

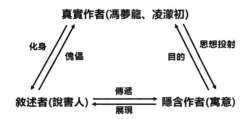

　　而在本論文研究的「癡情女子負心漢」文本中，真實讀者則意味著閱讀《三言》、《二拍》的實際讀者，敘述接受者對應的是說書人的觀眾。真實讀者在閱讀文本時，化身成受述者，跟著說書人的步調慢慢認識整個故事，而

敘述接受者並不干涉真實讀者的思考。因為在故事中，敘述接受者也只是接受說書人的資訊，並沒有主動發表評論或作為。隱含讀者是指接受、感受到寓意的一方，敘述接受者透過說書人的講述，有部分人能從中體悟寓意，而這聆聽故事時所得到的寓意，對敘述接受者而言是一種收穫，在娛樂性質下多了一層教育的意味。真實讀者在閱讀文本時，必然需要了解故事背後的真正意義，而這寓意便是真實讀者的閱讀目標。另外，寓意對真實讀者而言是有教化意義的，其中所傳達的懲惡揚善理念，更是不可忽視。關於教化目的，會在本論文第六章「癡情女子負心漢的編寫意圖與諭世意義」中詳談。以下以圖 2-4 呈現真實讀者、敘述接受者及隱含讀者三方關係：

圖 2-4　真實讀者、敘述接受者、隱含讀者三方關係圖

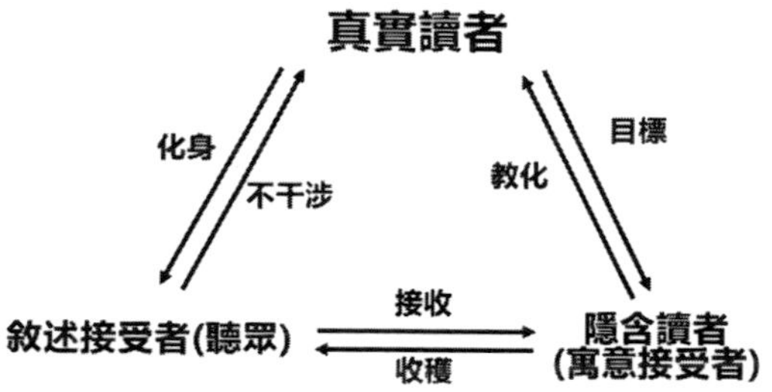

從以上論述可知，在《三言》、《二拍》中，作者與讀者關係各自可以形成一個鐵三角，各司其職，且在文本內、外，敘述者、敘述接受者的層次也會隨著角度、目標不同而有所變化，而這種敘述方、敘述接受方的立場改變，對整個文本的完整度是缺一不可的。

三、干預敘述者：說書人

　　故事進行中，通常不會有打斷故事的環節，但在話本、擬話本裡，干預敘述者的出現次數會相對頻繁。因為話本是說書人用來講給觀眾聽的底稿，在故事進行的過程中，為了活絡現場氣氛、勾起聽眾胃口，或是故弄玄虛，常會突然打斷情節，將聽眾的專注力拉離故事本身，等說書人補充或者以局外人角度點評人物的行為後，再重新回到故事裡〔註45〕。擬話本是模仿話本

〔註45〕說話人可以隨時打斷故事，加入一段議論，就算是劇情正高潮時也可以。在發表議論後，通常以「閒話休提」一語來言歸正傳。葉慶炳認為這種打斷故事加以評論的手法，就小說藝術的完整性而言，是不必要的敗筆，但以話本而言又屬必要，但「明、清之章回小說已非說話人底本，而仍因襲此種舊套，則全然

體裁的創作，這方面的特色也保留了下來。胡亞敏將這類作用的人物稱作「干預敘述者」，認為他們具有較強的主體意識，可以自由表達主觀感受，發表評價，在陳述故事的同時還能額外解釋、評論、補充，並直接對故事中的事件、人物、社會現象發表長篇大論。〔註46〕

這種干預敘述者，也可看作是局外人立場的敘述方。故事中的人物、情節、事件，都和敘述者互不干涉。正因為如此，才能更加客觀的掌握故事全部資訊，並對來龍去脈做出詳盡的述說，滿足讀者的好奇心。尤雅姿以胡亞敏《敘事學》中的「異敘述者」為基準，認同這樣的敘事策略靈活度高，敘事者可居於整個故事中的制高點，掌握情節，同時也了解所有人物的內心變化，是非常全知全能的角度〔註47〕。

胡亞敏更是進一步將敘述者的類型、功能等包羅萬象的細節處邏輯且清晰的整理出來，並列舉不少作品輔佐說明〔註48〕。而尤雅姿則更偏重介紹敘述者的「立場」類型，並分類為局外人、當局者、受述者三方向的敘事策略，使故事的開展呈現不一樣的火花。

《三言》、《二拍》從文本角度來看，是全然的局外人立場〔註49〕，無論說

蛇足矣」，仍可見這類「干預敘述」的手法到了明、清依然廣為流行，影響極大。詳細內容可見葉慶炳：《中國文學史》第二十六講〈宋代話本與諸宮調‧宋人話本之結構〉，頁184。

〔註46〕完整敘述可見於胡亞敏：《敘事學》第一章第二節之三〈客觀敘述者與干預敘述者〉，頁49。

〔註47〕尤雅姿：《中國敘事理論與實際批評》第三章第三節第一小節〈局外人立場的敘事策略〉，頁149。

〔註48〕胡亞敏從不同面向來整理敘事者類型，分成一、異敘述者與同敘述者。這是根據敘述者與所敘述的對象之間的關係而劃分的；二、外敘述者與內敘述者。這是根據文本中的敘述層次而劃分；三、「自然而然」的敘述者與「自我意識」的敘述者。這是根據敘述者的敘述行為而劃分的；四、客觀敘述者與干預敘述者。這是根據敘述者對故事的態度而劃分的。在敘述者功能中則整理出敘述功能、組織功能、見證功能、評論功能、交流功能這五種。從不同的層面來討論敘述者的類型與功能，並能以許多作品舉例，輔助說明，使讀者對敘述者的抽象想像逐漸具體明朗。以上內容可見於胡亞敏：《敘事學》第一章第二節第三點〈敘述者類型〉與第五點〈敘述者的功能〉，頁41～51；頁52～53。

〔註49〕胡亞敏將「局外人立場」的敘事策略稱呼為「異敘述者」。「異敘述者」名稱出現於胡亞敏：《敘事學》，頁41。而尤雅姿在《中國敘事理論與實際批評》中則解釋胡亞敏的異敘述者，是「異」於故事人物的「敘述者」，該內容可見於《中國敘事理論與實際批評》第三章第三節之一〈局外人立場的敘事策略〉，頁149。

書人、真實作者如何同情、憤恨，也不會影響到故事人物的選擇。正因為不能改變故事人物的結局、選擇，一旦干預敘述者出現，便會有強烈的主觀闡述。干預敘述上，胡亞敏認為：

> 這類敘述者愛憎分明，情感強烈，他們的語氣往往帶有懲惡揚善的
> 威懾力量。此外，干預敘述者還可以通過與敘述接受者的對話和問
> 詢來表達自己的觀點，尋求讀者的支持。總之，干預敘述者在敘事
> 文中的表現是多種多樣的。〔註50〕

尤雅姿則專門為干預敘述另闢一小節，並將這類干預手法淺白的稱呼為「插話行為及其表現」：

> 當敘事者正在講述事件時，他應該遵守說故事的責任，按部就班地
> 把故事說完才是，但敘事者有時會故意自行打岔，暫時擱置正在進
> 行中的故事線，而對閱聽者插播一些「額外」的資訊，有時是對其
> 中的人事物做一補充說明，有時是不吐不快，必須抒發一下他對該
> 件人事物的感受。敘述者這種在講故事的過程中所做的插播現象，
> 就是敘事學術語所謂的「敘事干預」，又稱「敘事者干預」、「非敘
> 事性話語」、「敘述者評論」、「作者闖入」、「小說中作者的聲音」等
> 等……但敘事者多嘴插話時，仍必須遵守會話常規，掌握分寸的拿
> 捏，使閱聽者相信被打岔的故事將會繼續進行下去，敘事者也會「言
> 歸正傳」。〔註51〕

同樣的打岔，學術語稱為干預，尤雅姿則選擇較為接地氣的插話。「插話」更偏向是人與人在溝通交流的時候，口頭上使原先話題暫停的行為，也很是符合說書人在講故事時岔開原先情節的表現。而尤雅姿也尤為強調，插話不僅僅通行於古典小說，更是非常普遍的敘事技法，如故事行進中，敘述者常會「多嘴打岔」，額外告訴讀者與故事相關，但其實是題外的訊息〔註52〕。

〔註50〕 胡亞敏：《敘事學》第一章（武漢：華中師範大學出版社，2004）第一章第二節之三〈敘述者類型〉，頁50。

〔註51〕 尤雅姿：《中國敘事理論與實際批評》第三章第四節之二〈插話策略的施用型態〉，頁192。

〔註52〕 尤雅姿便以《神鵰俠侶》為例，在講述小龍女解救周伯通被毒蜘蛛咬住不放時，敘事者還為讀者說明毒蜘蛛的種類和咬噬特性，金輪法王何以在此際施放毒蜘蛛的前因後果，這些都是屬於有「解釋」性質的敘事插播。詳細內容可看《中國敘事理論與實際批評》第三章第四節第三小節〈插話表現的敘事效果〉，頁205。

這種插話，是含有解釋、註解的成分，是敘述者針對故事中出現的不為人所熟悉的事物，另外多做的補充說明。而「干預」則較廣義，凡是打斷原先故事進行，且包含敘述者本身非客觀的價值觀、情緒，影響著受述者、真實讀者獨立思考，這行為的「干預」比「插話」給人的感受更複雜、有影響。以下以圖 2-5 呈現干預與插話的關係：

圖 2-5　干預與插話關係圖

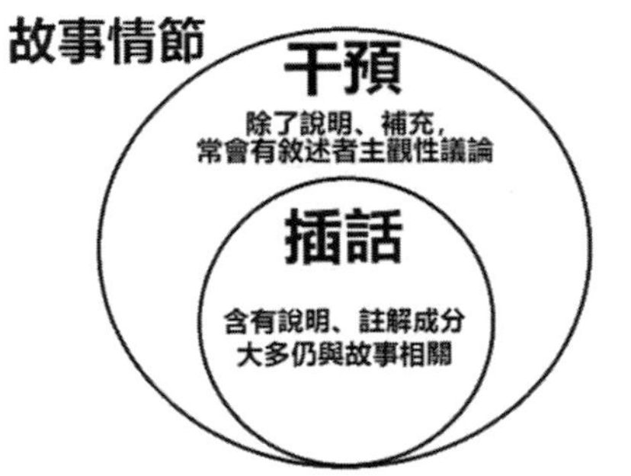

大圓圈外是故事情節，大圓圈內（包含小圓圈）則是已岔開的部分。干預的作用除了說明、補充外，也可包含敘述者主觀性的議論，干預行為包羅萬象，只要抽離故事，都可說是干預敘述；插話則比干預再更狹義一點，依照尤雅姿的說明，插話大多是敘述者為了提升閱讀樂趣、滿足求知欲而自動自發的多嘴打岔，除了解釋性質的插話，也有以加上括弧與故事作區別的用法，但這部分的插話可以視為更充實故事本身的層次與補充，仍然與故事主軸相關〔註53〕。

　　從上面節錄的片段可見，括弧內的內容仍然與故事相關，但並非是讀者非知道不可的資訊，這括弧內的插話內容可以說是一種補充，豐富敘述者視角及其內心獨白的呈現方式。

　　綜合以上論述，本節對於岔開故事情節的討論、表現，仍然選擇以「干預敘述」來稱呼。干預敘述者的出現可說是話本、擬話本的特色。在主人公

〔註53〕如駱以軍就有許多以括弧方式補充、充實故事本身的插話表現：「我不很記得曾在那所小學裏發生過什麼事，（誰記得自己小學一、二年級時的什麼了不起大事呢？）不過倒是（像努力追想很久遠以前的夢境破片）記得那學校（那小小的校園）裏有那麼一兩處地方，近於禁地（老師嚴屬不准小朋友靠近）和孩子們之間鬼狐神怪的耳語，那樣的神祕角落。」引言內容中（）內文字補充原先的敘述，使之更加具體鮮明。以上詳見於駱以軍：《遣悲懷》（臺北：麥田出版，2001），頁 67。

做出某種關鍵決定時往往說書人會化作干預敘述者，不讓故事進行下去，而是先針對主人公的行為、內心變化一番點評，勾起讀者的認同、好奇、對角色的喜惡後，再從容不迫得將故事繼續下去。以下擇取幾段《三言》、《二拍》中含有「干預敘述」的橋段：

> 好笑那莫稽，只想著今日富貴，卻忘了貧賤的時節，把老婆資助成名一段功勞，化為春水，這是他心術不端處。〔註54〕（金玉奴棒打薄情郎）

> 看官聽說，這個先妾後妻果不是正理。然男子有妾亦是常事。今日既已娶在室中了，只合講明了嫡庶之分，不得已先後至有僭越，便可相安，才是處分得妥的。爭奈人家女子，無有不妒，只一句有妾，即已不相應了。必是逐得去，方拔了眼中之釘。〔註55〕（張福娘一心守貞　朱天賜萬里符名）

> 滿生若是個有主意的，此時便該把鳳翔流落，得遇焦氏之事，是長是短，備細對叔父說一遍道：「成親已久，負他不得，須辭了朱家之婚，一刀兩斷。」說得決絕，叔父未必不依允。爭奈滿生諱言的是前日孟浪出游光景，恰像鳳翔的事是私下做的，不肯當場說明。但只口裏唧噥。〔註56〕（滿少卿飢附飽颺　焦文姬生仇死報）

從中可看出，當男主角萌生薄倖的念頭、做出負心的決定時，往往說書人就會跳出來化身干預敘述者，對著觀眾闡述自己的想法，說負心漢如何心術不正、如何一念想岔，如果當時他們如何如何就不會有後來的麻煩事等。觀眾知道了男主角從癡情走向負心的過程，自然對說書人的話有所共鳴，並跟著期待，當故事內容往下推移，負心漢會有什麼樣的結局？

　　干預敘述者的存在〔註57〕，具有強烈的引導作用，將個人（說書人）的價

〔註54〕（明）馮夢龍編；許政揚校注：《古今小說》冊下，頁410。
〔註55〕（明）凌濛初撰；劉本棟校訂；繆天華校閱：《二刻拍案驚奇》，頁542。
〔註56〕（明）凌濛初撰；劉本棟校訂；繆天華校閱：《二刻拍案驚奇》，頁214。
〔註57〕干預敘述者的存在對小說的藝術完整性而言也是挺大的挑戰，不斷抽離、跳脫故事，容易使讀者在入戲、出戲之間反覆橫跳，以閱讀體驗來說是不太好的。但在話本——說書人面向聽眾的說話形式，自然缺不了干預敘述的畫龍點睛，這包含說書人娛樂聽眾的作用，也有延長說書時長的效果，是話本無法缺少的特色，而擬話本仿效話本形式，也因襲了這一舊套。文人創作沒有了商業目的，在干預敘述上也可更加發揮自身思想，以傳達故事背後的「寓意」為主，達到社會教育作用。

值觀、喜惡情緒等影響至觀眾，這包含尋求認同、支持的意圖，並且期待觀眾產生敘述者所希望的感受，無論是對文本中人物的憐憫心，還是懲惡揚善的觀念，即故事背後的真正意圖，而這將留到本論文第六章再詳談。

第三節 「癡情女子負心漢」範式情節：聚散結構

在擬話本中，癡情女子負心漢的故事五花八門，情節峰迴路轉，勾著無數觀眾的好奇心，說書人總要交代一個結局，而這也是觀眾最想要知道的部分。在《三言》、《二拍》裡，可以看到不少被勾勒得很成功的人物，生動具體，性格分明，一舉一動都讓觀眾入戲，既替他的經歷捏一把冷汗，也為不圓滿的結局感到遺憾。

本節將「癡情女子負心漢」在《三言》、《二拍》中的情節推移按照「聚合類型」與「離散類型」分類。聚散離合是一種人生常態，一個人的一生會遇到許多人，有些人會常駐，有些則成為過客。在愛情中也是如此，有的人物受到愛情考驗，因為各種阻力而離散，但他們心繫著對方，兜兜轉轉，經歷了「散」的過程，還能走向「聚」；而有些人，雖然喜歡過彼此，卻又因為各種原因逐漸貌合神離，最終從「聚」的狀態變為「散」，再無過去的甜蜜。

雖然故事中的人物有不同的思想、社會地位，但在夾雜背叛、離棄、不忠的文本裡，明明有如此多不一樣的故事橋段，人物也依據能力、情況做了不同選擇，卻最後都來到相似的聚散結構，顯見在「癡情女子負心漢」文本中，聚散離合的變化也能暗示著故事人物的最終結局，並成為一種典範式的故事呈現。因此想在此節整理這些文本的聚散結構，觀察這些故事在情節推移上的範式手法。

而在這些故事中，若標題處未標註「頭回」，則所介紹故事皆為該文本的「正話」；若同一文本有特別標示「頭回」、「正話」，則表示該文本兩個故事皆列入本論文討論中，故以此區分。另外，本論文所探討的負心漢中，《拍案驚奇·李克讓竟達空函　劉元普雙生貴子》孫姓兒子與《拍案驚奇·東廊僧怠招魔　黑衣盜奸生殺》東廊僧，因其負心行徑並非故事主軸，負心情節所占篇幅較小，在整篇故事作用性不大，故在此節不列入聚散結構分析。

一、聚合類型

「聚合」類型的故事，旨在男女雙方原先受到了不可抗的阻力而不得不

分開，但心中還有著彼此，留有牽掛，因此無法真正忘情。又或者女方受世俗價值觀影響，認定了從一而終，雖然男方不是符合期待的良人，只要他能改過自新，兩人便會盡釋前嫌，仍能夠在故事最後重新團聚。

符合這類「聚合」情節推移的，有《喻世明言‧金玉奴棒打薄情郎》、《喻世明言‧簡帖僧巧騙皇甫妻》、《警世通言‧宿香亭張浩遇鶯鶯》、《醒世恒言‧白玉孃忍苦成夫》。

（一）《喻世明言‧金玉奴棒打薄情郎》

莫稽入贅金家後，得到金玉奴的鼎力相助，順利考取功名，同時，莫稽開始嫌棄金家的背景，對於「金團頭家女婿」稱號更是厭惡，這份心思為他之後的負心之舉埋下伏筆。

從金玉奴與莫稽之間的聚散變化來看，兩人雖然因為莫稽的歹念而分開，但許德厚救下金玉奴後，金玉奴有了靠山，同時，金玉奴也表達了自己從一而終的想法，不願改嫁。許德厚便心生一計，既教訓了莫稽，又能讓金玉奴在不違背原則的情況下重新獲得幸福。兩人的聚散結構如下圖 2-6，先是因為成婚而相聚，後又因為莫稽萌生殺意，推金玉奴入江而分散，最後因為金玉奴不願改嫁，許德厚為其想了辦法，使兩人盡釋前嫌，又重新聚合，再成夫妻。

圖 2-6 〈金玉奴棒打薄情郎〉聚散結構圖

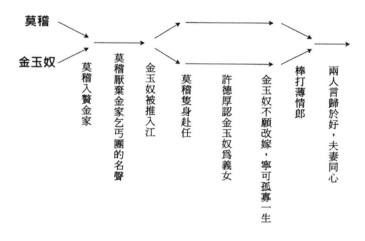

（二）《喻世明言‧簡帖僧巧騙皇甫妻》

〈簡帖僧巧騙皇甫妻〉多是以皇甫松的視角闡述，讀者可以清楚看到他發現簡帖後的難以置信、無法從其他人口中得知奸夫是誰的惱怒，因此帶著

相關人尋求錢大尹處理。這中間讀者能看到皇甫松是一個對妻子不夠信任的丈夫，哪怕妻子面對簡帖神色未改、迎兒遭受毒打仍堅持沒有奸夫，依然不相信，只一廂情願認定妻子對不起自己。

從圖 2-7 的結構可以看到，皇甫松與楊氏相依為命，沒有與親戚往來，兩人相守過日，家裡只有一個侍女幫忙照顧著起居。皇甫松懷疑楊氏出軌，便不願再與之生活，遂提出休離，兩人走向了「散」的局面。

楊氏孤苦伶仃，沒有依靠，本想一死了之，卻被路過的婆婆勸留，最後為求生存，應允了婆婆為其安排的婚事，嫁給了簡帖僧。休離一年後，皇甫松仍會想念與楊氏的過往，一日偶遇了楊氏與她的新夫，正感慨物是人非，卻發現那新夫似乎有著什麼秘密。

最後真相水落石出，皇甫松明白楊氏從未背叛自己，他們將簡帖僧送到官衙，讓他得到應有的懲罰。皇甫松與楊氏再成夫妻，回到家安穩度日，兩人的狀況由休離的「散」回到了相守過日的「聚」。

圖 2-7 〈簡帖僧巧騙皇甫妻〉聚散結構圖

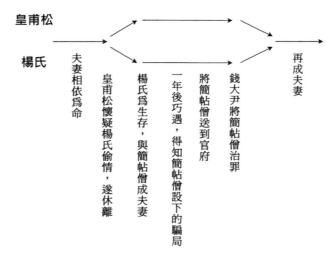

（三）《警世通言・宿香亭張浩遇鶯鶯》

在這故事裡，張浩被鶯鶯的長相驚艷，且不吝表現出對鶯鶯的思念，兩人私下定情，雖然未以夫妻身分一起生活，但兩人心中已認定彼此，對於未來成婚是有共識的，精神上屬於「聚」的狀態。

接著李鶯鶯隨著父親舉家前往任官地，兩人分隔兩地。這時張浩面對父輩的安排的婚事，不敢回絕，他即將另娶他人，此時兩人屬於「散」的局面。

　　得知張浩婚事的李鶯鶯並不輕易妥協這種離散的結局，她快速解決事情，先是得到父母的支持，而後告官為自己與張浩的未來爭取希望，兩人在陳公的作主下順利成為夫妻，至此，兩人無論是精神還是實際身分都處於「聚」的狀態。下圖 2-8 為張浩與李鶯鶯的聚散結構圖：

圖 2-8 〈宿香亭張浩遇鶯鶯〉聚散結構圖

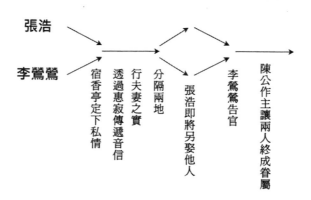

（四）《醒世恆言·白玉孃忍苦成夫》

　　因為張萬戶，程萬里與白玉孃成為夫妻，形成「聚」，程萬里懷疑白玉孃別有用心，數次出賣她，張萬戶決定賣掉白玉孃。程萬里這才明白白玉孃的真心，雖然兩人此時心中沒有猜疑，但白玉孃與程萬里被迫分開，步入「散」的狀態。分開後，白玉孃設法出家為尼；程萬里則逃跑成功，順利為官。闊別多年，程萬里找回白玉孃，兩人這才結束「散」的狀態，重新「聚」合，再度以夫妻的身分生活。下圖 2-9 為程萬里與白玉孃的聚散結構圖：

圖 2-9 〈白玉孃忍苦成夫〉聚散結構圖

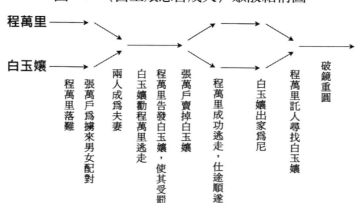

二、離散類型

「離散」類型可說是有始無終的愛情，兩人因為好感、吸引力而認定彼此，中間可能也度過了不少考驗，本以為能夠「有情人終成眷屬」，卻因為外在阻力而分開、決裂；或者男方受到利益誘惑、親屬主婚而選擇辜負原先的對象，對女方始亂終棄，雙方兩相離索，甚至可能生死相隔、雙雙殞命。在這類「離散」的情節遞進中，似乎關鍵都在男方，他們面臨需許多選擇，在需要取捨的關頭，在功名利祿、社會地位、親屬壓力、真愛中，往往割捨掉了對女子的承諾、情意，使兩人走向離散結局。

符合這類「離散」情節推移的，有《喻世明言‧閑雲庵阮三償冤債》、《喻世明言‧楊思溫燕山逢故人》、《警世通言‧杜十娘怒沉百寶箱》、《警世通言‧王嬌鸞百年長恨》頭回、《警世通言‧王嬌鸞百年長恨》正話、《二刻拍案驚奇‧滿少卿飢附飽颺　焦文姬生仇死報》正話、《二刻拍案驚奇‧張福娘一心貞守　朱天賜萬里符名》。

（一）《喻世明言‧閑雲庵阮三償冤債》

前世的阮三郎與陳玉蘭是典型的「癡情女子負心漢」故事，男方是尋芳客，女方則是名妓，兩人定情，身心上都是「聚」的狀態。男方承諾會回來迎娶女子，最後卻失約，使女子鬱鬱而亡，兩人生死相隔，這是「散」的結局。

今生的阮三郎與陳玉蘭也迎來了一樣的聚散結構，兩人一見傾心，私下共赴雲雨，這是精神與肉體上的「聚」合；但阮三郎才大病過，身子尚未恢復，激烈的床事使他「樂極生悲」，竟死在床上，兩人天人永隔，步入「散」的局面。

只是與前世相比，雖然情節上都是由「聚」到「散」，且最後是一方生、一方死，但生死的人有對調的狀況，這也點出了文本中認為阮三郎在償還害陳玉蘭前世鬱鬱而終的因果宿命論。關於他們前世今生的聚散結構，可看下圖 2-10：

圖 2-10 〈閑雲庵阮三償冤債〉聚散結構圖

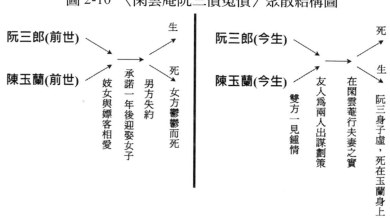

（二）《喻世明言・楊思溫燕山逢故人》

前期故事情節在於楊思溫如何在賞元宵時遇見鄭義娘，並在看到韓思厚弔亡妻詞時，察覺兩方說法有出入，因此與韓思厚會合，一同尋找真相，這時韓思厚與鄭義娘已經是從夫妻狀態的「聚」變為逃亡過程走散的「散」。

得知真相後，韓思厚帶鄭義娘骨匣回金陵，並起誓不會續弦，這是韓思厚自發的承諾。兩人雖然生死相隔，但韓思厚追憶著鄭義娘的美好，鄭義娘則深愛著丈夫，兩人雖然肉體上是分開離散的，但精神上同心，屬於「聚」。

後來韓思厚迎娶新歡，再不上墳，儼然忘了自己曾經的誓言，他出爾反爾的言行舉止使兩人逐漸走向了「散」。韓思厚擁有新歡後，再不上墳，冷落了鄭義娘，甚至在鄭義娘附身討說法後，選擇丟棄其骨匣，此等作法令鄭義娘心寒至極，決定索其性命，使之付出代價。

可見下方圖 2-11，故事最後，兩人已死亡，不再同心，屬於「散」的局面：

圖 2-11 〈楊思溫燕山逢故人〉聚散結構圖

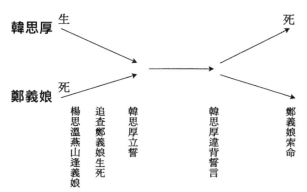

（三）《警世通言‧杜十娘怒沉百寶箱》

從題目的「怒」便可看出杜十娘的性格，其能為愛奔赴、出謀劃策，也同樣可以因為李甲的背叛而選擇拋棄所有。杜十娘與李甲在教坊司相遇，兩人情投意合，這是身心上的「聚」。後來兩人努力湊足三百金，杜十娘恢復自由身，誰知殺出了孫富這個程咬金。孫富是個人精，使李甲對千金換美人的交易感到心動，而當李甲產生動搖時，他與杜十娘已開始朝向「散」的局面發展。

杜十娘意識到了李甲與孫富將自己當成物品一樣買賣，心灰意冷，以性命作為代價，展現了自身對於愛的追求與人格的高尚，最後自己也投入水裡，香消玉殞。李甲與杜十娘天人永隔，無論是肉體還是精神上，兩人都已是離散的狀態，他們不可能再相守，精神上杜十娘對李甲失望，再無過去深愛時的包容與遷就，而李甲雖然仍活著，卻滿懷對十娘的愧疚與懊惱度日，最後的日子也不太順遂。

文本從「聚」到「散」的情節發展中，可看出杜十娘是個有主見的女性，故事中不乏有她向李甲出主意的片段，但為了使百寶箱的出現令人驚嘆，視角中較少透露出杜十娘的底氣（身有巨富），反而呈現出她冷靜、掌控局面的一面。這樣的杜十娘，活得明白通透、愛得積極轟烈，她可以視錢財為糞土，卻不能忍受自己遭受背叛，在脫離教坊司後又被推入另外一個地獄。杜十娘敢愛敢恨，她用生命展現了對自由的嚮往，以及堅韌的意志，既然她無力改變兩個男人將自己當作商品交易的局勢，那麼唯有死亡得以展現她的不妥協與悲慟。

雖然李甲與孫富抑鬱而終，得到了懲罰，但杜十娘自己也抱著百寶箱沉入江心，令無數人唏噓，原來擁有巨額銀兩，仍然讓杜十娘與李甲度不過情關，兩人終究回不了李甲的故鄉。關於二人的聚散結構，可見下圖 2-12：

圖 2-12 杜十娘怒沉百寶箱聚散結構圖

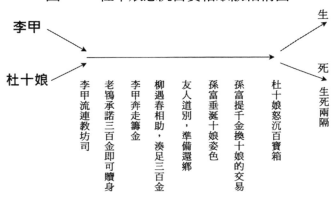

（四）《警世通言‧王嬌鸞百年長恨》頭回

穆廿二娘與楊川在妓院相識相厚，兩人許諾做夫妻，這是「聚」，後來楊川帶著穆廿二娘的錢財回鄉，卻沒有按照約定回來迎娶穆廿二娘。穆廿二娘雖然著急，卻因為身分關係無法隨心所欲離開去找楊川，最後抑鬱上吊而亡。

從下方圖 2-13 可看出，楊川一去不回後，兩人便已從「聚」轉至「散」的狀態，而穆廿二娘死後，魂魄與張乙結識，她藉由張乙的幫助，順利外出向楊川索討冤債，這時，兩人雖然早已是「散」的形式，但楊川從「生」的狀態變為「死」，二人再無交集。

圖 2-13 〈王嬌鸞百年長恨〉頭回聚散結構圖

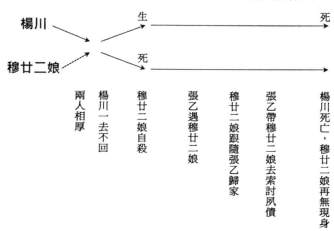

（五）《警世通言‧王嬌鸞百年長恨》正話

王嬌鸞與周廷章藉由詩詞唱合、書信往來而感情增溫，最後私下定情，此時他們雖然未有夫妻之名，精神上已是「聚」，後來周廷章返鄉探親，兩人分隔兩地，肉體上是「散」，後來周廷章另娶他人，辜負王嬌鸞，兩人的結局注定了是離散的狀態。

在「散」的情節發展中，王嬌鸞本想自盡結束痛苦，但又不願便宜了薄情之人，因此寫了〈絕命詩〉及〈長恨歌〉，入於官文書內，隨後上吊自盡。而那些詩文輾轉被樊公所知，樊公歎其才華，又恨周廷章的薄倖，便作主為王嬌鸞討了公道，讓周廷章被亂棒打死，撫慰王嬌鸞在天之靈。

從下方圖 2-14 可以看到，王嬌鸞自盡後，她的生命狀態為「死亡」，但她的復仇還在進行著，這個計畫使周廷章的生命狀態從「生」逐漸朝向「死亡」

前進，在周廷章為其負心之舉付出代價的那一刻，故事才畫上句點，此時王嬌鸞與周廷章都是「死亡」狀態。

圖 2-14　〈王嬌鸞百年長恨〉正話聚散結構圖

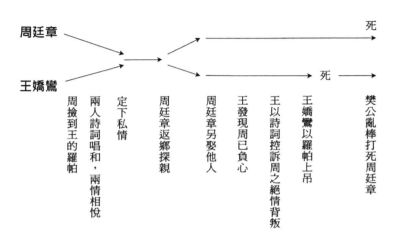

周廷章　死

王嬌鸞　死

周撿到王的羅帕｜兩人詩詞唱和，兩情相悅｜定下私情｜周廷章返鄉探親｜周廷章另娶他人｜王發現周已負心｜王以詩詞控訴周之絕情背叛｜王嬌鸞以羅帕上吊｜樊公亂棒打死周廷章

（六）《二刻拍案驚奇・滿少卿飢附飽颺　焦文姬生仇死報》正話

在這故事中，憨厚的焦大郎對滿少卿雪中送炭，並將其迎入家中作客，誰知這是引狼入室，自己女兒焦文姬與滿少卿結下私情。無奈之下焦大郎讓滿少卿入贅，焦文姬與滿少卿成了真正的夫妻，兩人在此是「聚」的狀態。

後來滿少卿一舉登第，他出發去選官，卻遇上族人，竟獲知長輩替自己擇了婚配對象，滿少卿陷入猶豫掙扎，在見到婚配對象的美貌與家族勢力後，滿少卿將焦文姬拋到腦後，形成負心局面，此時兩人的狀態也從「聚」便為「散」，不僅是兩人相隔兩地的「散」還包含心靈上的「散」，滿少卿已經拋棄了焦文姬，兩人雖有夫妻之實，卻不再同心。

焦文姬等不到滿少卿回來，抱恨而死，她的生命狀態轉為「死亡」。若干年後，焦文姬重新出現在滿少卿面前，在滿少卿終於放下警戒，想要與她重溫舊年的感情時，卻突然暴斃而死，魂魄被焦文姬帶去地府對質。這時滿少卿的生命狀態也變為「死亡」，焦文姬的憤恨得到釋放，負心漢也付出代價，故事到此結束。關於兩人的聚散結構，可見下圖 2-15：

圖 2-15　〈滿少卿飢附飽颺　焦文姬生仇死報〉正話聚散結構圖

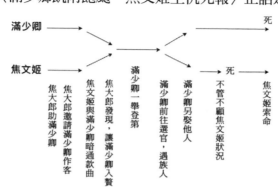

（七）《二刻拍案驚奇‧張福娘一心貞守　朱天賜萬里符名》

朱遜有性需求，他先娶了小妾張福娘進門，兩人床事、感情上合諧，是「聚」的狀態。後來朱遜的婚配對象范家表示要先遣妾，否則不送范氏來朱家成親。朱遜為難至極，他捨不得張福娘，但又答應過父親，迎娶正妻時會遣妾，他不能出爾反爾。

後來朱遜使出緩兵之計，他先安撫張福娘，讓她回娘家待著，等正妻進門後，再找機會將她迎回來。這時兩人的「散」是分隔兩地的離散，精神上還是依戀著彼此。朱遜娶了正妻後，重新體驗了魚水之歡，再不想起張福娘，朱遜的負心使兩人身心都步入了「離散」的狀態。

接著無論是朱遜死亡還是張福娘獨立撫子，兩人都未再有交集，而故事重點在於「冥冥中自有定數」的觀念，為了凸顯朱景先未知寄兒名字，苦思後先填了「天賜」，沒曾想更早兩年，孩子在學堂上課，先生已為其取名天賜，因此故事在朱遜死後仍繼續著，一直講述到張福娘母子被迎回朱家，苦盡甘來，才終於告一段落。關於朱遜與張福娘的聚散結構，可見下方圖 2-16：

圖 2-16〈張福娘一心貞守　朱天賜萬里符名〉聚散結構圖

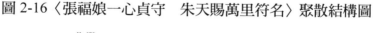

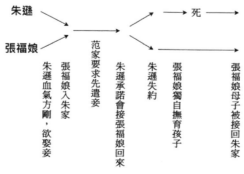

從「癡情女子負心漢」的聚散結構來看，負心漢雖然背叛癡情女，但除卻遭受報復、教訓而死亡的，仍有人自始自終未受到懲罰，如〈張福娘一心貞守　朱天賜萬里符名〉的朱遜，但也不排除他的短命便是拋棄張福娘之報。〈宿香亭張浩遇鶯鶯〉張浩因為能夠告知李鶯鶯他的無奈與被迫負心，才能在最後仰賴李鶯鶯的力挽狂瀾，阻止了本會發生的負心悲劇，所以在文本中並未有懲罰的情節。〈簡帖僧巧騙皇甫妻〉中，注重在簡帖僧的「巧騙」，反而沒有評點皇甫松對妻子楊氏休離後的不聞不問，甚至在文章中以皇甫松還思念著楊氏這件事為皇甫松立下「重情」的性格設定。〈白玉孃忍苦成夫〉中程萬里未能信任白玉孃，導致白玉孃陷入糟糕的情勢，但程萬里未因此得到懲罰，反而在逃跑成功後仕途順遂，生活品質與以往不可同日而語。這些未受到懲罰的負心漢，除了朱遜已死，其他都能和癡情女子重修舊好，也能隱隱感覺出，在該類型的文本設定中，負心漢雖然做出了拋棄癡情女的舉動，但他們情有可原，並不那麼可惡，也並非天理難容，所以故事情節才能在聚→散之後又回到「聚」。

而走向「離散」結局的癡情女子負心漢，通常是一方亡，兩人再無可能重修舊好。除了故事中間便已死亡的朱遜、阮三郎，屬於「離散結構」的負心漢都有在故事最後為其負心之舉付出代價，韓思厚、滿少卿更是因此失去性命，警醒世人，若不想生命最後如此狼狽，千萬不可做出辜負他人、踐踏他人真心的行為。

本章小結

本章旨在解構擬話本中「癡情女子負心漢」的敘事範型，從不同層面介紹、分析《三言》、《二拍》中屬於「癡情女子負心漢」形式的文本，希冀在對於故事人物作詳細討論前，能先對敘事的架構、體裁、技法有充分的了解，方能更精闢的解析「癡情女子負心漢」，並多加揣摩其中的寓意、警世意味。而透過整理歸納，也能注意到在該類型的文本中，情節推移之下所產生的「聚散離合」結構也有著大同小異的範型設計。

首先從擬話本的體例認識，以得勝頭回（入話、頭回）、詩詞引證、正文三部分來說明擬話本的重要元素與鋪敘作用。接著了解文本的敘事技法，本章首要提及視角的移動與變化、敘述接受者、干預敘述者，這三者間有相

輔相成的緊密關係。視角移動與變化可以幫助讀者熟知人物的內心獨白、思考，也能對其心路歷程有所了解，相當程度為故事的內容畫龍點睛，呈現出不一樣的閱讀體驗；敘述接受者則是擬話本中「說書人」口中的「諸君」、「看官」，也可認為是作者的理想讀者，或者是正在閱讀文本的真實讀者。真實作者、說書人會預想敘述接受者的心理、喜好，而對情節安排有所變化，或穿插自身的點評，將價值觀如實傳達給敘述接受者。

而干預敘述者，是抽離故事主軸的一個手法，說書人會跳脫內容，與觀眾對話，或作者透過說書人之口，宣揚自己的思想，並告訴觀眾，倘若人物做了什麼改變，或及時改過向善，就不會有後面的一系列麻煩事。這樣的干預敘述，除了能夠拉長故事整體時間，也能使觀眾感到好奇，迫不及待想要知道結局，使文本得到不錯的關注度。

最後介紹了「癡情女子負心漢」的聚散結構，將情節推移分成「聚合類型」與「離散類型」，前者無論經過什麼樣的離散情節，最後都能夠破鏡重圓，仍然走向「聚」；而後者就算故事中間兩人成為夫妻，甜蜜過日，也會因為其他的阻礙而逐步走向「散」。在這些「聚散離合」的結構中，能發現凡是走向「聚合」的，文本本身對負心漢的斥責成分並不會太重，也會弱化負心漢的惡，反而強調出他的為難處，為故事後續的圓滿結局留了餘地，或像〈金玉奴棒打薄情郎〉那樣，讓金玉奴對莫稽施以教訓，了卻兩人之前的嫌隙，方能重新開始，再續前緣。而若是走向「離散」的，文本對於負心漢的冷酷無情是有所撻伐的，隻言片語間能見對負心漢的難以苟同，也因此當故事來到負心漢自食惡果時，讀者會覺得大快人心、一切都在情理之中。

在這些文本中，可藉由各種人物的視角變化、情節內容的推移還有故事結構注意到文本的細節。明明是不同性格的主人翁、截然不同的時代背景，但文本最後都會落到相似的結局，這種「老套路」的安排，或許正是順應了編者當時的市場需求、讀者喜好，又或許這樣的結局最適合加諸隱含的故事意義，因而多次使用。

從文本體例、故事結構的範型可注意到，「癡情女子負心漢」體現出強烈的批判意味，除了不認可負心行為之外，也頗有勸戒世人的作用。望讀者能夠見賢思齊，見不賢而內自省，從內而外端正品格，並從那些負心故事中省思社會中對男女的不對等待遇，以及對於犯罪等行為的零容忍，使文本在流傳的過程中，產生教化勸善的效果，在娛樂大眾之餘，起到移風易俗的作用。

統攝第二章「癡情女子負心漢擬話本敘事範型」之論述結構圖如下：

圖 2-17　第二章結構圖

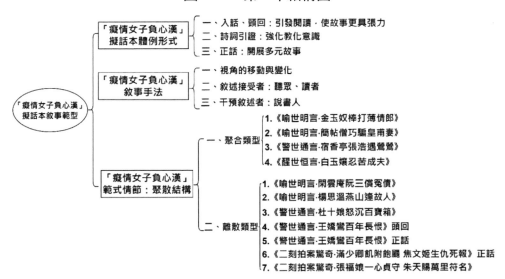

「癡情女子負心漢」擬話本敘事範型

「癡情女子負心漢」擬話本體例形式
- 一、入話、頭回：引發閱讀，使故事更具張力
- 二、詩詞引證：強化教化意識
- 三、正話：開展多元故事

「癡情女子負心漢」敘事手法
- 一、視角的移動與變化
- 二、敘述接受者：聽眾、讀者
- 三、干預敘述者：說書人

「癡情女子負心漢」範式情節：聚散結構
- 一、聚合類型
  1. 《喻世明言·金玉奴棒打薄情郎》
  2. 《喻世明言·簡帖僧巧騙皇甫妻》
  3. 《警世通言·宿香亭張浩遇鶯鶯》
  4. 《醒世恒言·白玉孃忍苦成夫》
- 二、離散類型
  1. 《喻世明言·閑雲庵阮三償冤債》
  2. 《喻世明言·楊思溫燕山逢故人》
  3. 《警世通言·杜十娘怒沉百寶箱》
  4. 《警世通言·王嬌鸞百年長恨》頭回
  5. 《警世通言·王嬌鸞百年長恨》正話
  6. 《二刻拍案驚奇·滿少卿飢附飽颺 焦文姬生仇死報》正話
  7. 《二刻拍案驚奇·張福娘一心貞守 朱天錫萬里符名》

第三章　癡情女子面臨負心的
　　　　處境與應對

　　第三章討論《三言》、《二拍》中十一位癡情女子面臨拋棄、背叛的處境，以及回應方式、情緒變化。第一節介紹「憑己之力，扭轉劣勢」的李鶯鶯、王嬌鸞；第二節介紹「大勢已定，無力回天」的白玉孃、陳玉蘭、鄭義娘、金玉奴、楊氏、張福娘；第三節介紹「生既無歡，死又何懼」的杜十娘、焦文姬、穆廿二娘。

　　女子面臨負心，處境往往會發生很大的改變，有的不甘妥協，願意奮力一搏；有的縱使怨憤不平，卻大勢已定，無法為自己討回公道。這些癡情女子們各有不同的身分、學識、經歷，但在《三言》、《二拍》的文本中，女子面臨「負心」這一課題，其應對的方式可大致分為三種，分別為：「憑己之力，扭轉劣勢」、「大勢已定，無力回天」、「生既無歡，死又何懼」。在這三種應對中，她們採取不一樣的行動，以下將朝這三個方向分析說明，並探討她們為何在相似的負心局勢中，又各自有不一樣的選擇。

第一節　憑己之力，扭轉劣勢

　　該類型的癡情女子，即便面對負心情況也毫不退縮，她們設法扭轉對自己不利的局勢，爭取理想的結局。符合這種狀況的，有〈宿香亭張浩遇鶯鶯〉的李鶯鶯，以及〈王嬌鸞百年長恨〉的王嬌鸞。

一、力挽狂瀾：李鶯鶯

　　在關於世情、愛情的文本中，常見到滿腹詩書的女性，她們貌美如花、學富五車，縱使與文人才子對話，也能處變不驚、對答如流。而關於郎才女貌的愛情故事，除了在唐傳奇、戲曲中屢見，到了明末清初，更是迎來了一次高峰，形成「才子佳人」小說〔註1〕。而本論文第二章所提及的通俗文藝創作的流行，以及印刷品刊物的普遍流傳，同時也是助長小說故事更加廣為人知的助力。明末清初，是一個非常特別創作時期〔註2〕。

　　而在才子佳人得到大批讀者支持的同時，另一方面，「癡情女子負心漢」的故事形式也悄然進入讀者眼中。在唐代就有癡情女子負心漢的文本，如〈霍小玉傳〉，有別於充滿理想的感情世界，霍小玉的遭遇反映了現實生活中的愛情，有甜蜜的時候，也有苦澀、絕望的時候，並呈現愛情不是都能走向圓滿，有的最終支離破碎、天人永隔。

　　在「才子佳人」、「癡情女子負心漢」的創作論調中，我們不難發現，故事內容逐漸從幻想、抽象的基調變為文化認知層面，即對歷史現實的抒發、了解，更是對生活環境、時代風貌、人文思考的傳達。在敘述上，才子佳人小說多是以「才子」的行動或其生命歷程為中心展開敘述，「佳人」在文本中也常以理想女性形象範式出現，這類「佳人」大多風情萬種，魅力驚人，僅

〔註1〕根據胡萬川的說法，若將才子佳人小說直接歸類於愛情小說，似乎太過簡單，才子佳人小說的確是一種愛情小說，但卻不能泛指所有的愛情小說。「在小說史上，才子佳人小說指的是興於明末，盛於清初，餘續不絕至清末的一種別具格調的章回通俗愛情小說。這種小說的男女主角當然必定是才子與佳人，故事的內容則通常是男女雙方經歷一番波折之後終於大團圓。」以上內容可見於胡萬川：《話本與才子佳人小說之研究》（臺灣：大安出版社，1994）〈談才子佳人小說〉，頁208。

〔註2〕李志宏：「事實上，明末清初才子佳人小說藉由中心人物冒險旅程的書寫所體現出來的一種「追尋」（quest）力量，不僅是作品寓意和象徵的原型表現，同時也是才子佳人小說創作之能構成文學類型（genre）的儀式因素。明末清初才子佳人小說的創作發生，乃是以傳達明清之際文人普遍期待愛情遇合和功名遇合的深層心理願望為其敘事基調。因此，當明末清初才子佳人小說在流行過程中形成一種集體敘事現象時，小說文本之實際表現已超越文學的審美層次進入到文化的釋義層次。無可諱言，明末清初時期是一個產生巨大變革的時代，處在世變階段的才子佳人小說作家們試圖在歷史文化現象中尋找自我生命得以實現的時空和因果關係。」引言內容可見於李志宏：《明末清初才子佳人小說敘事研究》（臺北：五南圖書出版股份有限公司，2019）第二章〈原型：才子佳人小說敘事建構的本體精神〉，頁105。

初次見面便能深深擄獲「才子」的心。這種形象，不免俗的是文人心中設想的「才子」畢生追尋的理想女性形象〔註3〕，然而再色藝雙全的「佳人」，也仍然可能面臨心上人的負心行為。這時，故事將轉變為「癡情女子負心漢」的形式。

　　與「才子佳人」相同的是男女雙方的樣貌皆出類拔萃，「癡情女子負心漢」的男主角未必是知書達禮的書生，但基本上都擁有俊秀的外貌；女主角則必定有姣好的容貌、令人垂涎的氣質、姿態，長相上符合「佳人」的樣貌範式。在才子佳人小說中，才子常抱以「若不得一個敏慧閨秀，才色雙全的，誓願終身不娶」〔註4〕的心態渴求佳人。而癡情女子負心漢文本中，男性縱使有對佳人的嚮往，卻因為其他因素，如不敢違背父輩、追求功名利祿等，最後捨棄佳人。佳人既珍貴又美好，卻在被負心漢拋棄後變得可憐可悲，她們縱然有著好看的皮囊，或富有才學，卻仍然成為可以輕易拋棄的附屬品。

　　不難發現，無論是「才子佳人」還是「癡情女子負心漢」，對於男女雙方的外貌要求都是極高的，必須要先有天人之姿，過了審美門檻，才可能使人衝動跨越道德倫理底線，與之私下往來。

　　而接下來要討論的〈宿香亭張浩遇鶯鶯〉同樣也是如此，張浩對李鶯鶯的樣貌十分喜愛，李鶯鶯亦表明兩人的見面不是偶然，開啟「才子佳人」式的開端。然而現實總是骨感，兩人遇上考驗，使才子佳人的故事內容走向「癡情女子負心漢」的形式。

　　張浩妥協了父輩的議親，他若真迎娶他人，縱使有再多委屈、無奈，也抵不過他辜負了李鶯鶯的事實。若非李鶯鶯力挽狂瀾，扭轉劣勢，恐怕她會成為婚前與人苟合的失節婦女，受人指責、議論。李鶯鶯從故事開始就展現出不同於一般閨秀的果敢精神，先是主動對張浩表達了愛慕之心，並進一步傳達了婚配意願：

　　　　妾自幼年慕君清德……若不以醜陋見疏，為通媒妁，使妾異日奉箕

───────────────

〔註3〕才子必定有詩才與文才，且詩才為最重要，長相上必定是俊秀的男子，是白皙秀麗的類型。而佳人有美貌的同時，也必須「女擅郎才」，同樣詩文捷才。佳人通常是作者、讀者所能想像到的非常理想的完美女性，又美又聰明，風情萬種、胸懷不凡的理想形象。相關論述可見於胡萬川：《話本與才子佳人小說之研究》〈談才子佳人‧小說才子佳人佳人才子〉，頁210。

〔註4〕此句出自（清）煙水散人《合浦珠》第一回，收錄於劉世德、陳慶浩、石昌渝主編：《古本小說叢刊》（河北：中華書局，1991）第十六輯第三冊，頁1019。

帚之末。立祭祀之列，奉侍翁姑，和睦親族，成兩姓之好，無七出

之玷，此妾之素心也。不知君心還肯從否？〔註5〕

郎有情妹有意，鶯鶯從張浩那裡得到肯定的答案後，緊接著要求「兩心既堅，

緣分自定。君果見許，願求一物為定，使妾藏之異時，表今日相見之情」〔註6〕。

兩人交換信物，除了如字面上「表今日相見之情」外，同時也是雙重保障。

故事到此，讀者對於李鶯鶯交換信物的行為大抵是「睹物思人」、「紀念私情」，

還看不出可以將這信物另有所用。

　　後來以張浩視角描述了其對李鶯鶯的思念，逐漸形貌憔悴，另一邊的李

鶯鶯同樣思念成疾。若此時未有人率先行動，只怕兩人將受思念折磨更久。

在其他文本如〈王嬌鸞百年長恨〉中，是周廷章主動牽起了與王嬌鸞的緣分

〔註7〕，而在此文本中，李鶯鶯請尼姑惠寂幫忙，使兩人可以互通書信，聊

表各自的愛慕之情。李鶯鶯的性格到此已能看出大半，她雖然同樣受情所苦，

卻不會一直被動等待，而是主動跨出第一步，爭取、創造機會。故事內容到

這，讀者或許只會覺得這是一名較為大膽的女子，但在後來的情節裡，將會

展現李鶯鶯不僅大膽，還有為了愛情奮不顧身、出謀劃策的一面，如主動創

造兩人見面的機會〔註8〕：

鶯鶯傳語，他家所居房後，乃君家之東牆也，高無數尺。其家初夏

二十日，親族中有婚姻事，是夕舉家皆往，鶯托病不行。令君至期，

於牆下相待，欲踰牆與君相見，君切記之。〔註9〕

私下見面的兩人，孤男寡女、乾柴烈火，兩人溫存過後，李鶯鶯向張浩索取詩

賦，除了呈現鶯鶯欣賞張浩才學外，也向張浩提醒了「妾之此身，今已為君所

有，幸終始成之」〔註10〕，兩人雖未有夫妻之名，卻已有夫妻之實，需慎重看

〔註5〕（明）馮夢龍編；嚴敦易校注：《警世通言》（臺北：里仁書局，1991）冊下，
　　　　頁451。

〔註6〕（明）馮夢龍編；嚴敦易校注：《警世通言》冊下，頁451。

〔註7〕周廷章拾獲王嬌鸞的羅帕，不直接歸還，而是要求侍婢明霞替他寄詩，得到回
　　　　應後才願意奉還羅帕。該片段可見（明）馮夢龍編；嚴敦易校注：《警世通言》
　　　　冊下，頁519。

〔註8〕〈宿香亭張浩遇鶯鶯〉多是以張浩的視角來推移情節，故事前半段，鶯鶯的視
　　　　角少之又少，但仍能看出她才是實際掌握控制權的一方。就連私下見面的機
　　　　會，也是鶯鶯看準時機，刻意製造出來的，不難看出鶯鶯大膽有謀且積極的一
　　　　面。

〔註9〕（明）馮夢龍編；嚴敦易校注：《警世通言》冊下，頁454。

〔註10〕（明）馮夢龍編；嚴敦易校注：《警世通言》冊下，頁455。

待這段關係。

　　後來鶯鶯透過惠寂，向張浩傳達了「其父守官河朔，來日挈家登程，愿君莫忘舊好。候回日，當議秦晉之禮」〔註11〕的訊息，希望張浩能等待她回來，屆時就可以討論婚嫁。故事到此，讀者雖未能窺探李鶯鶯的思考，但可以知道鶯鶯是個行事有主見，並會主動提出要求的女子。

　　到了後來，張浩父輩為其挑選婚配對象，張浩無法推辭，只能密告鶯鶯：「浩非負心，實被季父所逼，復與孫氏結親。負心違愿，痛徹心髓！」〔註12〕文本未描寫鶯鶯的所思所想，無從得知她的心路歷程，只見她對惠寂說：「我知其叔父所為，我必能自成其事」〔註13〕後，逕自展開行動。她果斷迅速地向父母坦白私情，並承諾只要父母允許她和張浩在一起，她就能自行解決。

　　隨後鶯鶯取紙作狀，到河南府訟庭之下，由龍圖閣待制陳公來審理案件。在庭上，鶯鶯清楚交代與張浩的交往，也能拿出與張浩往來的證據——信物與詩信。陳公詢問李鶯鶯想怎麼處理這件事情，鶯鶯表示張浩是佳婿人選，若能與之結合，自己必定遵守婦道。陳公也接受鶯鶯的說法，為其做主，使張浩與鶯鶯能成夫妻。

　　這篇〈宿香亭張浩遇鶯鶯〉很大部分是基於《西廂記》所作，從最後的「當年崔氏賴張生，今日張生仗李鶯；同是風流千古話，西廂不及宿廂亭」〔註14〕可見。《西廂記》最早內容可追溯至元稹的《會真記》，又名《鶯鶯傳》，在最開始的張生與崔鶯鶯的故事中，張生是典型的負心漢，對崔鶯鶯始亂終棄，甚至說「予之德不足以勝妖孽，是用忍情〔註15〕」將鶯鶯比擬為禍國妖姬，合理化自己的負心之舉。事後兩人各自婚嫁，張生偶然路過鶯鶯住所，想拜訪鶯鶯，鶯鶯卻不肯見，於是張生露出哀怨的表情，似乎責怪鶯鶯不領情，這樣的張生實在是讓人喜歡不起來。〔註16〕

〔註11〕　（明）馮夢龍編；嚴敦易校注：《警世通言》冊下，頁455。
〔註12〕　（明）馮夢龍編；嚴敦易校注：《警世通言》冊下，頁456。
〔註13〕　（明）馮夢龍編；嚴敦易校注：《警世通言》冊下，頁456。
〔註14〕　（明）馮夢龍編；嚴敦易校注：《警世通言》冊下，頁457。
〔註15〕　唐・元稹著；周相錄校注：《元稹集校注》（上海：上海古籍出版社，2011），頁1519。
〔註16〕　黃蕙心認為張生「表面上似聖人般不近女色，但一見鶯鶯就被其美貌所吸引，但不願以正當的方法求親，只是想得到鶯鶯而已。在鶯鶯賴簡之際，就絕望離去。而考期到了，毫不猶豫地去求取功名，不顧鶯鶯的反應。而赴京考試後就拋棄鶯鶯。可以看出他的始亂終棄，彷彿鶯鶯只是他赴考前的解悶者而已。」

在〈鶯鶯傳〉中,張生甚至以「數日來,行忘止,食忘飽,恐不能逾旦莫,若因媒氏而娶,納采問名,則三數月間,索我於枯魚之肆矣」〔註17〕來推拒正規央媒求親的過程。若真心誠意想和崔鶯鶯締結鴛盟,何必急於一時?從此可看出張生只貪圖崔鶯鶯容貌姿色,並不打算與鶯鶯廝守終生。到了後來的〈西廂記〉,張生變成癡情郎,也有一說張生的形象轉變,從無情到有情、從重功名到重愛情,這些都是一種反抗意識:

> 《西廂記》涵蓋了一種意蘊:「主人公對於美好思想的憧憬與追求,
> 以及這種追求的痛苦與艱辛。」這樣的意蘊,不只是關於愛情的,
> 也可以是關於人性的、事業的;不只是反對封建婚姻制度,而且是
> 反抗禮教對人性的束縛。〔註18〕

這種追求,從張生的形象轉變是可以看見端倪的。無論是愛情上的追尋還是對於理想事物的憧憬、尋求,都是以鶯鶯的女子身分較難辦到的,而張生作為男性、書生,反而可以在此方面有更不一樣的發展。不過在〈宿香亭張生遇鶯鶯〉中,李鶯鶯也擁有了不一樣的光彩,從「主動」上展現了有別於普通女子的果敢;從「積極」上呈現了對於理想愛情的野心;從「果斷」上可以看出掌握整個狀況的大局觀。特以表3-1整理李鶯鶯的人格魅力:

表3-1　李鶯鶯人格魅力一覽表

魅力點	對應事件
主動	率先展現愛慕,並傳達婚嫁意願
積極	尋求惠寂幫助,替自己與張浩傳遞書信
果斷	知道張浩即將另娶他人,馬上與父母坦白私情,並且告官請求主持公道

有別於〈鶯鶯傳〉、〈西廂記〉中,以「紅娘」為關鍵人物促進主角兩人的感情。在馮夢龍這版,李鶯鶯積極為自己的人生作主,主動示愛,爭取婚嫁,雖為思念所憔悴,卻不會被動等待機會到來。

張生一方面貪求鶯鶯的美色,一方面又不願遵循正規方式認識鶯鶯,從一開始便只是為了「欲望」,甚至不認為自己行為帶給鶯鶯傷害,擺出委屈、哀怨姿態,甚至最後反而怪鶯鶯不願見他,暗指崔鶯鶯不夠大度。引言內容可見於黃蕙心:〈從《鶯鶯傳》、《董西廂》、《王西廂》、《曾西廂》看張生形象的轉變〉,《輔大中研所學刊》(2000年10月),頁253。
〔註17〕(唐)元積著;周相錄校注:《元積集校注》,頁1514。
〔註18〕小百花:《《西廂記》創作評論集·《西廂記》改編雜談》》(天津:百花文藝出版社,1994),頁43。

　　〈宿香亭張浩遇鶯鶯〉的李鶯鶯與〈鶯鶯傳〉中的崔鶯鶯不一樣，崔鶯鶯一開始基於禮教拘束不願意接受張生，甚至以道德責備張生。可隨著紅娘的推波助瀾，崔鶯鶯也逐漸被打動，但其依然保持著神秘、冷淡的性情，令張生不解、看不透。崔鶯鶯愛著張生，卻又受禮教觀念所束縛，愛情與道德觀使鶯鶯痛苦掙扎、矛盾不已，這些心路歷程在鶯鶯寫給張生的信中才得以被看見，然而為時已晚，張生已率先抽離了這段感情。

　　〈宿香亭張生遇鶯鶯〉中從李鶯鶯的視角而發展的敘述並不多，其實很難窺見李鶯鶯的心聲，但從旁人的視角仍可見其堅毅、不畏禮教的精神；崔鶯鶯在〈鶯鶯傳〉直到故事後半段，她寫給張生的信中才表現了內心深處的情感，這也表現出了崔鶯鶯柔弱、無力的性格；而〈西廂記〉中，更大程度表現了張生為了愛情，與禮教權威挑戰的一面，在〈西廂記〉裡的鶯鶯存在感被弱化，其中故事裡所彰顯的對理想、愛情的追求，多是藉由張生展現。三個鶯鶯，卻各自擁有不同性格，以下用表 3-2 整理三者區別：

表 3-2　〈宿香亭張生遇鶯鶯〉、〈鶯鶯傳〉、〈西廂記〉三個版本的鶯鶯
　　　　比較

異　同 人物版本	面對愛情	性格特徵
〈宿香亭張生遇鶯鶯〉 李鶯鶯	主動	勇於追求
〈鶯鶯傳〉 崔鶯鶯	受禮教觀念束縛	前期軟弱無能為力 後期能見意志堅定
〈西廂記〉 崔鶯鶯	被動	前期受禮教規範壓抑 後期有反抗、叛逆精神

李鶯鶯就像是〈西廂記〉裡的張生，表現出了「追求」的勇敢無畏精神，〈鶯鶯傳〉的崔鶯鶯則是典型的大家閨秀，受禮教觀念限制，就算為愛焦灼，仍不肯輕易宣之於口，後來在書信中表達對張生的真心，但為時已晚。此版本的崔鶯鶯最令人敬佩之處，大抵在於張生再度找上門時，不願意見面的堅決，並強調了「棄置今何道？當時且自親。還將舊來意，憐取眼前人」〔註19〕，堅定地斷絕與張生的關係。這個鶯鶯，雖然大部分軟弱無力，卻在最後展現

〔註19〕　（唐）元稹著；周相錄校注：《元稹集校注》，頁 1519。

了堅韌的意志。

　　而〈西廂記〉的鶯鶯是個矛盾體，家裡管教嚴格，這使她受禮教規範的程度也大，一舉一動都需要合乎禮法，面對愛情也比較被動消極。但與原先婚配對象鄭恆相比，張生又有才又美好，鶯鶯難以控制對張生的心動。〈西廂記〉的鶯鶯展現了愛情的純粹與叛逆精神，在母親想抵賴婚事，要自己喊張生「哥哥」時，鶯鶯流淚展現了不悅，但無法抗拒，只能聽從母親的話前去敬酒，張生則是不願喝鶯鶯那認哥哥意味的「敬酒」。此處能看出鶯鶯與張生追求愛情與試圖反抗的叛逆精神。

　　在〈宿香亭張生遇鶯鶯〉中，李鶯鶯承擔了〈西廂記〉裡張生的主動與作為，包含與禮教權威作對、勇於追尋。將這些精神加諸在女子身上，除了展現男女愛情觀的轉變，同時也體現了女子也能主動追求情愛的思想。

　　從文本的塑造上來看，李鶯鶯是個有勇氣的女子，她追逐幸福，不需要「紅娘」這樣的關鍵人物幫助。甚至到了張浩負心，即將迎娶他人的局面，鶯鶯也毫不退縮，若非李鶯鶯的謹慎、果敢，她與張浩之間便會走向悲劇。在《三言》、《二拍》的「癡情女子負心漢」文本中，李鶯鶯的行為無疑是大獲全勝的，她保住了自己的婚姻，更因為自身的聰明、保存信物、勇於爭取，如願與張浩長相廝守。

　　〈宿香亭張浩遇鶯鶯〉中，雖然多是以張浩角度敘述兩人如何相知、相愛、相守，卻也同時帶出了一個會思考、掌握著自己命運的李鶯鶯。她知道自己想要什麼樣的丈夫，積極爭取，並主動創造兩人私下見面的機會、努力維持聯繫以培養感情，最後得到了愛情與婚姻。

　　本小節最後以表 3-3 統整李鶯鶯如何面對負心的情節、經過以及結果：

表 3-3　李鶯鶯面對負心情節之事件表

	事　件 ➡	經　過 ➡	結　果
李鶯鶯向張浩表達婚配意願	一、張浩與廖山甫在宿香亭飲酒	李鶯鶯出現，張浩一見鍾情	張浩主動與李鶯鶯接觸
	二、李鶯鶯提起婚配意願	張浩欣喜，連忙答應	兩人交換信物後，張浩反覆相思李鶯鶯
私會宿香亭	一、一直未能見到面，雙雙憔悴	鶯鶯請惠寂到張浩家傳遞消息	兩人此後常透過惠寂音信往來
	二、私約相見之日	李鶯鶯主動創造見面機會	兩人有了夫妻之實

張浩差點負心	一、李鶯鶯舉家至河朔	鶯鶯希望張浩等待她回來，之後論及婚嫁	張浩思念鶯鶯至極
	二、張浩叔父為之擇定婚事	張浩託惠寂轉達被迫負心的無奈	李鶯鶯寫狀書上訟庭，憑一己之力保全與張浩的關係

二、玉石俱焚：王嬌鸞

　　在〈王嬌鸞百年長恨〉中，說書人負責推移故事內容，而周廷章、王嬌鸞各自的視角則能呈現雙方的思考，讀者可以較貼近人物，從而理解人物對事情的看法、選擇。在文本中，王嬌鸞的立場較特殊，相比起李鶯鶯的力挽狂瀾、大獲全勝，王嬌鸞選擇玉石俱焚。她雖然用她的才智替自己的冤屈討了公道，讓他人懲罰負心漢，但性命也走到了末路，可說是兩敗俱傷。而在說書人展開干預敘述，表示王嬌鸞若能不回應周廷章，就不會有後續的各種事情時，字裡行間可以另外看出王嬌鸞渴望愛情、知音的心情：

> 嬌鸞若是個有主意的，揀得棄了這羅帕，把詩燒卻，分付侍兒，下次再不許輕易傳遞，天大的事都完了。奈嬌鸞一來是及瓜不嫁知情慕色的女子；二來滿肚才情不肯埋沒，亦取薛濤箋答詩八句：「妾身一點玉無瑕，生自侯門將相家；靜裏有親同對月，閒中無事獨看花。碧梧只許來奇鳳，翠竹那容入老鴉；寄語異鄉狐另客，莫將心事亂如麻。」〔註20〕

王嬌鸞面對周廷章的試探，本就因為男兒俊俏而春心萌動，又因為方勝上寫了詩詞，勾起與之交流的欲望。王嬌鸞苦無展現才情的機會，這時候能與周廷章交流，也是因緣際會找到知音，兩人展開了不解之緣。也有論文論及王嬌鸞對愛情執著，是因為她的身分較難追求愛情，因此更加倍珍惜得來不易的緣分：

> 首先，王嬌鸞是一位大家閨秀，是王千戶家的千金，她「幼通書史，舉筆能文」。雖衣食無憂，但因相對來說較為嚴格的家規，也使她很少有機會接觸到外面的世界。這樣的身份設定，一方面加大了她追求愛情的難度，同時也正是由於她加倍珍惜來之不易的愛情。所以她在自己的後花園遇見書生周廷章後，二人正是通過詩歌傳情，相互傾慕。但嬌鸞仍保持著大家閨秀的矜持，告知男方「央曹姨為媒，

〔註20〕　（明）馮夢龍編；嚴敦易校注：《警世通言》冊下，頁519、520。

誓諧伉儷」，且寫下了婚書。可見，嬌鸞與周廷章，與一般意義上的
私定終身又有所區別，這也體現了王嬌鸞作為大家閨秀的傳統與矜
持。〔註21〕

千金小姐從小的教育必定是知書達禮，但足不出戶又如何能遇見愛情？因此
當她遇見周廷章，第一眼已有好感，在詩詞唱和中，感情漸生，在無數的詩
詞中聊表各自寂寞與愛慕之情。事實上，兩人濃情蜜意，又已到適婚年齡，
若能順勢成親，或許也沒了之後的麻煩，但王嬌鸞有才情，是工作上的得力
助手，因此王千戶不願女兒遠嫁他鄉，遲遲不肯應許，其實從這點可以看出，
為什麼王嬌鸞對於展現才學有渴望。她精通文墨，能夠幫助父親的工作而不
被拆穿，足可見其優秀的能力。但再優秀，得到稱讚的始終是父親，並不會
有人知道王嬌鸞才是幕後功臣。好不容易遇到周廷章，可以展現滿腹詩書，
那自然是恨不得抓緊這個人。只可惜王嬌鸞成也才情，敗也才情，父親便是
因為這方面的考量，不希望女兒遠嫁，遲遲不肯答應周廷章與王嬌鸞的婚事。

在唱和詩詞中，王嬌鸞一句「此生但作乾兄妹，直待來生了寸心」〔註22〕
使周廷章有了計畫——拜王嬌鸞母親為自己姑姑，以親戚身分奔走。只是雖然
時常見面，卻又不能膩在一起培養感情，王嬌鸞反而抑鬱成病。這時周廷章主
動說自己會看脈，佯稱王嬌鸞的病情需要多去花園散心，才使兩人有更多機會
獨處。

王嬌鸞雖然沉浸在與周廷章的感情世界裡，但她是個聰明有原則的女
子，會主動表明立場，要求周廷章發誓不負，約定共白首，才願意更進一步
〔註23〕。周廷章央求曹姨作媒，完成了夫妻的儀式，寫成婚書誓約，後才終
於獨處共度雲雨。

若王嬌鸞與周廷章最後能順利成親，其實事前這些行為也不算什麼。王嬌
鸞父親認同周廷章的才貌，只是不捨王嬌鸞才情，故遲遲不答應婚事，實際上

〔註21〕 李麗霞：〈《王嬌鸞百年長恨》中王嬌鸞個性特徵淺析〉，《劍南文學》第 8 期
（2015 年 11 年），頁 76。
〔註22〕 全詩為「秋月春花亦有情，也知身價重千金；雖窺青瑣韓郎貌，羞聽東牆崔氏
琴。癡念已從空裏散，好詩惟向夢中吟；此生但作乾兄妹，直待來生了寸心」，
內容可見於（明）馮夢龍編；嚴敦易校注：《警世通言》冊下，頁 522。
〔註23〕 王嬌鸞說道：「妾本貞姬，君非蕩子。只因有才有貌，所以相愛相憐。妾既私
君，終當守君之節；君若棄妾，豈不負妾之誠？必矢明神，誓同白首，若還苟
合，有死不從」，內容可見於（明）馮夢龍編；嚴敦易校注：《警世通言》冊下，
頁 524。

周廷章與王嬌鸞之間的阻礙並不大。

　　後周廷章陷入想回鄉探親，又不捨得離開王嬌鸞的猶豫裡。王嬌鸞雖然也不想周廷章離開，但理智權衡後，仍然主動堅持周廷章該回鄉探親，表現其賢慧、通情達理之面。

　　誰知道周廷章這一去便是杳無音訊，只有一次回信說父親身體不好，會延誤歸期〔註24〕。這成為了王嬌鸞的一線希望，但隨著時間推移，也逐漸破滅。後來孫九帶回兩人之間的信物、婚書，代表了周廷章的決絕。最一開始，王嬌鸞無法承受周廷章帶來的傷害，整日以淚洗面。曹姨也曾勸說王嬌鸞不要再癡癡等待，自誤青春，王嬌鸞則堅持「人而無信，是禽獸也。寧周郎負我，我豈敢負神明哉？」〔註25〕她與周廷章發誓過不負彼此，雖然周廷章已違背誓言，但自己怎可因為周廷章的負心，就也跟著不遵守誓言？王嬌鸞的頑固性子從這可以看出端倪。雖然面對周廷章的另娶他人，她無能為力改變，可她的性格注定了不會善罷甘休。

　　王嬌鸞恨、怒、絕望，頹廢之際本想自盡，卻覺得自己美貌多才，又是名門之女，就這麼默默而死，豈不是便宜了周廷章這樣的薄倖郎？因此寫下〈長恨歌〉、〈絕命詩〉，控訴了周廷章的負心之舉。詩歌寫成，王嬌鸞本想讓孫九送去給周廷章，但孫九不願再見那負心人，拒絕傳遞書信，因此王嬌鸞需要另外想辦法。恰巧父親身體微恙，需要她幫著檢閱文書，王嬌鸞心生一計，將〈長恨歌〉、〈絕命詩〉、過往唱和之詞、婚書都放入官文書內，讓公差送走。

　　也幸虧孫九不願幫忙送信，這才想到了把證物放入官文內，讓官爺替自己主持公道。只是王嬌鸞並不想知道結果，對她而言，自盡是早就決定好的事情，成也好敗也好，把書信送出去那一刻，她的怨恨也已經得到宣洩。針對王嬌鸞的性格，有論文如此分析：

　　　　王嬌鸞在感情中是卑微的，她沒有為自己爭取到與周廷章平等的愛
　　　　的權利，周廷章也沒有給予王嬌鸞作為另一半相應的尊重，得不到

〔註24〕王嬌鸞請孫九託付張客人寄書，正好周廷章在外看到張客人問路，深怕其知曉自己再娶之事，便趕緊上前與張客人相認，並在酒家借紙筆寫下回書，內容推說父病未瘥，有誤佳期。該內容可見於（明）馮夢龍編；嚴敦易校注：《警世通言》冊下，頁527。

〔註25〕（明）馮夢龍編；嚴敦易校注：《警世通言》冊下，頁528。

王父的允許便私自立下婚約，在傳統官宦世家視角看來，王嬌鸞是
忤逆的，是不自重的。其次，周廷章對於雙方立下的承諾私下輕易
毀約，他貪財好色、人品低劣且沒有擔當，十足的負心漢形象，這
是導致最終悲劇的重要因素。最後，王嬌鸞的家庭環境也是促成悲
劇的導因之一。她身邊的侍女在明知不可行的情況下，幫助他們二
人私下見面，明知離經叛道還任其發展，直至王嬌鸞苦等三年自殺。
王嬌鸞的悲劇是具有偶然性的，若不是吳江縣令的同情，這場悲劇
只能悲上加悲、草草而終。〔註 26〕

筆者認為王嬌鸞其實不算自卑，事實上，在她主導兩人發誓、寫婚書的過程
中，她一直都是積極爭取的，私自立下婚約雖然是叛逆之事，但同時也顯現
了王嬌鸞追求真愛的無畏無懼。她承擔著被發現的風險，與周廷章確立情愛
關係，雖然以傳統社會的眼光來看，她是不潔身自愛之人，但從「情」的角
度來看，她是追尋自由戀愛的性情中人。另外，王嬌鸞在決心自盡前，想到
了自己聰明貌美，有好的才學，就這麼死去，不就便宜了周廷章？有如此想
法的王嬌鸞是有自信的，她在感情中雖然受挫，但她仍保有傲骨，哪怕慘遭
拋棄，卻絕對不忍氣吞聲。

可惜王嬌鸞重情重義重誓言，無法接受自己被周廷章拋棄的結果，又不
願違背誓言，因此自盡明志，結束這短暫的一生。而之所以說王嬌鸞「憑己
之力，扭轉劣勢」，是因為她有能力撰寫〈絕命詩〉、〈長恨歌〉，為自己的經
歷悲哀嘆息，並責備周廷章的薄情寡義。她的才情最終化作武器，讓周廷章
得到了應有的懲罰。馮夢龍亦在《情史》情報類〈周廷章〉文末點評：「負
心之人，不有人誅，必有鬼譴。惟不譴於鬼而誅於人，尤見人情之公耳。」
〔註 27〕強調了負心之事不可為，而負心人就算此時生活順遂也不要暗暗竊
喜，善惡終有報，就算沒有辦法給予法律上制裁，但惡人自有天收，終究也
逃脫不了因果。

本小節最後以表格 3-4 統整王嬌鸞如何面對負心的情節、經過以及結
果：

〔註 26〕 李文：〈淺析馮夢龍《警世通言》的女性獨立形象〉，《作家天地》第 35 期
（2021 年 12 月），頁 31、32。

〔註 27〕 （明）馮夢龍：《古本小說集成‧情史》（上海：上海古籍出版社，出版年不
詳），頁 1339。

表 3-4　王嬌鸞面對負心情節之事件表

	事　件 ➡	經　過 ➡	結　果
初識	一、王嬌鸞在後園盪鞦韆	發現牆缺處有一少年，嚇得躲回房去，並遺落了手帕	周廷章進入後園，撿起地上的羅帕
	二、王嬌鸞對那少年頗有好感	侍女名霞說周廷章要求寄詩，並得到王嬌鸞回音才肯歸回羅帕	王嬌鸞與周廷章維持以詩文唱和、交流的關係
計入王家	一、曹姨建議讓周廷章遣媒說合	周廷章向王千戶表達過婚配意願，只是王千戶遲遲未許	姻事未諧，雙方情緒低落
	二、周廷章計入心頭，拜王夫人為姑	與王嬌鸞拜為表兄妹	雖同住屋簷，卻更難交流，王嬌鸞鬱成病
	三、周廷章自薦為王嬌鸞看脈	聲稱王嬌鸞需要多散步	常與王嬌鸞在園亭見面
私定終身	一、周廷章夜入王嬌鸞房間	見明霞與曹姨俱在，周廷章委屈欲泣	在曹姨見證下，兩人寫婚書，立誓言
	二、周廷章猶豫是否返鄉	王嬌鸞以妻子身分替周廷章做決定	離別時刻，兩人期盼著日後讓雙親議定婚事
周廷章負心	一、遲遲等不到周廷章回來	周廷章來信，稱父親病情還需要一段日子安養，離不開身	王嬌鸞相信周廷章的謊言，滿心期待他歸來
	二、王嬌鸞派孫九去找周廷章	周廷章見到孫九，逕自進屋，隨後差人退還婚書與羅帕	接受了周廷章負心的事實，王嬌鸞計畫了復仇事宜後，上吊自盡
負心的下場	王嬌鸞的詩文夾在公文內被送了出去	樊公心疼王的遭遇，恨周之薄倖，要為王主持公道	周廷章被亂棒打死，以慰王嬌鸞在天之靈

　　李鶯鶯與王嬌鸞皆能憑著自己的力量扭轉劣勢，但她們之間仍然有些不同之處：李鶯鶯是希望有好結果的，因為張浩還未迎娶他人，一切都還有挽回的餘地；王嬌鸞發現周廷章的背叛時，木已成舟，她無法讓周廷章的婚姻失效，也不願默默而死，因此將物證置於官匣內，讓第三方來決定。

　　王嬌鸞的行為比起李鶯鶯，少了積極性。因為她知道，就算她鬧得厲害，與周廷章也早已不是一路人，硬是挽回也回不去當初的甜蜜。王嬌鸞所能做的，是凸顯自己的無辜可憐，激起他人的憐憫，她的死亡甚至會讓人對周廷章的負心更加憤恨。筆者並非意指王嬌鸞所作所為皆是刻意引導第三方懲處周廷章，但不否認這些事件的安排，以及死亡的加乘效果，王嬌鸞的處境的確使樊公感慨萬千，為她討公道。王嬌鸞雖然已經死亡，但她死前的行為，

無非扭轉了她本來「無處訴苦，默默而死」的劣勢，使周廷章罪有應得。

第二節　大勢已定，無力回天

　　有這麼一群女子，在遭遇背叛後忍苦過日、發誓從一而終，並出家明志。她們展現了果敢、堅強，以及非同尋常的毅力，但她們也受限於傳統禮教，對貞節很是珍視，就算被負心漢傷害拋棄，也不願再嫁玷汙貞名。

　　這些女子對於負心局面通常是軟弱無力的，既難以報仇，也無法與負心漢抗衡，只能接受「棄婦」的命運，在再嫁、守貞、出家、死亡中選擇。她們無法像李鶯鶯一樣為自己做主，只能淚水腹中藏，在飽受議論的處境中咬牙過日，或轉換重心，如一心養育孩子、潛心修行禮佛。

　　符合這類「大勢已定，無力回天」的女子有：「被賣為妾」的白玉孃，雖僅有幾日夫妻緣，卻堅守妻子身分而不願委身他人，在尼姑庵為丈夫念經祈福並甘之如飴；因「未婚先孕」，在他人議論中撫養孩子成人，透過阮三郎託夢而望子成龍的陳玉蘭；很是「重視承諾」，懲罰出爾反爾的負心人的「鄭義娘」；因為家風不好而「遭夫謀害」，面對負心局面以及他人的勸和，與負心人再成夫妻的金玉奴；「被夫休離」後無所憑依，為求生存只能另覓新夫的楊氏；夫家遲遲不來接，刻意冷落，被「棄若敝屣」，但夫死後，孩子成了唯一子嗣而母憑子貴的張福娘。

一、被賣為妾：白玉孃

　　宋若云在《逡巡於雅俗之間：明末清初擬話本研究》中介紹女性形象的卡里斯馬類型〔註28〕，其中，她提及了「典範故事」的女主人公：

> 「典範故事」中的女主人公，堪為貞烈節孝的符號。她們的形象特
> 徵與蘊含，無礙體現著作家的道德評價，其目的效果自然是用來為
> 世人樹立榜樣的，代表了主流社會的意識形態和傳統定則，也體現

〔註28〕卡里斯馬（charisma）本義為神聖的天賦（因蒙受神恩而獲得的天賦），意指有神助的人物。德國的馬克思・韋伯（Max・weber, 1864～1920）擴展涵意，以它指在社會各行業間具有原創性、負有神聖感召力的人物的特殊品質。美國社會學家希爾斯（Edward Shils, 1910～1995）進一步引申卡里斯馬的涵意，使卡里斯馬成為特定文化的中心價值之內在支柱。詳細介紹可看宋若云：《逡巡於雅俗之間：明末清初擬話本研究》（北京：中國社會科學出版社，2006）第五章〈卡里斯馬形象類型——擬話本角色的文化闡釋〉，頁 196、197。

　　　了作者對個人理想與社會規範的雙重忠順。這些具有典範性的婦女
　　　卡里斯馬形象，都是嚴格按照婦德的要求決定自己的行為的，順從
　　　於傳統道德的支配而毫無怨言，甚至以此為榮，並視之為自己實現
　　　個人價值的唯一途徑。〔註29〕

宋若云認為如《醉醒石》的程菊英、《貪欣誤》的劉大姑、《型世言》的唐貴
梅、陳雉兒等，形象上大多缺乏細緻的描寫刻劃，只是讓這些角色充當了一
類道德規範的符號，是宣教的工具。而相比起這些人物，忍苦成夫的形象類
型反而更清晰一些，如《警世通言》趙春兒、《醒世恒言》白玉孃、《西湖二
集》曹妙珍等都是一種貞烈的典範〔註30〕。

　　關於白玉孃的敘述，始自程萬里的凝視：「程萬里仔細看那女子，年紀倒
有十五六歲，生得十分美麗，不像個以下之人」〔註31〕從程萬里視角可以看
出，與程萬里婚配時的白玉孃年紀很輕，但氣質卻很獨特，使程萬里好奇她的
來歷。而這段描寫，除了正面肯定白玉孃的美貌，並從「不像個以下之人」勾
勒了白玉孃的形象雛形，讀者藉此可以知曉白玉孃不是庸俗之人。

　　在白玉孃自訴身世後，勾起了程萬里功名未遂、流落異國，身為下賤的不
甘。察覺程萬里與自己產生共鳴，白玉孃開始勸說他逃走：「妾觀郎君才品，
必非久在人後者，何不覓便逃歸，圖個顯祖揚宗，卻甘心在此，為人奴僕！豈
能得個出頭的日子！」〔註32〕至此，可以看出白玉孃小小年紀便有長遠的目
光。作為妻子，她希望程萬里不要屈就。若白玉孃是男子，也許她會早早身體
力行，儘管感念張萬戶夫妻的照顧與養育之恩，但為了前途發展，仍會選擇逃
走另圖謀生。

　　聽到白玉孃的勸說，程萬里驚訝之餘，開始懷疑起來：「他是婦人女子，
怎麼有此丈夫見識，道著我的心事？況且尋常人家，夫婦分別，還要多少留戀

〔註29〕宋若云：《逡巡於雅俗之間：明末清初擬話本研究》第五章第二節第二點〈女
　　　　性形象的卡里斯馬類型〉，頁207。
〔註30〕如趙春兒用心良苦，私下儲蓄，用十五年的時間終於等到曹可成覺悟，才用這
　　　　些錢財發家致富；白玉孃則自我犧牲，使程萬里下定決心逃回故鄉，出人頭
　　　　地；曹妙珍則與趙春兒狀況相似，都是長時間忍苦工作，在貧困中等待丈夫頓
　　　　悟。這些女子貞烈堅強，一心向夫，十分令人敬佩。相關說明可參見宋若云：
　　　　《逡巡於雅俗之間：明末清初擬話本研究》第五章第二節第二點〈女性形象的
　　　　卡里斯馬類型〉，頁207、208。
〔註31〕（明）馮夢龍編；顧學頡校注：《醒世恒言》（臺北：里仁書局，1991）冊上，
　　　　頁382。
〔註32〕（明）馮夢龍編；顧學頡校注：《醒世恒言》冊上，頁384。

不舍。今成親三日，恩愛方纔起頭，豈有反勸我還鄉之理？只怕還是張萬戶教他來試我。」〔註33〕以為白玉孃勸自己逃走的說詞都是張萬戶唆使的，程萬里留了心眼。

　　後來程萬里將白玉孃的話轉述給張萬戶聽，張萬戶一怒之下要懲罰白玉孃，程萬里這才明白自己錯怪了白玉孃。只是白玉孃不僅不對程萬里生氣，反而再度勸說他逃走：「妾以誠心告君，如何反告主人，幾遭篦撻！幸得夫人救免。然細觀君才貌，必為大器。為何還不早圖去計？若戀戀於此，終作人奴，亦有何望！」〔註34〕從此可看出白玉孃有「伯樂」之質，她認為程萬里大有可為，不該只是奴僕命，因此才苦苦相勸。而程萬里有些以小人之心度君子之腹，因為一開始張萬戶的確要懲罰白玉孃，張夫人卻跑過來維護她。這種維護看在程萬里眼裡，反倒像是演戲，加上白玉孃又再度勸說他逃走，使程萬里反而又更加肯定白玉孃是張萬戶派來試探他的人，不然一般人不會明知道苦勸逃走是吃力不討好的行為，還要如此不屈不撓。

　　因此程萬里再次辜負白玉孃的真誠，張萬戶大發雷霆，認為白玉孃吃裡扒外，決定要把她賣掉。白玉孃一片真心，卻數度遭程萬里背叛。程萬里得到了忠心的名聲，白玉孃卻要承擔挑撥離間的罪名。直到此刻白玉孃也不怨不恨程萬里，只在臨別前與他交換鞋子：「後日倘有見期，以此為證。萬一永別，妾抱此而死，有如同穴。」〔註35〕程萬里心中充滿不捨，他害了白玉孃，更斷了與白玉孃的夫妻情緣。鞋子作為交換的信物，同時也是一種符號：「鞋子具有很強的交際符號功能：女子（訊源）通過鞋子（訊道）向男子（訊宿）傳播了願意以身相許的愛意」〔註36〕。白玉孃對程萬里的苦心、用情，皆能透過這「易鞋」的舉動得知，雖然隱晦卻深情。

　　張萬戶賣掉白玉孃的過程中，無從得知白玉孃的心路歷程，只強調了程萬里在白玉孃離開後痛哭悔恨的形象，表現了他為自己負心之舉的後悔，以及對白玉孃的思念，後來程萬里逃跑成功已是後話。〔註37〕

〔註33〕（明）馮夢龍編；顧學頡校注：《醒世恒言》冊上，頁384。
〔註34〕（明）馮夢龍編；顧學頡校注：《醒世恒言》冊上，頁385。
〔註35〕（明）馮夢龍編；顧學頡校注：《醒世恒言》冊上，頁387。
〔註36〕顏湘君：〈意蘊豐富的民俗傳播符號──鞋〉，《神州民俗》第196期（2012年），頁29。
〔註37〕更詳細可見本論文第四章第三節之一「以己度人：〈白玉孃忍苦成夫〉程萬里」。

　　白玉孃最讓人佩服的是其意志力，到了新主人顧大郎家，也不願意背叛程萬里：「婢子蒙大娘擡舉，非不感激。但生來命薄，為夫所棄，誓不再適。倘必欲見辱，有死而已！」〔註38〕這時的白玉孃顯現了傳統婦女的貞順觀念，僅僅與程萬里幾日夫妻，卻願意為之專一不二嫁。當然這是白玉孃出於自己意願的決定，可以說她潔身自好，並非一定要套上傳統思維的枷鎖。

　　後顧大郎想要強迫白玉孃，白玉孃用道理勸阻，日子久了，顧大郎夫妻見白玉孃心志堅定，便收她為義女。一年後白玉孃織布匹還了自己的賣身價，到曇花菴出家為尼。因為心裡牽掛著程萬里，白玉孃將那雙交換的鞋子貼身放在身上，無人時便會拿出來觀看。出家期間白玉孃不時央人打聽程萬里的狀況，知道程萬里順利逃走後，便誦經為之祈福。同時，白玉孃感激顧大郎夫婦過去一年對自己的照顧，也常祈求佛祖保佑他們；聽聞張萬戶全家抄沒，感傷張夫人的養育之恩，為之禮懺追薦。從這些舉動可看出白玉孃的心腸極好，是個知恩圖報的女子。雖與程萬里只是幾日夫妻情，卻能日日為之祈福祈禱，一心掛念。

　　二十年後，程萬里有了地位權勢，託人找到了白玉孃，想迎接她回去，但白玉孃只道：「吾今生已不望鞋履復合。今幸得全，吾願畢矣，豈別有他想。你將此鞋歸見相公夫人，為吾致意，須做好官，勿負朝廷，勿虐民下。我出家二十餘年，無心塵世久矣。此後不必掛念」〔註39〕對白玉孃而言，希冀程萬里安好，就像是一生的執念，知道他飛黃騰達，不辜負她一開始的慧眼相中，就足以欣慰了。然而也有論文提出不一樣的看法：

> 為什麼在經受了二十幾年的相思之苦後，白玉娘沒有立即隨家丁程惠回去，與日思夜想的丈夫重逢呢？分析其心理，並非是她對丈夫當初告發自己的行為不原諒，而是於「禮」不符。白玉娘當初與程萬里結為夫妻，只不過是主人的「游戲」之作，並非明媒正娶，又是夜裡玉娘主動走到程萬里房間的。這多少有些「名」不正，「禮」不合。況且自己苦守二十餘年，這也不應該是自己應有的「待遇」。因此後來讓太守來請，敲鑼打鼓，排場極大，體面非常。這不僅僅是滿足白玉娘一個人的心理期待，也是男性作家們特意設計寫給天下「節婦」看的一場人生「喜劇」。因為男人需要女人

〔註38〕　（明）馮夢龍編；顧學頡校注：《醒世恒言》冊上，頁391。
〔註39〕　（明）馮夢龍編；顧學頡校注：《醒世恒言》冊上，頁395。

守節，總要告訴她們守節是有好處的。〔註40〕

李停停認為白玉孃第一次拒絕回去程萬里身邊，多少有些「欲擒故縱」，因為不滿意程萬里給的待遇、排場不夠大，實在愧對自己那二十年來的苦日子。筆者認為這麼一說就將白玉孃二十年來的忍苦成夫變得俗氣了。從文本故事來看，白玉孃的付出是不求回報的，哪怕被程萬里誤會別有用心，她也不過是苦口婆心，繼續勸程萬里莫要一輩子當人奴僕。從白玉孃苦勸程萬里的過程就能知道，白玉孃雖是女子，卻有著不輸男子的毅力、志氣，她不願破壞原則，就算多吃苦、吃虧，也要堅守意志，以「程萬里之妻」自居，維護著身子的潔淨，保持內心的安穩與強大。這樣的女子，又怎麼會計較程萬里迎接自己的排場呢？

筆者更相信，白玉孃長年禮佛，已看淡了紅塵俗世，也就不執著破鏡重圓。正如她所說，能看到鞋履復合就足夠欣慰，了卻心頭上的最後一絲愁緒，兩人能否再以夫妻身分生活，對白玉孃來說已經不重要。後來程萬里擺出了盛大的仗勢迎接白玉孃，白玉孃自然不好推辭，若繼續僵持著，恐怕也擾了曇花菴清靜，因此白玉孃的答應在情理之中，也不顯得「矯情」，或如李停停所說的故作姿態。

在與程萬里會合的路上，白玉孃還不忘去看望顧大郎夫婦，更囑咐官員將張萬戶夫婦以禮改葬。將對她有恩的人真正放入心上，即便多年過去，仍然不改其感恩的心。白玉孃後來為程萬里廣置小妾，使其擁有兩個孩子，孩子日後也大有可為，後人無不佩服白玉孃的治家有方。

只是綜觀文本，白玉孃忍苦過日、一心向夫的表現，真的是太過犧牲。事實上，她與程萬里之間的關係，比起夫妻情愛，更有種伯樂對千里馬的知遇之情。甚至程萬里託人來迎接白玉孃時，也是說「相公因念夫人之義，誓不再娶。夫人不必固辭」〔註41〕。程萬里誓不再娶，更多是感念白玉孃的恩義，而白玉孃對程萬里或許有情，卻不強求兩人還要再見，而是希望歲月靜好，兩人都朝著不後悔餘生的路前進。

白玉孃忍苦生活，一心盼望程萬里安好，二十年來祈求她所在乎的人平安無事。白玉孃固然有一顆善良的心，但她一心向夫的表現，實則呈現了女子面

〔註40〕 李停停：〈論明清擬話本小說中的傳統型節婦形象〉，《青島農業大學學報》（社會科學版）第 24 卷第 3 期（2012 年 8 月），頁 86。

〔註41〕 （明）馮夢龍編；顧學頡校注：《醒世恒言》冊上，頁 395。

對任何處境也無能為力的窘境。她雖然憑藉著堅定的心志使顧大郎夫婦另眼相看，並收為義女照顧，但若是遇到其他更糟糕歹毒的人，只怕白玉孃不得不向命運低頭，最後選擇自盡明志。

　　或許對舊時代恪守禮教的女子而言，各種處境的身不由己皆是她們任由擺布的原因，唯有自我了結，才是她們真正能夠自己作主的行為。而白玉孃正是看透了這一點，因此選擇出家為尼，藉由長伴青燈阻隔未來可能發生的男女情愛糾葛，躲避過多且不必要的煩惱。

　　本小節最後以表格 3-5 統整白玉孃如何面對負心的情節、經過以及結果：

表 3-5　白玉孃面對負心情節之事件表

	事　件 ➡	經　過 ➡	結　果
白玉孃勸程萬里逃走	一、程萬里與白玉孃成夫妻	程萬里因白玉孃而勾起內心惆悵	程萬里面露愁緒，被白玉孃注意到
	二、白玉孃勸說程萬里逃跑	程萬里懷疑白玉孃別有用心	程萬里告發白玉孃
	三、張萬戶要懲罰白玉孃	張夫人死命維護白玉孃	白玉孃不怨
	四、白玉孃二度勸程萬里逃跑	程萬里再度告發白玉孃	張萬戶打算賣掉白玉孃
	五、終於解開誤會	程萬里向白玉孃謝罪	兩人交換鞋子，不捨道別
白玉孃被賣後	一、白玉孃自願為婢	受顧大郎夫婦百般刁難	顧大郎夫婦見白玉孃立志堅定，改認為義女
	二、白玉孃勤儉紡織，任勞任怨	耗時一年做成布匹抵償身價	到曇花菴出家為尼
	三、不斷誦經祈福	聽到程萬里逃跑成功，為之高興	為心中掛念的人們誦經，希望佛祖保佑
破鏡重圓	一、程萬里管轄地包含興元府，派程惠找尋白玉孃	程惠找到白玉孃	見鞋子能再成雙，白玉孃心願已了，不願離開曇花菴
	二、程萬里堅持接白玉孃回來	程萬里用盛大排場迎接，白玉孃無法拒絕	白玉孃治家有方，傳為佳話

二、未婚先孕：陳玉蘭

陳玉蘭作為太尉之女，家境優渥，她在故事前面也展現了積極性。對阮三郎的吹唱聞聲傾心，打聽到吹唱者是誰後，更芳心暗許：

> 「數日前，我爹曾說阮三點報朝中駙馬，因使用不到，退回家中，想就是此人了，才貌必然出眾。」又聽了一簡更次，各人分頭散去。
>
> 小姐回轉香房，一夜不曾合眼，心心念念，只想著阮三：「我若嫁得恁般風流子弟，也不枉一生夫婦。怎生得會他一面也好？」〔註42〕

陳玉蘭心中產生了婚嫁的嚮往，盡顯少女情懷，但「怎生得會他一面也好」則體現了她的大膽，比起「鄰女乍萌窺玉意，文君早亂聽琴心」〔註43〕中登牆窺看宋玉的女子、從門縫偷看司馬相如彈琴的卓文君，陳玉蘭更加衝動，她甚至不需要「偷窺」便認定了阮三郎才貌出眾，一顆心已在這未曾謀面的阮三郎身上。

這種「一見鍾情」的模式並非罕見的情節鋪陳，但特別處在於以往的一見鍾情都是男生對女生居多，但在〈閑雲庵阮三償冤債〉中則是陳玉蘭先對阮三郎動了心，當時兩人甚至還沒見過面。俗話說「男追女隔層山，女追男隔層紗」，放在這「一見鍾情」也適用，男對女一見鍾情，他可能需要經歷許多磨難、考驗，最後才能抱得美人歸；但在女對男一見鍾情中，女子的戀情往往能水到渠成，不用太過刻意追求便能得到，而男子也樂於接受女子的熱情。蔣慧想認為，許多一見鍾情的模式中，多是以男方先動心而開場，這動心「有些在後續的情節發展中或得到女方的回應，互生情愫，約定終身；或只是自己的一廂情願，不得了局，甚至造成悲劇。」〔註44〕這類明確以男方動心為開端的方式，是作品中常見的類型。反過來，若是女方最先動心，她的一見鍾情「往往都能夠得到男方的及時回應，或發展為一段美好的姻緣，或因為後來男方的變心而以悲劇收場。」〔註45〕這樣的模式套用在陳玉蘭與

〔註42〕（明）馮夢龍編；許政揚校注：《古今小說》（臺北：里仁書局，1991）冊上，頁82。

〔註43〕（明）馮夢龍編；許政揚校注：《古今小說》冊上，頁82。

〔註44〕蔣慧想：《擬話本「一見鍾情」模式研究，以「三言」、「二拍」為中心》（遼寧：遼寧大學中國古代文學碩士學位論文，2019）第一章之二〈三言二拍中一見鍾情模式的特點‧「一見鍾情」模式〉，頁10。

〔註45〕蔣慧想：《擬話本「一見鍾情」模式研究，以「三言」、「二拍」為中心》第一章之二〈三言二拍中一見鍾情模式的特點‧「一見鍾情」模式〉，頁10。

阮三郎身上也是可行的。陳玉蘭對阮三郎傾心（雖然還未見過面），積極找尋機會想要見阮三郎一面，雖然最後只匆匆一瞥未多加交談，但也足以使阮三郎對陳玉蘭「一見鍾情」，進而思念成疾。阮三郎對陳玉蘭的動心正是對「陳玉蘭的心動的即時回應」，驗證了在女方先對男方產生感情的情況下，似乎戀情的發展都會比較順利、得償所願，好比說陳玉蘭僅憑一面就擄獲了阮三郎的心。

　　就像許多男對女一見鍾情的文本一樣，男子需要歷經難關才能抱得美人歸。阮三郎愛上陳玉蘭後，開始飽受相思之苦，面容枯槁，最後才透過好友張遠與尼姑的幫助，趁著瞻禮佛像的時候，在尼姑的廂房中與陳玉蘭見面。

　　兩人把握時機共度雲雨，可惜阮三郎因病體力大虛，歡愛不久便去世了。見阮三郎就這麼斷氣，陳玉蘭雖然害怕，卻也只能裝作沒事，收拾後與母親回家。而阮三郎父親阮員外雖然憤怒，想到這事還是阮三郎這邊出的主意，便也只能忍下這口氣，默默完成了阮三郎的葬禮。後來陳玉蘭發現懷孕，陳太尉不得已，只能找來阮員外討論：

> 當初是我閨門不謹，以致小女背後做出天大事來，害了你兒子性命，如今也休題了。但我女兒已有三箇月遺腹，如何出活？如今只說我女曾許嫁你兒子，後來在閑雲庵相遇，為想我女，成病幾死，因而彼此私情。庶他日生得一男半女，猶有許嫁情由，還好看相。〔註46〕

阮員外接受了提議，兩家便以姻親的身分開始往來。孩子生下後，陳玉蘭夢見阮三郎，他說明兩人今生的緣分，包含自己死去，都是為了償還他前輩子的負心之舉〔註47〕。最終，玉蘭放下情懷，專心照看著孩子，一生未嫁，最終教子成名。故事最後也讚許了玉蘭的貞節賢慧：

> 當初陳家生子時，街坊上曉得些風聲來歷的，免不得點點搠搠，背得譏誚。到陳宗阮一舉成名，翻誇獎玉蘭小姐貞節賢慧，教子成名，許多好處。世情以成敗論人，大率如此。後來陳宗阮做到吏部尚書留守官，將他母親十九歲上守寡，一生不嫁，教子成名等事，表奏朝廷，啟建賢節牌坊。正所謂：貧家百事百難做，富家差得鬼推磨。

〔註46〕（明）馮夢龍編；許政揚校注：《古今小說》冊上，頁92。

〔註47〕前世的玉蘭是揚州名妓，阮三郎是金陵人，返鄉前答應了一年後會來娶玉蘭為妻，卻因為懼怕父親而最終另娶他人。玉蘭終朝懸望，鬱鬱而死。該內容可見於（明）馮夢龍編；許政揚校注：《古今小說》冊上，頁93。

> 雖然如此，也虧陳小姐後來守志，一牀錦被遮蓋了，至今河南府傳
> 作佳話。〔註48〕

以成敗論人的社會風氣就像牆頭草，原先未婚生子，引得鄰里議論紛紛，後來孩子出人頭地，眾人也就改變了本來的譏諷，開始誇獎陳玉蘭貞節賢慧。從這點來看，陳玉蘭改變輿論的方式就只能是「望子成龍」，她本身的作為已改變不了他人的閒言閒語，但她的孩子若足夠優秀、爭氣，旁人自然也不敢再嚼舌根。

　　只可惜陳玉蘭這樣一個大膽主動的女性，卻其實從頭到尾對事情的發展都無能為力。在情節進行中她似乎沒有自己作主的地方，從她的自訴中可見女性的為難：

> 莫若等待十箇月滿足，生得一男半女，也不絕了阮三後代，也是當
> 日相愛情分。婦人從一而終，雖是一時苟合，亦是一日夫妻，我斷
> 然再不嫁人。若天可憐見，生得一箇男子，守他長大，送還阮家，
> 完了夫妻之情。那時尋箇自盡，以贖玷辱父母之罪。〔註49〕

陳玉蘭原先想要自盡，卻顧慮著肚裡的孩子，不想一屍兩命；但生下孩子又怕被人看笑話，最後只能想出折衷的辦法：一生再不嫁人、專心養育孩子。陳太尉聽到女兒這麼說後，因為也沒有更好的辦法，於是與阮員外達成共識，兩家開始往來。孩子出生後玉蘭夢見阮三郎托夢，除了交代兩人的前世今生，還要她好好照顧孩子，因為孩子未來必定功成名就。這隱隱的傳達出望子成龍、母憑子貴的思想——母親的價值取決於孩子的成就。另外，阮三郎託夢說為玉蘭而死是在還前世之債，但他讓陳玉蘭未婚生子、使其一生守寡，似乎也並非是還債，反而造成了玉蘭更大的困擾，讓她原先順遂的人生添了許多波折，這似乎也本末倒置了。

　　陳玉蘭的無能為力還體現在婚姻上，當然這可以說是許多文本中，女子晚嫁的原因。父親在婚事上條件嚴苛〔註50〕，選擇女婿上自然也不是看女兒喜不喜歡，而是對方家世背景有沒有門當戶對，因此婚事一拖再拖。陳玉蘭到了適

〔註48〕　（明）馮夢龍編；許政揚校注：《古今小說》冊上，頁93。
〔註49〕　（明）馮夢龍編；許政揚校注：《古今小說》冊上，頁92。
〔註50〕　陳太尉吩咐官媒婆：「我家小姐年長，要選良姻。須是三般全的方可來說：一要當朝將相之子，二要才貌相當，三要名登黃甲。有此三者，立贅為婿；如少一件，枉自勞力。」內容可見於（明）馮夢龍編；許政揚校注：《古今小說》冊上，頁80。

婚年齡，不免渴望愛情、婚姻，便才因此有了故事開頭的大膽行為，主動讓侍女去邀請阮三郎見面。

陳玉蘭發現懷孕後，陳太尉大怒，責備夫人不會管教女兒，又怕傳出去丟人現眼，遭人笑話。陳玉蘭「主動」提出此生不嫁人、生下孩子給阮三郎留後以後，陳太尉才歎了口氣同意。陳玉蘭看似做了選擇「不嫁人」，但又或許，她早就明白父親的性子，唯有這麼一說，才能讓父親息怒。

對陳玉蘭這樣的女性而言，或許她所能做的選擇也只有「自盡不辱門風」、「守寡一輩子」兩者，看似主動表達了意見，卻其實無能為力，只能被動的配合世俗觀念。而陳玉蘭若生下的是個女孩，是不是又會遭遇不一樣的結局呢？她的「教子成名」無法達成，是否終其一生都將活在他人的議論中，甚至可能選擇自盡呢？

本小節最後以表格 3-6 統整陳玉蘭如何面對負心的情節、經過以及結果：

表 3-6　陳玉蘭面對負心情節之事件表

	事件 ➡	經過 ➡	結果
阮三郎與陳玉蘭一眼定情	一、陳玉蘭聽到阮三郎吹唱之聲，芳心暗許	陳玉蘭讓侍女邀阮三郎一見，並以自己的戒指作為物證	兩人只是遠遠對視，未能交談
	二、阮三郎對陳玉蘭一見鍾情	張遠見阮三郎相思成疾，決定促成良緣	張遠找閑雲庵尼姑幫忙，策畫讓兩人相見
阮三郎身死	一、在他人幫助下，阮三郎與陳玉蘭順利見面	阮三郎因身子虛弱而暴斃	陳玉蘭佯裝無事，與母親從閑雲庵返家
	二、眾人發現阮三郎死去	阮員外想要狀告陳太尉，被阮三郎兄弟勸阻	阮員外低調安葬了阮三郎
陳玉蘭懷孕	陳玉蘭常噁心想吐	發現懷孕，向父母表明終身不嫁	陳、阮兩家開始往來
阮三郎託夢	孩子生下後，陳玉蘭追薦阮三郎	阮三郎在夢中說明前世負心種種	交代玉蘭照顧好孩子，他能使之大富大貴

三、重視承諾：鄭義娘

鄭義娘被金兵俘虜，因不想受辱，所以自刎以保全清白。丈夫韓思厚想將她的骨匣歸葬金陵，但是鄭義娘不同意，認為韓思厚以後若再娶，恐怕會忘了自己：「我在生之時，他風流性格，難以拘管。今妾已作故人，若隨他去，憐

新棄舊,必然之理」〔註51〕鄭義娘清楚韓思厚的性子,認為他未來一定會有新
歡,屆時肯定會「必不我顧,則不如不去為強」〔註52〕。但眾人再三勸說,鄭
義娘也就軟了態度,表明只要韓思厚肯發誓不負,自己就跟著回去:

> 夫人向二人道:「謝叔叔如此苦苦相勸,若我夫果不昧心,願以一言
> 為誓,即當從命。」說罷,思厚以酒瀝地為誓:「若負前言,在路盜
> 賊殺戮,在水巨浪覆舟。」夫人即止思厚:「且住,且住,不必如此
> 發誓。我夫既不重娶,願叔叔為證見。」道罷,忽地又起一陣香風,
> 香過遂不見了夫人。〔註53〕

鄭義娘接受了他的誠意,同意讓其帶著自己骨匣返鄉。然而事情果真如鄭義
娘所猜想,韓思厚與道觀的劉金壇看對眼,甚至新婚燕爾,再也不上墳。這
也應驗了原先鄭義娘所說的「倘若再娶,必不我顧」,使讀者清楚鄭義娘如
何清楚自己丈夫的性情,而韓思厚又是如何說話不算話,發下了毒誓,卻又
不放在心上。

　　可惜鄭義娘已死,面對韓思厚出爾反爾、違背誓約的行為也無可奈何,
本想附劉金壇的身跟韓思厚討命,受法官勸諭才消停。但法官同時也告知了
韓思厚擺脫鄭義娘的方式:「若要除根好時,須將燕山墳發掘,取其骨匣,
棄於長江,方可無事」〔註54〕為了自己與劉金壇的安穩日子,韓思厚將鄭義
娘骨匣丟棄至水中。沒想到韓思厚當時感念妻子貞節而亡泣不成聲,發誓不
再娶,如今違背誓言也就罷了,竟還做出這等喪盡天良之事。

　　後來與劉金壇乘舟時,風浪俱生,鄭義娘拽韓思厚入江心,實現了其「若
負前言,在路盜賊殺戮,在水巨浪覆舟」的誓言;而劉金壇行為上同樣負了自
己的前夫,最後也被前夫拉入江中而亡。而這類冤魂現形報復的情節,許暉林
有以下說明:

> 從傳統鬼魅論述的敘事模式觀之,冤死的鬼魂一般只有在「困倦」、
> 「陰雨」、「夢中」等特定時刻才能「現形」,而得以與道士、法師等
> 特定人物透過法術溝通。否則就必須經過奠饗的儀式(如韓思厚與
> 楊思溫在韓國夫人宅所為),魂魄才會現形。倘若像鄭義娘一般附身

〔註51〕 （明）馮夢龍編；許政揚校注:《古今小說》（臺北:里仁書局,1991）冊下,
　　　　頁377。
〔註52〕 （明）馮夢龍編；許政揚校注:《古今小說》冊下,頁377。
〔註53〕 （明）馮夢龍編；許政揚校注:《古今小說》冊下,頁377。
〔註54〕 （明）馮夢龍編；許政揚校注:《古今小說》冊下,頁380。

生人或從波心湧出攬人入水，則是「冤抑不可治」的特殊情況，有
「冒犯天條」之虞。然而一旦輿論都認可其冤屈時，這種報復則具
有其正當性。韓思厚以極端的方式背叛了因貞節而死的鄭義娘，正
是給予了鄭義娘附身與現形復仇的正當性。〔註55〕

韓思厚背誓再婚、負了鄭義娘真心、為防止被報復，甚至將義娘骨匣從墳墓中
掘出，棄至江中。這無疑是極端且天理難容的背叛，也給了鄭義娘現形復仇的
正當性，她無須藉助任何力量的幫助，即可對韓思厚展開報仇，甚至輕而易舉
將負心人拽入江中，除了應驗韓思厚發毒誓的不得好死，也報復了他將骨匣丟
入江中的薄倖行為。

在故事敘述中，可以清楚了解，鄭義娘一直都明白韓思厚的風流成性以
及難以拘束。因為韓思厚強求與楊思溫的勸說，鄭義娘才會要求承諾讓自己
有個保障。從韓思厚發下毒誓，鄭義娘卻要他不必如此發誓可看出，鄭義娘
並不想聽到那些負心之後便會不得好死的詛咒，而是更專注在「不再娶」的
承諾上。

事實上，若韓思厚在鄭義娘說出「今蒙賢夫念妾孤魂在此，豈不願歸從
夫？然須得常常看我，庶幾此情不隔冥漠。倘若再娶，必不我顧，則不如不去
為強」〔註56〕時，足夠認知自己的定性不足，按照鄭義娘說的話，常常來探
望，之後就算再娶劉金壇，倒也沒了之後的麻煩事情。

可惜鄭義娘貞節而亡令韓思厚特別遺憾、感動，這使他有信心能夠守住
承諾，終身不再娶。一開始韓思厚的態度也是真誠的，從與僕人周義的互動
可知：

只見掛一幅影神，畫著個婦人，又有牌位兒上寫著：「亡主母鄭夫人
之位。」思厚怪而問之，周義道：「夫人貞節，為官人而死，周義親
見，怎的不供奉夫人？」思厚因把燕山韓夫人宅中事，從頭說與周
義；取出匣子，教周義看了，周義展拜啼哭。思厚是夜與周義抵足
而臥。〔註57〕

周義因見鄭義娘為不受辱而自刎，感其貞節，便供奉著夫人的牌位，而韓思厚

〔註55〕許暉林：〈歷史、屍體、與鬼魂——讀話本小說〈楊思溫燕山逢故人〉〉，《漢學
研究》第 28 卷第 3 期（2010 年 9 月）註 36 第 10 行後段，頁 50、51。
〔註56〕（明）馮夢龍編；許政揚校注：《古今小說》冊下，頁 376、377。
〔註57〕（明）馮夢龍編；許政揚校注：《古今小說》冊下，頁 377。

剛帶著鄭義娘的骨匣要返鄉，兩人「抵足而臥」，是因為他們同樣被鄭義娘的行為打動，也遺憾一條珍貴的性命就這麼稍縱即逝。埋葬鄭義娘的骨匣後，韓思厚甚至「不甚悲感」，他的情緒是真的，並非虛情假意，他是真的難過妻子的離世。只是有了新歡忘了舊愛，韓思厚見到劉金壇後，恢復了原先的風流性子，迎娶新人進門，再也不管顧鄭義娘的墳。

鄭義娘的無能為力在於，她無法自救脫離險境，只能自刎保住清白；她不能強硬要求丈夫終身不娶，只能退而求其次要丈夫常常來看她。鄭義娘的性子裡有著傳統女性的柔弱求全，又有著世俗希望女子保有的剛烈，寧可赴死也絕不受辱。鄭義娘兩種性情兼具，反而使她重視承諾的形象更加有說服力。

她可以委曲求全，接受丈夫以後擁有新人，但既然丈夫願意給予承諾，並發毒誓以表誠意，那她就會嚴格希望丈夫說得出做得到：

> 鄭義娘對自己的結局有清醒的認知：要麼韓思厚重情重義，決不再娶；要麼韓思厚生性風流，憐新棄舊。她一方面了解丈夫的個性，明白自己的處境，認為丈夫可能移情別戀；另一方面她為丈夫守節而亡，渴望丈夫重情重義，自己得到相應的尊重和真情。在得知韓思厚另娶他人後，她便怒斥丈夫的忘恩負義，在氣憤、悲傷的同時，認清現實，果斷爭取自己的權利，表現出強烈的反抗精神和平等意識，最後取得成功。〔註58〕

不是鄭義娘變得可怕，而是韓思厚小看了女人重視承諾的執著、也小看了自己發毒誓的威力。如今有這等下場，也是順應天理而已。而以鄭義娘視角的敘述在故事後半段少有出現，讀者無從得知她的心情，但想必在拉韓思厚入江心前，看到他聽到舟人唱的詞曲〔註59〕，留下悔悟的淚水時，也只會無奈感嘆一聲：「早知如此，何必當初」。

本小節最後以表 3-7 統整鄭義娘如何面對負心的情節、經過以及結果：

〔註58〕韓雅慧：〈論《喻世明言》女性藝術形象分析——以金玉奴、鄭義娘、王三巧為中心〉，《名作欣賞》第 33 期（2017 年），頁 103。

〔註59〕「往事與誰論？無語暗彈淚血。何處最堪憐？腸斷黃昏時節。倚門凝望又徘徊，誰解此情切？何計可同歸雁？趁江南春色。」此詞原寫在韓國夫人宅中的屏風上，是當時一同參與莫饗的婆子傳播出去的。這詞勾起韓思厚最初感念鄭義娘為守節而死的激動、感慨。內容見於（明）馮夢龍編；許政揚校注：《古今小說》冊下，頁 381。

表 3-7　鄭義娘面對負心情節之事件表

	事件 ➡	經　過 ➡	結　果
鄭義娘之死	與韓思厚在船上遇難，兩人就此分開	鄭義娘誓不受辱，以刀自刎	周義親眼所見，將消息帶給韓思厚
韓思厚發誓言	一、在韓國夫人宅發起奠儀	鄭義娘魂魄現身	鄭義娘表明不願遷骨匣
	二、韓思厚承諾終身不娶	楊思溫跟著勸說，鄭義娘妥協，要求韓思厚立誓	韓思厚發毒誓，順利帶鄭義娘骨匣回金陵
韓思厚再娶	一、對劉金壇一見鍾情	發現劉金壇還俗心意，與劉金壇兩情相悅	經友勸說，結為夫婦
	二、韓思厚無心上墳	周義知道韓思厚新婚，大罵其負心不義	周義到鄭義娘墳前訴說韓思厚負心之事
棄鄭義娘骨匣	一、鄭義娘附身劉金壇	鄭義娘屢次向韓思厚索命	韓思厚尋求法師幫助，不堪其擾
	二、法師說只有丟棄骨匣方能無事	韓思厚將骨匣丟到揚子江邊	鄭義娘現形，拽韓思厚入波心而死

四、遭夫謀害：金玉奴

　　金玉奴貌美，是父親金老大的掌上明珠。金老大想要為女兒找個好女婿，可惜金團頭的名聲並不太好，因此一直找不到合適的人選：

> 金老大愛此女如同珍寶，從小教他讀書識字，到十五六歲時，詩賦俱通，一寫一作，信手而成。更兼女工精巧，亦能調箏弄管，事事伶俐。金老大倚著女兒才貌，立心要將他嫁個士人……可恨生於團頭之家，沒人相求。若是平常經紀人家，沒前程的，金老大又肯扳他了。因此高低不就，把女兒直捱到一十八歲，尚未許人。〔註60〕

金老大愛女心切，當然不希望女兒嫁不好，但乞丐團頭的名聲畢竟不好聽，往高了找，沒人看得上，往低了找，自己也不同意，這導致金玉奴十八歲了還未出嫁。

　　後來透過介紹，找了莫稽當入贅婿。在酒席上，看不慣金老大的金癩子上門找麻煩，使酒席不歡而散，金玉奴氣得在房中哭泣，而莫稽則在朋友家借宿，隔日再回，此時莫稽心中已有不悅但沒有表現出來。經此一鬧，金玉奴知道自己出身不能強求，因此她格外希望莫稽爭氣，苦勸他力爭上游，並

不惜斥資贊助莫稽學習上的任何花費：「卻說金玉奴只恨自己門風不好，要掙個出頭，乃勸丈夫刻苦讀書。凡古今書籍，不惜價錢，買來與丈夫看；又不吝供給之費，請人會文會講；又出貲財，教丈夫結交延譽」〔註61〕。莫稽沒有辜負期待，成功考取功名，可惜歪念頭也就是這時候開始產生。因為聽到街坊小兒說「金團頭家女婿做了官也」，莫稽一肚子忿氣，心想著早知道有今日的飛黃騰達，就不會同意入贅至金家了。有這想法的莫稽只想著自己的身分地位已與往日不同，卻沒想過，金玉奴是如何花費金家的錢財資助自己學習，在考取功名上，金家功不可沒。

後來莫稽想要另外再娶符合他身分的名門之女，再不當「金團頭家女婿」。他趁著登舟赴任的旅途中，將金玉奴推入江水裡。等金玉奴掙扎著浮出水面後，也意識到了莫稽的心思〔註62〕。孤苦無依的絕望、被丈夫背叛的痛苦，讓金玉奴放聲大哭。救起金玉奴的許德厚夫婦聞之也感傷落淚，最後認金玉奴為義女。

許德厚的身分地位遠比莫稽高，甚至可以說他們是金玉奴的新靠山，是她報復莫稽的底氣。然而莫稽再過分，金玉奴也表明了不想另嫁他人〔註63〕，自己雖不是大戶人家小姐，卻強調了「禮數」，認為夫妻之間應從一而終，莫稽雖負心，但她不願損害婦節。金玉奴對於禮數、婦節的看重，注定了她在後面情節的委曲求全。

許德厚後來找了機會，讓莫稽與金玉奴再成夫妻，但也給了金玉奴一個洩氣的機會。到了新婚洞房夜，金玉奴讓下人棒打薄情郎，在莫稽認出她後大罵：

> 薄倖賊！你不記宋弘有言：「貧賤之交不可忘，糟糠之妻不下堂。」當初你空手贅入吾門，虧得我家資財，讀書延譽，以致成名，僥倖今日。奴家亦望夫榮妻貴，何期你忘恩負本，就不念結髮之情，恩將仇報，將奴推墮江心。幸然天天可憐，得遇恩爹提救，收為義女。

〔註61〕（明）馮夢龍編；許政揚校注：《古今小說》冊下，頁409。

〔註62〕「玉奴掙扎上岸，舉目看時，江水茫茫，已不見了司戶之船，纔悟道丈夫貴而忘賤，故意欲溺死故妻，別圖良配。如今雖得了性命，無處依棲，轉思苦楚，以此痛哭」引文出自（明）馮夢龍編；許政揚校注：《古今小說》冊下，頁411。

〔註63〕「奴家雖出寒門，頗知禮數。既與莫郎結髮，從一而終。雖然莫郎嫌貧棄賤，忍心害理，奴家各盡其道，豈肯改嫁，以傷婦節？」引言出自（明）馮夢龍編；許政揚校注：《古今小說》冊下，頁412。

倘然葬江魚之腹，你別娶新人，於心何忍？今日有何顏面，再與你
完聚？〔註64〕

故事中一直很少以金玉奴的視角來闡述，直到這段，金玉奴對莫稽破口大罵，才讓讀者了解她的心思。金玉奴的無可奈何是自己的出身，若她本就是許德厚的女兒，相信莫稽就算當入贅女婿，受人議論嘲笑，也不會有太多的不高興；若她溺水獲救後，並沒有被許德厚夫婦相助，而是靠自己生存，或被普通人家收留，或許她會一輩子守活寡，因為自己力量不夠強大，沒辦法向莫稽報復，最後只能不了了之，在沉默與委屈中度過餘生。

金玉奴的委曲求全，在於她對婦節、禮教的重視與固執。莫稽有負心之舉，是他不仁不義在先，但金玉奴卻不願違背從一而終的禮教，寧可死亡或守活寡，也不願另嫁，這是金玉奴的執著處，也可見社會風氣對婦女的要求有多嚴苛，即便是金玉奴這樣的寒門之女也非常重視禮教，就算被丈夫拋棄、殘忍對待，也要守住婦德、婦節；反觀莫稽，在飛黃騰達後嫌棄金玉奴的家世背景，甚至思考另娶之事，心無愧疚，可見男子再娶本就不是罕見之事，對莫稽而言並不會造成良心上的負擔。

許德厚收金玉奴為義女後也未曾詢問過金玉奴意見，便自行安排了莫稽入贅之事，一切安排穩妥後才告知婚事的安排。這時金玉奴才吐露自己從一而終，不另嫁他人的想法。故事至此可看出許德厚也很支持夫妻破鏡重圓、言歸於好，在金玉奴氣頭上時，許德厚夫婦更是幫忙勸解調停，讓夫妻和好如初。

細觀金玉奴所發生的經歷，可以發現她一直都沒有自主選擇的機會：一、莫稽是自己父親金老大招贅進來的；二、莫稽想要殺害金玉奴也並不顧及情分，只考慮到自己未來；三、許德厚夫婦表達了願意收金玉奴為義女的意願，金玉奴當時身無分文，只能「接受」；四、許德厚未與金玉奴討論便先招莫稽入贅，這可能代表許德厚預設金玉奴不會另嫁他人或他也不覺得金玉奴「該」另嫁他人；五、許德厚為金玉奴安排婚事，正如同金老大為其挑選女婿，金玉奴的意願、心情並不是首要考量；六、金玉奴雖然表達了自己的想法，但思維中飽含禮教的影響。她也可以選擇孤老終身，但與莫稽再成夫妻卻是許德厚期許，金玉奴怕是難以推卻；七、懲罰莫稽的這些安排都是許德厚的計畫，並非金玉奴自己的主張；八、金玉奴仍在氣頭上，是許德厚夫婦再三勸和；九、再成夫妻、言歸於好，都是前面事情發生之下順水推舟的結果。

〔註64〕　（明）馮夢龍編；許政揚校注：《古今小說》冊下，頁413。

在故事情節推移中，金玉奴一直都像提線人偶，任人擺布、沒有選擇，她強調不另嫁的思想，也是因為被禮數所拘束。而她自己是怎麼想的？也只能從大罵莫稽薄倖郎的那段話可以看出端倪——她是真的憤怒。

從頭到尾金玉奴都沒有能主動做出選擇的權利與機會，對於事情的發展，她一直都是無能為力，只能委屈求全，守著禮教，從一而終，就像當初金癩子大鬧酒席，金玉奴同樣只能待在房中氣得流淚一樣，她無法改變什麼。誠然，莫稽帶給金玉奴的傷害是大的，因此金玉奴在大罵其為薄倖賊時，是真情流露，也對莫稽表達了失望之情，沒想到最信任的丈夫會是想要殺害自己的兇手，但恪守著禮教的金玉奴，最後仍然選擇了原諒，而這個大團圓的情節設計，也體現了文本的封建侷限性。

宋金洋認為莫稽動歹念後得到報應的設計，體現了作者對負心漢的厭棄，且也在無形中達到了教化的意圖，警醒世人，若像莫稽那樣薄倖無情，終會得到懲罰。這樣的情節體現了作者在創作時的自覺性，希望用個體的展現揭示一類人的群體特點，並利用通俗小說白話、好閱讀的優勢，使讀者能夠輕易理解，並從中得到啟發、體悟。只是棒打薄情郎後，金玉奴竟在他人的勸和下重新接納莫稽，兩人最後走向完滿的結局，這部分仍能看出作者對莫稽這一人物形象的同情與手下留情，也迎合了傳統小說中倍受喜愛的「大團圓」。雖然文本有一定程度的先進性，卻仍未完全走出傳統價值取向〔註65〕。

在強調貞節的明清時期，馮夢龍雖然崇尚「情教」〔註66〕，但又無法大膽得讓金玉奴成為敢愛敢恨，真正活出自我，反抗社會主流意識的女性。只能一方面嫌棄莫稽的負心之舉，一方面又不捨得讓他得到悲慘的下場，因此安排一個棒打薄情郎的情節來安撫憤怒激昂的人心。雖然馮夢龍在《三言》文本中不時挑戰貞節觀，如〈蔣興哥重會珍珠衫〉，王三巧雖然外遇卻仍能與蔣興哥重修舊好，強調了情在其中的作用〔註67〕，但在〈金玉奴棒打薄情郎〉中，馮夢龍仍不敵父權社會男性把握話語權的部分，只能以男人立場去看待男女群體問題，呈現出對女性「夫貴妻榮」、「從一而終」的肯定。

故事結尾夫妻感情更加恩愛，金玉奴的孝心與真誠也感動了莫稽。這是好

〔註65〕完整敘述可見於宋金洋：〈從《金玉奴棒打薄情郎》看馮夢龍小說的思想矛盾性〉，《青年文學家》第14期（2020年6月），頁80。
〔註66〕關於情教，詳看本論文第六章第一節之二「情欲關懷」。
〔註67〕關於王三巧與蔣興哥的故事，詳細可見本論文第五章第一節之一「被人誘騙，順水推舟：王三巧、狄氏」。

的結局，但也畢竟是故事裡的結局。世上有多少大難不死的女子？又有多少女子能遇到貴人，能擁有底氣去懲罰負心漢呢？金玉奴最後迎來大團圓的結局，但故事外的讀者不免感嘆，一個得到貴人幫助的女子仍然選擇委曲求全的背後，究竟有多少平凡女子被葬送在負心漢的離棄之中？

　　本小節最後以表格 3-8 統整金玉奴如何面對負心的情節、經過以及結果：

表 3-8　金玉奴面對負心情節之事件表

	事　件　➡	經　過　➡	結　果
莫稽入贅金家	一、金老大要找贅婿	鄰翁建議金老大考慮莫稽	金老大托鄰翁試探莫稽
	二、莫稽與金玉奴成婚	金老大辦酒席，卻被人鬧事	莫稽心中不快，卻未明言
莫稽害金玉奴	一、金玉奴讓莫稽有良好讀書資源	莫稽順利考取功名	聽別人說「金團頭家女婿做了官」，心裡不舒坦
	二、莫稽嫌棄金玉奴家世	將金玉奴推下船	金玉奴被許德厚夫婦救下
棒打薄情郎	一、許德厚打探莫稽入贅意願	莫稽見許德厚是自己上司，想要攀高，欣然同意	洞房花燭夜被人棒打
	二、許德厚告知金玉奴，要為之安排婚事	金玉奴不肯嫁，表示從一而終	知婚配對象是莫稽厚，接受了許德厚的提議
	三、被棒打後看到金玉奴，莫稽以為是鬼魂	許德厚讓金玉奴出了怨氣，隨後勸和	莫稽與金玉奴言歸於好

五、被夫休離：楊氏

　　楊氏貌美如花，就算在家中，偶然被路過的簡帖僧瞧見也會遭受垂涎，可謂閉門家裡坐，禍從天上來：

　　有心使計的官人打聽了皇甫松家裡的情況後，央賣餶飿兒的僧兒為他送三件物，他看準皇甫松「方纔回家」，必定會看到並喊住僧兒，隨後發現那三件物，而自己也不會乖乖在茶坊等候，皇甫松必定找不到僧兒口中「有箇粗眉毛、大眼睛、蹙鼻子、略綽口的官人」〔註68〕。找不到僧兒口中的官人對質，皇甫松只能找來楊氏，看她對於三件物的反應。

　　多疑的種子一旦種下，就算楊氏對於簡帖上的言語無動於衷、侍女迎兒也

〔註68〕　（明）馮夢龍編；許政揚校注：《古今小說》冊下，頁 517。

表示不曾有其他外人來找楊氏，皇甫松仍然認定了姦情，最後要求休離。

正如前面所說，楊氏和皇甫松相依為命，沒有可以投奔的親戚，楊氏無能為力，想來也只有死是種解脫。緊要關頭楊氏被一個胡亂認親的婆婆勸說莫要尋死，楊氏思量著「這婆子知他是我姑姑也不是，我如今沒投奔處，且只得隨他去了，卻再理會」〔註69〕。楊氏已沒有後路，如今有個安腳處，她也無法再多做思考，只能先跟著婆婆回去。楊氏此刻所做的選擇，都是無可奈何的，為了生存，就算明知道婆婆可能帶有其他目的，也會甘心受騙。果不其然，婆婆跟簡帖僧是同夥，努力促使楊氏跟簡帖僧成親：

> 婆子道：「這官人原是蔡州通判姓洪，如今不做官，卻賣些珠翠頭面。前日一件物事教我把去賣，喫人交加了，到如今沒這錢還他，怪他焦躁不得。他前日央我一件事，我又不曾與他幹得。」小娘子問道：「卻是甚麼事？」婆子道：「教我討箇細人，要生得好的。若得一箇似小娘子模樣去嫁與他，那官人必喜歡。小娘子你如今在這裡，老公又不要你，終不然罷了？不若聽姑姑說合，你去嫁了這官人，你終身不致擔誤，挈帶姑姑也有箇依靠，不知你意如何？」〔註70〕

楊氏沒有獨立生存的技能，沒有可以收留她的地方，眼下，似乎接受婆婆的建議，與簡帖僧成為夫妻，才是最好的生存之道。楊氏看似做了選擇，比如選擇不尋死、選擇跟著婆婆回去住、選擇聽從婆婆的建議嫁給官人。但其實她根本別無選擇，她必須依附著他人才有辦法生存，如果她不想死亡，也只剩下與他人成親的路可以走。而這種為了生存的不得已，正是在簡帖僧的計畫內。他就是要皇甫松與楊氏產生嫌隙，等楊氏無處可依靠，再讓婆婆去勸說她，最後促成自己與楊氏的婚姻。

一年後，楊氏與簡帖僧到大相國寺燒香，巧遇皇甫松。四目相對，皇甫松與楊氏感慨萬千。看到楊氏見了皇甫松後不斷哭泣，簡帖僧說出了他所設下的騙局〔註71〕，知道真相的楊氏覺得委屈，自己原本安穩的夫妻生活，硬是被簡帖僧給搞得烏煙瘴氣。當然這部分也怪皇甫松，不信任自己妻子，就算迎兒說沒有外人來找，仍然對楊氏產生懷疑。這樣的不信任，對全心全意依靠著丈夫

〔註69〕 （明）馮夢龍編；許政揚校注：《古今小說》冊下，頁520。
〔註70〕 （明）馮夢龍編；許政揚校注：《古今小說》冊下，頁521。
〔註71〕 「小娘子，如何你見了丈夫便眼淚出？我不容易得你來。我當初從你門前過，見你在簾子下立地，見你生得好，有心在你處。今日得你做夫妻，也非通容易。」引文可見於（明）馮夢龍編；許政揚校注：《古今小說》冊下，頁522。

生存的楊氏來說當然是種負心，甚至在提出休離後，也不管不顧楊氏的後續吃住問題，當真是薄情了。

　　楊氏被負心後，為了生存，向很多事情妥協，而這份妥協，也一步步踏入了簡帖僧設好的陷阱。後來誤會解開，皇甫松跟楊氏再成夫妻，文本也未提夫妻之間感情的後續。只希望皇甫松經過此事，不會再對妻子產生多疑的心，兩人經此一事，可以更加同心，再不受讒言、他人伎倆給影響。

　　本小節最後以表3-9統整楊氏如何面對負心的情節、經過以及結果：

表3-9　楊氏面對負心情節之事件表

	事　件 ➡	經　過 ➡	結　果
皇甫松認定楊氏不忠	一、官人托僧兒將三件物事給楊氏	僧兒在門口打探，使皇甫松懷疑	簡帖內容指向妻子與他人有染
	二、皇甫松需要求證	從楊氏、迎兒口中得不到情郎的資訊	雖然找不到情郎，卻認定楊氏背叛自己
皇甫松提出休離	皇甫松請開封府錢大尹主持公道	楊氏、迎兒、僧兒的說法皆不變	皇甫松不願再與楊氏當夫妻
楊氏被休後	一、無可投奔的親戚，又無生存技能，楊氏欲尋死	投河前，被自稱是姑姑的婆婆攔下	跟隨婆婆回去，再做打算
	二、在婆婆家面臨抉擇	婆婆要為官人找姬妾，建議楊氏委身官人	楊氏的確需要依靠，答應嫁給官人
水落石出	一、皇甫松思念楊氏，前往大相國寺燒香	看到符合僧兒描述的官人，身旁竟跟著楊氏	遇到與那官人有過節的行者，兩人尾隨
	二、官人坦白自己就是幕後真兇	楊氏大聲叫屈，官人招其脖子想要害她性命	皇甫松與行者衝入救人，並將官人捉住

六、棄若敝屣：張福娘

　　張福娘作為朱遜的妾嫁進朱家，與朱遜兩情歡愛，如膠似漆。但朱遜誓言在先，答應了父親，要迎娶正妻時，必先遣妾〔註72〕。聽聞朱遜先娶了妾的消息，范家父輩不允許小妾先入門，堅持要先遣妾。朱遜左右為難，與張福娘再三提及了娶她之前答應過朱景先的事情，張福娘道：

〔註72〕　一開始朱遜父親朱景先是猶豫的，認為與禮不符，但朱遜強調自己只是年輕氣盛，想要先有個小妾陪伴，若日後要迎娶正妻，必不會捨不得妾而耽誤了正事。關於此段內容，可見（明）凌濛初撰；劉本棟校訂；繆天華校閱：《二刻拍案驚奇》（臺北：三民書局，1991），頁541。

妾乃是賤輩，唯君家主張。君家既要遣去，豈可強住，以阻大娘之
來？但妾身有件不得已事，要去也去不得了……妾身上已懷得有
孕，此須是君家骨血。妾若回去了，他日生出兒女來，到底是朱家
之人，難道又好那裏去得不成？把似他日在家守著，何如今日不去
的是。〔註73〕

對張福娘而言，最有利能讓自己繼續住下的，唯有肚中的孩子。朱遜聽聞，只
能使出緩兵之計，誰知道朱遜有了新歡忘了舊愛，與妻子范氏相處快樂，便將
張福娘拋在腦後，再沒被想起過。

張福娘一直處於被動狀態，後聽到朱景先即將離任的事情，趕緊央人表達
同歸蘇州的意願，原先朱景先說她不過，又得到了朱遜妻子范氏的同意，準備
將張福娘接回來，誰曾想朱遜貪色，早已搞壞了身子，醫家告戒少近女色。朱
景先怕朱遜的病會因為張福娘回來而惡化，想著朱遜和范氏還年輕，以後還有
機會要小孩，不一定要執著張福娘肚裡的孩子，因此力辭張福娘，整家歸還蘇
州。

張福娘被拋下，她無能為力，只能整日以淚洗面。後生下一子，張福娘
只想著未來孩子還是會認祖歸宗，因此甘貧守節，誓不嫁人。張福娘的家世
普通，她能做的選擇也就只有忍苦教子，若說要改嫁，只怕別人還看不上她，
也顧忌著她帶著孩子。後來孩子七、八歲了，張福娘見孩子天資聰穎，有了
新的盼望，她一心培養孩子，便也不再念著朱家來認這孩子。

後來朱遜死亡，朱景先經過胡鴻提醒，才想起張福娘母子。輾轉得知孩子
聰明俊秀，連忙央人去接張福娘母子回來。若非朱遜先死，與范氏沒有孩子，
恰巧又遇到胡鴻，恐怕張福娘的盼望是不會有結果的──因為沒人記得她與
孩子。

「張福娘前番要跟回蘇州，是他本心，因不得自繇，只得強留在彼，又
不肯嫁人，如此苦守。今見朱家要來接他，正是葉落歸根事務，心下豈不自
喜？」〔註74〕在孩子展現聰慧之前，張福娘一直都還盼望著母憑子貴，只要
朱家要這孩子，要讓孩子認祖歸宗，她作為母親也會同享該有的待遇；後來
隨著時間流逝，見朱家那邊沒有任何消息，又注意到孩子聰穎的一面，張福
娘開始有了新的盼望，希望孩子大有可為、出人頭地，這除了是一個母親望

〔註73〕（明）凌濛初撰；劉本棟校訂；繆天華校閱：《二刻拍案驚奇》，頁543。
〔註74〕（明）凌濛初撰；劉本棟校訂；繆天華校閱：《二刻拍案驚奇》，頁548。

子成龍的盼望外，也多少有重心的轉移。與其一心想著遠在蘇州的朱家能來迎接她們母子，不如指望就在自己身邊的兒子。

　　而張福娘今日能夠重回朱家，靠的也是朱家需要後代，又因為孩子聰明，朱家人自然開心有這孫子。這時張福娘的存在變得重要，人人感謝她帶著孩子不改嫁的心志，並把孩子教得很好。張福娘到此也的確是「母憑子貴」了。在此收攝張福娘在情節鋪陳下的盼望變動：

表 3-10　張福娘的盼望變動與情節一覽表

盼　望	情　節
母憑子貴	懷有孩子，以此要求不離開朱家
母憑子貴	被朱家拋下，生下孩子後，渴望著日後朱家讓孩子認祖歸宗
望子成龍	見孩子聰慧，期盼孩子出人頭地
母憑子貴	朱家打聽母子狀況，派人迎接，苦盡甘來
母憑子貴	兒子成人後官位大顯，張福娘亦受封章

　　對於命運，張福娘一直都是被動的，若非朱遜死亡、朱家需要綿延子嗣，又剛好朱景先被人提醒那被遺忘的妾，也許張福娘就真的只能苦守著孩子過一輩子，並盼望他功成名就。若孩子資質駑鈍，對張福娘來說，或許也是一次背叛、深沉的打擊。

　　張福娘在故事中總是無能為力，她無力改變遣妾之事，也無法跟隨朱家同歸蘇州，孩子若資質不好，她也無可奈何。故事能走向好的結局，是因為朱遜已死、孩子爭氣，張福娘才有出頭的一天。若朱遜與正妻范氏白頭偕老，又生下其他孩子，只怕張福娘苦守一輩子，也等不到朱家人的迎接。而說張福娘「母憑子貴」，在於她勸說朱遜不要遣妾時，強調了自己的卑賤，並表達願意聽從安排的乖順，只是因為懷有身孕，才會據理力爭。對張福娘來說，懷有朱家的血脈就像是保命符，也的確朱遜承諾了日後會想辦法迎接張福娘與孩子回朱家。

　　只可惜朱遜是個貪色的負心漢，有了新歡不要舊愛，使張福娘母憑子貴的理想破滅。文本中能看到朱遜在面對情與禮的兩難時，優先選擇了滿足情欲；在情與禮只能擇一時，朱遜卻反而妥協了禮法，先遣妾而後迎娶正妻。對於朱遜來說，情感的不能捨是他對張福娘的留戀所致，後來他妥協禮法，除了自己早先向父親承諾過「必先遣妾」之外，迎娶正妻，又何嘗不是圓了自己對情欲

的需求？這對朱遜來說並不虧，也因此他才會有了新歡忘了舊愛，因為迎娶范氏的朱遜既滿足了肉欲，也圓滿了眾人對禮法的期望，可見割捨張福娘是一個兩全其美的辦法。在王鴻泰的論文中，提及了朱遜的情欲需求與禮法衝突，說明當時人對於情欲需求是能夠理解的，只是一旦情欲與倫理、禮法產生矛盾，最後仍會回歸正軌：

> 朱遜的請求頗讓父親為難，因為先妾後妻，終究於禮不合。不過，這個父親終於還是同情兒子的情慾，最後還是容許他先娶一妾以解決情慾之需。由此故事情節之描述，多少可見當時人對於這種「青春期」的情慾是有相當的了解與同情。這個故事，也反映、揭露了情慾與倫理之間的矛盾：朱遜在情慾難耐，而又尚未能在倫理世界中獲得紓解之情況下，乃違犯禮法之規範，他在正式婚姻未構成前即先娶妾，這是不甚合於禮法之為。……在相當程度上，故事的主旨就是在處理情慾與倫理的衝突，作者對情慾有相當程度上的同情，而對於偏離禮法的情慾頗見寬容。但由上述所言，還是可以看出，鞏固倫理秩序仍是其不變的基本立場，越軌的情慾最終還是要納歸於禮法之中。〔註75〕

張福娘在文本中就像是被利用完即丟棄的棋子，朱景先也因為朱遜與范氏未來可能有孩子而不重視張福娘肚中的骨肉，張福娘的絕望、苦楚該是多麼深刻？。張福娘忍苦教子，辛勤不在話下，但她這一生也都是為了他人而活，是非常典型的傳統女性，她沒有力量復仇，也沒有辦法扭轉劣勢，只能獨力養育孩子，望子成龍，將希望都放在兒子身上。

本小節最後以表 3-11 統整張福娘如何面對負心的情節、經過以及結果：

表 3-11　張福娘面對負心情節之事件表

	事件 ➡	經過 ➡	結果
朱遜先娶小妾	朱遜情慾難耐	朱遜承諾迎娶正妻時必先遣妾	張福娘成為朱遜小妾
范家要求遣妾	若不遣妾，將不送范氏至朱家	朱遜猶豫，此時得知張福娘懷有孩子	朱遜承諾先把正妻迎娶進門後，再找機會讓福娘回朱家

〔註75〕王鴻泰：〈情竇初開──明清士人的異性情緣與情色意識的發展〉，《新史學》第 26 卷第 3 期（2015 年 9 月），頁 40。

朱遜失約	朱遜對張福娘失約	與范氏的婚後生活非常融洽，使朱遜再不管不顧張福娘與其肚中孩子	張福娘在娘家苦等，卻不知朱遜已忘了自己
張福娘忍苦教子	獨自一人拉拔孩子	見孩子聰慧，全心全力栽培	重回朱家，母憑子貴

　　綜觀第二節所介紹的六名癡情女子，能發現她們面對被負心的局面往往是無力可回天，既不能為自己打抱不平，也無法扭轉乾坤，只能盼望著孩子功成名就，使自己母憑子貴，或祈禱著負心人能回心轉意。這類無能為力的女子都是被動型的，她們無法主動爭取、挽救，只能任由他人決定自己的結局。這些女子在感情、婚姻的解讀上，除了心有餘而力不足、無法自主選擇外，黃仕忠也點出了一個時代性的觀念變化：

　　　　在明代，女性具體的婚姻情感和婚姻生活被從婚姻觀念中排斥了。
　　　　對於女性來說，婚姻主要是獲得一個名分。一旦苦盡甘來，得到鳳
　　　　冠霞帔、貞節牌坊，就不枉了人生一世。〔註76〕

許多癡情女子渴望的不外乎是婚姻、名分還有貞節的名聲、對誓言的遵守，甚至在〈閑雲庵阮三償冤債〉提及了貞節牌坊、在〈張福娘一心貞守　朱天賜萬里符名〉肯定了苦盡甘來的張福娘忍苦過日的行為。這些女性的價值彷彿都只能與婚姻綑綁，或只有守著貞節才有資格成為受人尊敬的好女人。因此在生命、貞節面前，女子常選擇以死明志，如〈楊思溫燕山逢故人〉中的鄭義娘。黃仕忠還點出了在明清時期，貞節觀被大肆強調的風氣之下，女性被社會所套上的無形枷鎖：

　　　　程朱理學為代表的儒教思想到明清時代滲入到社會的底裡，成為社
　　　　會的規範和指導人們行動的準則，也禁錮了人們的思想和行動。突
　　　　出的一點是對女性的枷鎖增重了。「嫁雞隨雞、嫁狗隨狗」的絕對的
　　　　順從和無條件的專一，「餓死事極小，失節事極大」的貞節觀念，便
　　　　是兩性婚姻方面最顯著的羈絆和枷鎖。對於男女性愛和婚姻情感方
　　　　面的自然欲望和個性自由，理學家則標舉「存天理，滅人欲」，壓制
　　　　人的自然情欲與個性要求，從而使宗法秩序得到諧和。它不僅給女
　　　　性帶來苦難，也給自由的人性，給男子漢們帶來鎖鏈。〔註77〕

〔註76〕黃仕忠：《落絮望天·負心婚變與古典文學》（西安：陝西人教育出版社，1991）
　　　　第四章之二〈大團圓時代的新特點〉，頁160。
〔註77〕黃仕忠：《落絮望天·負心婚變與古典文學》第四章之二〈大團圓時代的新特
　　　　點〉，頁160、161。

一旦社會思想、習慣,不斷指向了某種思維時,它會成為一種無形的桎梏。生在強調順從、專一、貞節的時代,女性的選擇也變得狹小,她們好似成了男人的附屬品〔註78〕,更是男人可挑選與拋棄的商品。從文本〈金玉奴棒打薄情郎〉中可見,莫稽在有了更高的地位、更好的選擇後,便厭棄糟糠之妻,只因為其「配不上自己」。女性作為妻子、伴侶,卻沒有得到相應的尊重,在男人眼中,她們是漂亮但可以被替換的物品,如〈張福娘一心貞守　朱天賜萬里符名〉朱遜迎娶正室後,因為欲望方面得到了滿足,便也不再想著張福娘。

　　女子的無助、軟弱,有些甚至思想上傳統、故步自封。讀者焦急也沒有用,因為她們活在理所當然的時代——大家都是如此。女子們都是丈夫、孩子的附屬品,沒有自我、沒有自由,一旦被拋棄,就如同失去了謀生能力,如〈簡帖僧巧騙皇甫妻〉的楊氏一樣,被皇甫松休離後,因為沒有親戚可以依親,又沒有獨立生存的能力,只能尋死或者無奈改嫁。

　　在這些對於負心之舉束手無策的癡情女子中,有的專一守節,有的另有生存重心,有的執著著承諾。她們雖然在無力改變自身處境下各自有了不同選擇,但最相同的部分是:她們並非為自己而活。她們無論生死,都心繫著他人,這是非常難能可貴的犧牲奉獻精神,卻同時讓人可憐哀嘆,她們能夠成全別人,卻似乎永遠無法為自己做點什麼,這不僅是時代的悲歌,更是女性在男女地位不對等中必定出現的劣勢。

第三節　生既無歡,死又何懼

　　相比起前面提到的,面對負心漢的背叛與離棄無能為力的女子,還有可以憑藉自己力量扭轉困境的李鶯鶯,第三節所要介紹的癡情女子則更為壯烈,對她們而言,男人的背叛拋棄形同將她們丟入萬劫不復的火坑。如此情

〔註78〕鄭培凱便針對「性意識的從屬」問題提出討論:「在性意識方面,是女人在社會倫理上從屬於一個男人,在性行為方面也不許再醮,一旦而『再』,不論情況如何,就是殘花敗柳,是『破鞋』了。就情色觀點來看,這種態度雖然強調『從一而終』,卻從來不強調愛情(男女之情,也即是弗洛姆強調的erotic love),當然更不會強調『色』的地位,也即是以倫理道德轉換取代了情色意識,發展出一種人性的變態的大膨脹與爆發,走向死亡的道路。」引言內容可見於鄭培凱,〈天地正義僅見於婦女——明清的情色意識與貞淫問題〉,收錄於鮑家麟編:《中國婦女史論集》(臺北:稻鄉出版社,1993)第三集,頁109。

況下，活著，本就已失去了動力、意義，因此她們不畏懼死亡，以死叫屈、以死明志。

這類「生既無歡，死又何懼」的女子雖然生命稍縱即逝，但她們所呈現出來的精神卻遠比第二節「大勢已定，無力回天」的女性更值得敬佩。在此小節所要介紹的女性，性格不一，卻都避不了死亡的結局。她們有的不願苟延殘喘，再次過上卑微看人臉色的日子，因此以死亡展現自己的不服、骨氣；也有的在最心灰意冷時了結性命，但死後魂魄現身，向負心之人索討性命，替自己的委屈、苦楚找到了宣洩的出口。

符合此類型，以死亡渲染出不同光彩的女子，有寧為玉碎，不為瓦全，不任由他人擺佈的杜十娘；含恨而死後，透過外力幫助而向負心人索命報復的焦文姬、穆廿二娘。

一、寧為玉碎：杜十娘

杜十娘的底氣，很大部分來自於她自己積累的錢財。但最後她竟然被李甲以千金之資賣給孫富。心灰意冷的杜十娘將那些帶給她底氣的錢財全部丟入江心，而隨著百寶箱內財物逐漸減少，最後杜十娘也放棄了最重要的——她自己的性命。這樣的悲劇，除了表現出追求愛情未果的絕望悲憤，更體現了杜十娘不願受人擺布、被人隨意決定結局的性格：

> 杜十娘為了從良，深謀遠慮，巧妙地瞞過鴇兒，攜巨資與李甲同歸，不料「中道見棄」，她所想要的只是過正常地人的生活，卻不為世容。她抱箱沉江的壯烈悲劇，表現出她覺醒的人性中絕不甘心任人擺布的精神力量，用自己的生命換取了人格的尊嚴，使她的人格精神昇華到頂點。〔註79〕

杜十娘在故事中沒有表現出為錢擔憂的樣子，因為她本身就懷有巨富，是她能游刃有餘掌握局面的保障。但誰曾想，杜十娘與李甲的感情走到盡頭，竟然也是因為錢財。

孫富為了得到杜十娘，先是吟詩作對，引起李甲注意，而後在交談間見縫插針，試圖挑撥離間，先強調了妓女的貞節觀不比良家婦女，容易紅杏出牆，再提及家中父輩對於李甲迎娶妓女會怎麼想，可說是循序漸進，一步一步勾起

〔註79〕宋若云：《逡巡於雅俗之間：明末清初擬話本研究》第五章〈卡里斯馬形象類型〉，頁210。

李甲的恐慌、猜忌〔註80〕。李甲就算覺得杜十娘不是會背叛他的人，也終究被父輩的部份給說動了，竟同意用千金換杜十娘。杜十娘千算萬算，大概也沒算到，好不容易湊夠三百金從良，竟然又會因為孫富的千金誘惑而被李甲背棄。早前對從良後生活的各種期待，到了這時都化為泡沫。

相比起其他癡情女子負心漢文本中，強調了婚姻戀愛上的離棄、誤會，《杜十娘怒沉百寶箱》更隱隱透露著其他目的。〈論〈杜十娘怒沉百寶箱〉中的金錢魅影〉提過：

> 閱讀從來都是有目的的，〈杜十娘怒沉百寶箱〉雖是一則文人與娼妓
> 戀愛為題材的故事，但卻非以歌頌愛情為主旨。其愛情格局既無纏
> 綿低迴的情韻，亦無神馳意想的純粹。〔註81〕

如同樂蘅軍所言：「以三言、二拍為例，許多愛情故事，已降而為描寫人生其他欲望的輔助情節。」〔註82〕在愛情的鋪敘中，可看見除了愛情之外的議題，像是書生對功名的追求、世俗對娼妓的定位、錢財對於人的影響力等，更甚者，也能自故事情節中看出時代變化下商人的崛起〔註83〕。而〈杜十娘怒沉百寶箱〉中，除了為愛奔赴、小人想壞人姻緣的情節外，還緊扣著錢財，隱隱透出金錢看似隱而不彰，卻實際無所不在的影響力。

杜十娘從良需要錢、李甲遊教坊司也需要錢，杜十娘同李甲回家鄉更是需要盤纏……甚至可說一旦故事情節有所推移，也代表著花錢的行為正在進行，金錢的重要可見。而對於杜十娘而言，百寶箱就是她存放這些金銀財寶

〔註80〕孫富道：「自古道：『婦人水性無常。』況煙花之輩，少真多假。他既係六院名妹，相識定滿天下；或者南邊原有舊約，借兄之力，挈帶而來，以為他適之地。」李甲認為「恐未必然。」孫富又道：「既不然，江南子弟，最工輕薄，兄留麗人獨居，難保無踰牆鑽穴之事。若挈之同歸，愈增尊大人之怒。為兄之計，未友善策。況父子天倫，必不可絕。若為妾而觸父，因妓而棄家，海內必以兄為浮浪不經之人。異日妻不以為夫，弟不以為兄，同袍不以為友，兄何以立於天地之間？兄今日不可不熟思也！」內容參見於（明）馮夢龍編；嚴敦易校注：《警世通言》冊下，頁495。

〔註81〕黃如焄：〈論〈杜十娘怒沉百寶箱〉中的金錢魅影〉，《人文社會學報》第12期（2011年7月），頁76。

〔註82〕樂蘅軍：《古典小說散論》（臺北：大安出版社，2004）〈浪漫之愛與古典之情〉，頁249。

〔註83〕余英時曾針對士商關係的變化分析，表示士、農、工、商的排序在明代起了變化，因為商人地位大幅提升，四民也就沒有原先的高下之分了。相關論述可見余英時：《中國近世宗教倫理與商人精神》（臺北，聯經出版事業公司，1987）〈新四民論——士商關係的變化〉，頁104～105。

的地方，是她從良後的保障，使她重獲自由後，有本錢過普通人生的希望；
同時在故事中，也是她不想讓李甲知道的秘密：

> 公子正當愁悶，十娘道：「郎君勿憂，眾姊妹合贈，必有所濟。」乃
> 取鑰開箱。公子在旁自覺慚愧，也不敢窺覷箱中虛實。只見十娘在
> 箱裏取出一個紅絹袋來，擲於桌上道：「郎君可開看之。」公子提在
> 手中，覺得沉重。啟而觀之，皆是白銀，計數整五十兩。十娘仍將
> 箱子下鎖，亦不言箱中更有何物。〔註84〕

從李甲籌三百金到準備回鄉，杜十娘總是會適時給予幫助，卻不告訴李甲根
本不需要擔心錢財的問題，「不言箱中更有何物」不知是覺得時機未到而不說
明，又或是從未有過向李甲坦白的打算。

故事前面，鴇兒承諾只要李甲能夠十日內拿出三百兩，便讓杜十娘離開教
坊司。這對杜十娘來說自然是好消息，就算李甲身無分文，她自己也可以拿出
鴇兒所說的數目。但杜十娘選擇隱瞞，當李甲苦惱自己沒有龐大的錢財能為杜
十娘贖身時，杜十娘道：「妾已與媽媽議定只要三百金，但須十日內措辦。郎
君遊資雖罄，然都中豈無親友，可以借貸。倘得如數，妾身遂為君之所有，省
受虔婆之氣。」〔註85〕杜十娘很聰明，她看準李甲對自己的留戀與喜愛，鼓勵
他向親友借資湊錢。話語中提及了自己與鴇兒的協定，並說「只要」三百金，
讓李甲知道自己為了兩人的終身之事努力與鴇兒交涉，而三百金便是最優惠
的結果。同時也讓李甲記住杜十娘的付出以及三百金並非望而不及的數字—
—只要李甲肯低頭借資，就能順利抱得美嬌娘。

從杜十娘的步步為營中，不難看出杜十娘想從良的迫切性，而李甲能否
為自己奔走借貸，或可說也是種愛情的考驗，看這個男子能否為了她而到處
籌錢。李甲沒有拒絕杜十娘，他硬著頭皮到處奔走，低聲下氣向熟識的朋友
借錢，可惜他留戀教坊司之事早已傳遍親友處，沒多少人願意借資。李甲努
力了好幾天，仍然湊不出三百兩，心中氣餒，也不敢向杜十娘反悔贖身的事
情，只能躲在外頭，借宿同鄉柳遇春寓所。

後來見李甲湊不出銀兩，杜十娘主動拿出了一百五十兩出來道：「妾所臥
絮褥內藏有碎銀一百五十兩，此妾私蓄，郎君可持去。三百金，妾任其半，郎

〔註84〕　（明）馮夢龍編；嚴敦易校注：《警世通言》冊下，頁492。
〔註85〕　（明）馮夢龍編；嚴敦易校注：《警世通言》冊下，頁488。

君亦謀其半，庶易為力。限只四日，萬勿遲誤。」〔註86〕這筆錢拿出來，一下將李甲湊錢的難度降低一半，柳遇春知道後認為杜十娘是真心誠意的，便為兩人之事出頭，到處借貸，湊足一百五十兩後交予李甲。

　　柳遇春的存在相當重要，如若只靠李甲一人的力量，也許一百五十兩未必能在期限內湊齊。但杜十娘不太可能猜到柳遇春的存在，更不可能知道柳遇春會伸出援手。只能猜想，也許杜十娘在此處拿出一百五十兩，是不想一下子拿出一大筆錢財招李甲懷疑，而最後若李甲仍湊不出錢，杜十娘再拿出剩下的一百五十兩，解釋是向眾姊妹借資也未嘗沒有可能。按照李甲的性子，杜十娘越是為了兩人的事情上心，他便越容易感動，而杜十娘需要的便是這樣的男人，能夠注意到她的付出，對自己也良好對等，這才是值得託付的人：

> 雖然不能說杜十娘和李甲之間沒有愛情，但更明顯的動機是，杜十娘早有「從良之志」……她想要透過「從良」一途來實現人身自由。就此看來，「愛情」反而成為「從良」的附加價值，而李甲則成為杜十娘實行從良的一個媒介而已。再者，李甲性溫存，且是個幫襯的勤兒，對她來說這樣的一個對象，在兩人關係裡容易讓她居於主導的地位，且往後相處的日子才會好過。〔註87〕

杜十娘與李甲之間是有感情的，杜十娘遇過那麼多男子，卻偏偏擇定了李甲，這之間必定有她的理由。筆者認為，李甲的懦弱在表現出來之前，是給人溫和儒雅的印象的，謙謙有禮，又憨厚老實，相比起其他囂張跋扈的煙花客，李甲性情溫和有禮，又是社會地位較高的文人士子，若杜十娘順利從良，李甲的確是一個優秀的伴侶人選。而李甲肯為了杜十娘的三百金贖身費放下身段到處奔走，也可見他對杜十娘的感情是真切的，只是李甲個性過於軟弱無主見，杜十娘縱使明白李甲是一個溫和的人，卻大概也沒想到，李甲的優柔寡斷、搖擺不定，竟成了悲劇的關鍵。一個是在紅塵打滾多年，閱歷豐富的女子；一個是世家子弟，因家族條件不錯，從小沒有吃過苦、受過挫折，看待人生的眼光也比較短淺天真，也因此，李甲遇上了孫富這樣巧言令色的商人，自然被哄得團團轉：

> 有的文士和娼妓比起來，不僅沒有真才實學，就連處世經驗、巧智

〔註86〕　（明）馮夢龍編；嚴敦易校注：《警世通言》冊下，頁489、490。
〔註87〕　李筱涵：〈《三言》妓女主體意識探析——以杜十娘、王美娘、玉堂春為例〉，《語文瞭望》第1期（2011年5月），頁122。

見識都大為遜色……〈杜十娘怒沉百寶箱〉（警世32）則表現出士
紳後代的懦弱愚昧，貴為「李布政之子」的太學生李甲，雖與名妓
杜十娘相好，但惑於徽商孫富之巧言蠱惑，終於鑄下無可挽回的悲
劇。〔註88〕

杜十娘的精明、李甲的軟弱都是在文本細節中被逐步刻寫出來的〔註89〕，讀
者可以藉由故事內容的推移、人物的反應、對話，開始明白這段文人妓女的
愛情故事為何無法迎向快樂圓滿的結局。文本中，我們可以看到杜十娘步步
為營、小心謹慎，但在李甲心中，杜十娘依舊是溫柔婉約、善解人意的，並
不會因為想要趕緊從良而對李甲展現出強勢的一面。杜十娘的美麗、溫順，
都更使李甲沉迷於溫柔鄉，甚至花盡身上的錢也甘之如飴。而面對老鴇的冷
嘲熱諷，李甲多是「性本溫克，詞氣愈和」〔註90〕，與其說他以不變應萬變，
更像是不知道下一步該如何處理，因此沉默逃避。可惜杜十娘有遠見、能力，
卻偏偏沒有看清李甲「忠厚志誠」的背後，竟是懦弱無能。

　　而杜十娘的精明謹慎在於，她未向李甲說明百寶箱的存在，可見她並非是
陷入戀愛就盲目的人。她有理智，知道要給自己留後路，哪怕清楚李甲忠厚志
誠，也不會輕易說出自己的秘密。百寶箱是杜十娘的底牌，是她最後的籌碼，
也是她能冷靜面對困難的關鍵。她不和李甲分享這個秘密，也許便是害怕功虧
一簣，她必須確保事情完全按照自己預期的方向發展，一切都塵埃落定後，才
能告訴李甲百寶箱的存在。

　　至於杜十娘何來巨富？故事開頭便提杜十娘久有從良之志〔註91〕，她知
道自己並不可能在風月場所待到老死，人老珠黃時，客人不上門，她不再是
名妓，依照老鴇貪財無義的性子，她很容易成為棄子，下場並不會太好。因
此她早早做了從良的打算，也並不因青春風光時被尋歡客討好獻殷勤而沖昏
頭，反而是私下儲蓄，為自己將來打算。

　　文中寫了許多稀奇珍寶，有夜明珠、祖母綠、紫金玩器、玉簫金管……

〔註88〕　吳佳真：〈明末清初擬話本之娼妓形象研究〉（新北：淡江大學中國文學系碩士
　　　　論文，2000）第五章〈娼妓與社會階層互動〉，頁187。
〔註89〕　更多關於李甲軟弱、懦弱的刻寫分析，詳細可見本論文第四章第一節之二「性
　　　　格軟弱：〈杜十娘怒沉百寶箱〉李甲」。
〔註90〕　（明）馮夢龍編；嚴敦易校注：《警世通言》冊下，頁487。
〔註91〕　「十娘因見鴇兒貪財無義，久有從良之志；又見李公子忠厚志誠，甚有心向
　　　　他。」內容參見於（明）馮夢龍編；嚴敦易校注：《警世通言》冊下，頁486。

當讀者跟著李甲看到百寶箱裝著的金銀財寶時，就像是潘朵拉的盒子被打開了，隨著奇珍異寶盡收眼底，杜十娘為自己人生精打細算的謹慎、對脫離妓戶從良的積極盼望也都隨著箱子的打開，無所保留得被釋放出去。原來她是如此努力想要改變自己的社會地位，原來她一直都渴望平凡的愛情、生活，可這一切的一切，全都化作烏有。

杜十娘將百寶箱裡的錢財盡數丟入江裡，李甲懊悔不已，抱著杜十娘慟哭。杜十娘自己又是如何想呢？她將這些金銀財寶丟入江中時，是否早已堅定了投江自盡的念頭？杜十娘為了與李甲相守，努力規劃，主導情勢，距離嚮往的平凡自由人生就只差一點點，竟因為孫富的千金而遭到李甲背棄，這該是多麼大的打擊？對於杜十娘來說，李甲雖然不是「主動」興起千金換人念頭的人，但他因為孫富的蠱惑而動搖，正是「我不殺伯仁，伯仁因我而死」，他也是推杜十娘入火坑的加害人。

杜十娘的沉穩、聰慧仔細都在於專注的為自己打算，她私下積累錢財，為了日後脫離妓戶，而在紅塵中浮沉的女子少有人能像她這般，論文〈重讀〈杜十娘怒沉百寶箱〉〉中提到杜十娘從良的迫切：

> 前部分以「出院」為敘述中心，後部分以「投江」為敘述焦點。作
> 品不厭其煩地言及十娘三次解囊，資助李甲擺脫資材困境的細節，
> 是為了一步步地強化十娘渴望脫離妓女生活的心境；可是「投江」
> 的敘述，則用十娘的絕望呼應了她先前的渴望。〔註92〕

事前對於從良有多渴望，遭遇李甲的背叛時就會有多絕望。杜十娘想要離開妓院的渴望是不容小覷的，在成為娼妓的七年時間裡攢到難以數計的財富，這不僅僅是成為名妓那麼簡單，恐怕少不得背後的精打細算。如此對未來打算的人，對於脫離妓女身分的執著是迫切的，也因此真正離開妓院後，發現李甲想以千金將她推入更大的火坑裡，她自然是怒的，但她卻不是歇斯底里，而是變得冷漠，正所謂哀莫大於心死，這時的杜十娘心灰意冷，她萬萬沒想到，那個與她患難與共的李甲，竟然想把自己當成商品與人交易。且看故事中是如何敘述的：

> 公子道：「孫友名富，新安鹽商，少年風流之士也。夜間聞子清歌，因
> 而問及。僕告以來歷，並談及難歸之故，渠意欲以千金聘汝。我得千

〔註92〕周建渝：〈重讀〈杜十娘怒沉百寶箱〉〉，《中國文哲研究集刊》第 18 期（2001
　　　年 3 月），頁 119。

金，可藉口以見吾父母；而恩卿亦得所天。但情不能捨，是以悲泣」
說罷，淚如雨下。十娘放開兩手，冷笑一聲道：「為郎君畫此計者，此
人乃大英雄也。郎君千金之資，既得恢復，而妾歸他姓，又不致為行
李之累，發乎情，止乎禮，誠兩便之策也。那千金在哪裏？」〔註93〕
聽聞李甲苦惱是不是要用千金交換自己，既保全他在家族、社會的地位，又能
安撫父親的震怒。杜十娘聽聞，對此是「放開兩手，冷笑一聲」。原先是溫柔
將李甲抱於懷間，而後是鬆開手冷冷一笑，情緒看似不強烈，實際上是怒極反
笑，那聲冷笑似乎也是在笑自己雖是「櫝中之玉，而李甲眼內無珠」〔註94〕。
在杜十娘的人生規劃中，無疑是有李甲的，她滿心期待著從良後的日子，期盼
與李甲回家鄉後的夫妻生活，誰知道李甲竟為了千金而想中道見棄。杜十娘
怒，多年的努力竟在這時刻前功盡棄，因此她做出了人財皆毀滅的事情，不顧
眾人的挽留、李甲的懺悔，抱著百寶箱投江自盡。對此錢伯城認為「怒擲百寶
箱這個場面，在十娘來講，無疑是壯烈之舉；但是，據我看來，這一擲最重要
的是對人們的靈魂的鞭笞」〔註95〕那被拋擲出去的百寶箱就像是在控訴那些
被色欲錢財給沖昏頭的人們，他們理應感到羞愧、悔恨，而錢伯城也不禁思考
著，李甲抱著十娘後悔大哭時，那又羞又苦、且悔且泣的情緒中，是否也夾帶
著「悔恨錯失價值萬金的珍寶」呢？

　　或許李甲可惜過那些金銀財寶，但在杜十娘怒擲百寶箱時，筆者認為比起
可惜，李甲的情緒應該更多是害怕，他沒有想到一向溫柔婉約的杜十娘會做出
如此憤怒的舉動，將無數珍寶錢財投入江中，那些沉落的東西就像是李甲吊著
的一顆心。東西越沉入江心，李甲就越緊張害怕……杜十娘是否除了拋棄這些
錢財，也要拋棄了自己？

　　然而李甲似乎忘記了，最先鬆開手的，是因金錢的焦慮而做出錯誤判斷的
自己〔註96〕，若非他先動了以十娘換千金的心思，杜十娘又怎麼會拋棄那些錢

〔註93〕（明）馮夢龍編；嚴敦易校注：《警世通言》冊下，頁497。

〔註94〕「妾櫝中有玉，恨郎眼內無珠」內容可見於（明）馮夢龍編；嚴敦易校注：《警
　　　　世通言》冊下，頁498。

〔註95〕（明）馮夢龍纂輯、錢伯城評點：《新評警世通言》（上海：上海古籍出版社，
　　　　1992），頁525。

〔註96〕孫富向李甲剖析攜妓而歸的多方利害關係，李甲對於「嚴父之怒」、「親友疏離」、
　　　　「被社會無視」等警告無視，獨對「資斧困竭，豈不進退兩難」、「空手而歸，
　　　　正觸其怒」的金錢窘境連連點頭稱是，可見其內心最介意的是貧窮的恐懼。該
　　　　段可見於黃如焄：〈論〈杜十娘怒沉百寶箱〉中的金錢魅影〉，頁77、78。

財，還有拋棄這得來不易的良人呢？兩人本來要苦盡甘來，卻最後淪為一場空。

　　杜十娘死後，李甲「終日愧悔，鬱成狂疾，終身不痊」〔註97〕，對他最殘酷嚴厲的處罰，便是一輩子都活在對杜十娘的愧疚中不得解脫。而孫富自杜十娘投江後，彷彿一直能看到杜十娘在旁詬罵，最後也沒好下場。也許孫富看到杜十娘「陰魂不散」是他在壓力、害怕之下所產生的幻覺。但故事最後，說了柳玉春得到小匣兒，杜十娘現身感謝當初他幫忙籌資的事情。杜十娘魂魄現身並報恩的情節，也間接使孫富「看到杜十娘」的幻覺變得真實，也許杜十娘真的纏著孫富咒罵責備也說不定。

　　杜十娘是所有癡情女子中最有能力經濟獨立的女子，但她寧為玉碎，在意識到愛人與孫富像在商量買賣的方式，打算以千金交換自己後，不願成為身不由己的「商品」，也想保全自己的骨氣，因此持匣奮身一躍，杳無蹤跡。而這一躍，不僅使杜十娘的形象變得更鮮活具體，也使她雖在妓戶多年，但始終保持著靈魂、人格的潔淨、高尚得已保全，使那些妄想以金錢買賣的有心人相形見絀，更顯李甲、孫富性子中的卑劣與對杜十娘的不尊重：

> 回顧全篇，十娘始終掌握著主導情勢的地位，言行決斷，企圖立於不敗之地。她決定從良、親自談判、自備路資、自訂行程，即使遭到意料之外的出賣，亦選擇了自我毀滅的方式，以保全人格的高尚。投江之時，是個人形象的極度昇華、主體精神的投射，個人形象飽滿而典型化，呈現的是夢想與現實矛盾中撕裂肝膽的血淚控訴，此時，人財兩失的李甲和孫富是否受到報應已經不重要了。〔註98〕

杜十娘這充滿積極、謹慎，以及敢愛敢恨的故事，經過時間的考驗被流傳至今，不僅能夠窺探妓女對於覓得良人、離開教坊司的企盼，還能從孫富與李甲的交易見當時世人對妓女的普遍看法——無非認為她們是商品，可以用金錢買賣。

　　在人物形象的塑造上，杜十娘早早為自己未來做打算，找到了適合託付的對象後，也很積極的出謀劃策。杜十娘頗有現代女性之風，獨立自主，凡事為自己打點，有想法、有手段，雖然主導局勢，但在李甲面前仍是乖順的小女人，

〔註97〕（明）馮夢龍編；嚴敦易校注：《警世通言》冊下，頁499。
〔註98〕蔡婷婷：〈殉身門第的悲劇——讀「杜十娘怒沉百寶箱」〉，《親民學報》第5期（2001年11月），頁201。

並不會強勢要求李甲「應該怎麼做」，而是在言詞中循循善誘。李甲則較為天真，杜十娘的計畫使他心動，且十娘真誠熱情，因此李甲懦弱之餘，仍然情不能捨，只是再不捨，遇上金錢誘惑都會陷入猶豫。

李甲既想要千金，又捨不得杜十娘，這時候他或許想起了杜十娘的善解人意、溫柔似水，因此將選擇權拋給杜十娘，可其實杜十娘並沒有選擇的餘地，李甲只是不願當負心漢。他想著杜十娘的溫柔體貼，似乎料想著此次困難，杜十娘一定也會諒解自己、成全自己，可惜李甲算盤打再響，卻沒想到他對杜十娘的了解畢竟太少。如同杜十娘的識人不清〔註99〕，李甲對杜十娘的瞭解又何嘗不是如此呢？兩人都對彼此一知半解，身分地位又懸殊，所看重的事物也不同，就算今天沒有遇到孫富阻礙，回到家鄉後，李甲面對家族的刁難、親戚的質疑、父親的怒火，或許又會膽怯懦弱起來，甚至興起與杜十娘分開的念頭，只為了挽救自己在親族中的身分地位。

李甲固然是杜十娘在教坊司所能遇見的最好的良人人選，只是世界那麼大，杜十娘卻還未真正踏出去便香消玉殞，令人唏噓。回顧全文，對比李甲的怯懦，杜十娘一直給人「自信」的感覺，筆者認為有部分自信是來源自百寶箱，有錢能使鬼推磨，雖然錢不是萬能的，但大多時候，錢的確是最方便行事的工具。然而儘管擁有百寶箱，杜十娘仍逃不過毀滅的結局，仔細推敲其中原因，或許是因為杜十娘在尋求從良的過程中，還有著對愛情的企盼、追求，雖然她僅能在教坊司的煙花客中找尋，卻總算找到一個人李甲，他們在人格上是平等的，就像夫妻一樣甜蜜，這也使杜十娘更加肯定，在自己嚮

〔註99〕有些論文在分析杜十娘故事的悲劇形成，除了考察性格上的淵源，還強調了杜十娘的識人不清。如麻飄飄認為杜十娘是「恨嫁導致認識不深，信任李甲但不全盤托出的世故」，因為想趕緊找到可以託付的對象，因此沒有對李甲有深刻認識便認定了他就是良人，而「全盤托出」應是指杜十娘向李甲隱瞞了百寶箱的存在。引言內容可見於麻飄飄：〈單單情字費人參——亞里士多德、黑格爾視閾下的杜十娘悲劇〉，《廣東水利電力職業技術學院學報》第 19 卷 4 期（2021 年）頁 82。又如童曉云認為杜十娘不擅識人的原因是「李甲在她眼裡很完美，這種完美只是相對於其他飛揚跋扈的富家子弟而言。也許其他富家子弟從來不尊重她，也看不起她，不和她做深層次的交流。於是，杜十娘就將他當作從良對象。」確實以杜十娘的環境而言，要找到憨厚老實的良人是不容易的，而在一群跋扈的富家子弟中，李甲的「忠厚志誠」明顯討喜太多，也無怪杜十娘忽視了李甲逃避問題、猶豫不決的個性，光是忠厚，便勝過許多人。引言內容可見於童曉云：〈《杜十娘怒沉百寶箱》悲劇價值及女性主義評析〉，《語文建設》第 5 期（2016 年），頁 66。

往的愛情中，李甲會是那個對的人。

只是不曾想，那個會給予自己尊重，建立起健康的戀愛關係的李甲，竟會因為錢財的誘惑而打算以千金將自己賣給孫富。這時，愛情關係中所品嘗到的對等、尊重被打回原形，原來這些不過是杜十娘的一廂情願，李甲愛她的美貌、溫順，卻終究將她歸類在「所有物」而非情人、妻子。

杜十娘怒沉百寶箱，她怒的是李甲的背棄；怒的是兩個男人將自己當作商品買賣的行為；怒的是孫富豪擲千金破人姻緣的自以為是；怒的是自己以為從良在即，未來將是一片光明，卻終究破滅的曲折。杜十娘與百寶箱沉入江底，用其生命反映她的怒與悲憤，世人無不遺憾，卻也將〈杜十娘怒沉百寶箱〉的故事張力提高，使杜十娘那寧為玉碎的精神得到昇華，使人格的高尚凸顯出來，更顯見那些小人的卑鄙與庸俗，從而使警世意味渲染出來。

本小節最後以表 3-12 統整杜十娘如何面對負心的情節、經過以及結果：

表 3-12　杜十娘面對負心情節之事件表

	事　件　➡	經　過　➡	結　果
三百金之約	一、李甲與杜十娘兩情相悅	李甲阮囊羞澀，老鴇不悅	杜十娘與老鴇協定贖身之事
	二、杜十娘鼓勵李甲奔走借錢	李甲借錢無果，無顏見杜十娘，借住柳遇春寓所	柳遇春看穿老鴇的煙花逐客之計
	三、杜十娘央人尋李甲回去	李甲泣訴借不到錢，杜十娘拿出一百五十兩	被杜十娘感動，柳遇春替李甲湊足一百五十兩
返鄉前拜謝、道別	杜十娘與李甲向幫助過他們的人道謝、道別	杜十娘拜謝柳遇春，柳遇春對杜十娘表示高度評價	臨行前，眾姊妹贈杜十娘百寶箱
千金之禍	一、孫富聽見杜十娘歌聲	孫富接近李甲，與之交談	孫富提出以千金換麗人的交易
	二、李甲打算和杜十娘討論千金之事	李甲泣訴父親那邊難以安撫，但情不能捨，左右為難	杜十娘冷笑，佯裝答應，心中另有計畫
怒沉百寶箱	一、以千金換人時刻到來	杜十娘打開百寶箱，裡頭有數不盡的財寶	將財寶都擲入江中
	二、杜十娘大罵李甲與孫富	不甘心命運如此，杜十娘以死明志，投入江心而亡	眾人皆罵李甲負心、孫富挑撥離間。事後兩人皆不得善終
	三、柳遇春得到小匣子	夢見杜十娘前來感謝	知道十娘已死，唏噓不已

二、死後復仇：焦文姬、穆廿二娘

　　除了杜十娘死後魂魄現身報恩柳遇春、咒罵孫富外，還有更加激烈的報復手段，那便是死後索命。在《三言》、《二拍》中，癡情女子慘遭負心漢利用、拋棄，有兩名女子便是在死後向負心人索命，以解怨恨〔註100〕。一為〈滿少卿飢附飽颺　焦文姬生仇死報〉的焦文姬，一為〈王嬌鸞百年長恨〉入話故事中的穆廿二娘。

（一）〈滿少卿飢附飽颺　焦文姬生仇死報〉焦文姬

　　焦文姬到了適婚年齡，卻一直未能出嫁，因為父親焦大郎想要給她找個衣冠子弟、讀書君子當贅婿，但焦家市井小民，沒有背景，名門貴族看不上，有錢卻愚笨的男子焦大郎也不願讓女兒與之作配，這一來一往，便蹉跎了焦文姬的婚事。

　　滿少卿的出現，激起了焦文姬的愛意，兩人互生情愫，產生了私情。焦大郎發現私情後，無可奈何，也只能辦酒席，認了他們的夫妻關係。只是誰曾想過，幸福的日子迎來了盡頭。說選官後會派人來接焦氏父女來京，滿少卿終究失約了。

　　等不到滿少卿回來，家裡也為了資助滿少卿而早以家徒四壁，失去了本來的倚靠，焦文姬痛苦不堪，最後抱恨而死，而焦大郎與丫鬟青箱緊隨在後。滿少卿與他人幸福度日的背後，卻是一個家庭的人倫悲劇。

　　滿少卿的負心，除了背棄焦文姬的愛，也愧對焦大郎的恩。焦文姬死後多年，終於在冥府得到申報機會，這在她殺死滿少卿後，與滿少卿夫人朱氏的對話可知：

> 夫人休要煩惱！滿生當時受我家厚恩，後來負心，一去不來，吾舉家懸望，受盡苦楚，抱恨而死。我父見我死無聊，老人家悲哀過甚，與青箱丫頭相繼淪亡了。今在冥府訴准，許自來索命，十年之怨，方得申報，我而今與他冥府對證去。蒙夫人相待好意，不敢相侵，特來告別。〔註101〕

〔註100〕此節「死後復仇」的重點在於癡情女子活著時便遭逢負心對待，於絕望、怨恨中死去，透過死後鬼魂現形的方式向負心漢索命。鄭義娘雖有索命之實，但她是死後遭遇負心，並非因負心漢的行為而死，與焦文姬、穆廿二娘的狀況仍有出入，故不列入此節討論。

〔註101〕（明）凌濛初撰；劉本棟校訂；繆天華校閱：《二刻拍案驚奇》，頁219。

焦文姬報恨而死時，必定是滿腹冤屈，但她無能為力，沒辦法在活著的時候報復。沒曾想死後竟有機會能夠索命了結恩怨，自然要好好利用。加上滿少卿曾受焦氏之恩，卻又如此以怨報德，此仇不得不討。只可憐朱氏大度〔註102〕，卻因為滿少卿自己多慮、心懷鬼胎，絕了美意，間接促成焦氏的悲劇。

馮夢龍在《情史》情報類〈滿少卿〉文本的最後評論道：「有此哀憐之交，受恩深處，展墓之次，便當稟聞叔父。豈宋弘能抗世祖之命，而生顧難一言於叔父乎？即不然，幸朱賢淑不妒，訴以苦情，迎之雙棲，猶可救半。甘心負虧，自招幽討。悲夫！」〔註103〕漢朝宋弘面對光武帝想要嫁湖陽公主給他的試探，強調了共患難的妻子絕不能拋棄的意志〔註104〕，這才使光武帝打消念頭。宋弘面對皇帝能如此凜然拒絕，滿少卿卻礙於叔父之言輕易拋棄焦文姬，由此可看出兩人人品、心性的高下。而就算滿少卿不敢拒絕叔父好意，他向朱氏坦白焦文姬的存在後，朱氏也表明願意接受焦氏，這時趕緊將焦文姬接迎過來，雖然他曾做下負心之舉，但仍能用餘生去彌補焦文姬所受的傷害。可惜滿少卿自己心虛，又不想招惹其他麻煩，只隨意敷衍朱氏，說「多謝夫人好意，他是小人家兒女，我這裏沒消息到他，他自然嫁人去了，不必多事」〔註105〕滿少卿自己不重視承諾，將兩人的婚姻看作外遇、兒戲，甚至以小人之心度君子之腹，認為焦文姬等不到他，必定會另嫁他人，卻不知，焦氏父女皆因他而憤然死去。

焦文姬與滿少卿之間的糾葛並不純粹是情愛，還有恩報關係，焦大郎施恩於滿少卿，滿少卿理應「受人點滴之恩，必當湧泉以報」，最後卻是玩弄焦文姬的感情，辜負了焦大郎的期望，不僅不報恩，甚至造成焦氏家破人亡。這樣的人卻連著十來年都做著美官，生活風光愜意，令人憤慨。馮夢龍也在《情史》

〔註102〕 朱氏曾言：「既然未遇時節相處一番，而今富貴了，也不該絕了他！我不比那世間妒忌婦人，倘或有便，接他來同住過日，未為不可。」引文可見於（明）凌濛初撰；劉本棟校訂；繆天華校閱：《二刻拍案驚奇》，頁215、216。

〔註103〕 （明）馮夢龍：《古本小說集成・情史》，頁1361。

〔註104〕 《後漢書》：「時帝姊湖陽公主新寡，帝與共論朝臣，微觀其竭。主曰：『宋公威容德器，群臣莫及。』帝曰：『方且圖之。』後弘被引見，帝令主坐屏風後，因謂弘曰：『諺言貴易交，富易妻，人情乎？』弘曰：『臣聞貧賤之知不可忘，糟糠之妻不下堂。』帝顧謂主曰：『事不諧矣。』內容出自許嘉璐主編：《二十四史全譯：後漢書第二冊》（上海：世紀出版集團・漢語大詞典出版社，2004）列傳第十六〈宋弘 宋漢 宋則〉，頁690。

〔註105〕 （明）凌濛初撰；劉本棟校訂；繆天華校閱：《二刻拍案驚奇》，頁216。

中發出深深的疑問：「如此無情人，偏及第，偏做大官，何也？」〔註106〕但又
難以否認，社會上這樣的事情層出不窮，縱然人品有瑕疵，仍舊位階高官，滿
少卿不是負心第一人，卻也絕對不會是最後一人。

　　文本若停在滿少卿做美官，生活富貴順遂，恐怕會引起讀者強烈的不適，
何以無情薄倖之人可以免受懲罰？何以焦氏父女如此渺小而無人問津？這
時，文本迎來了另一高潮，在多年後焦文姬重新出現在滿少卿面前，並主動說
情願做小妾，只願留在滿少卿身邊。

　　三妻四妾本就被社會接受，滿少卿原先也是這樣的打算，但不好分誰為正
室誰為妾室，才最後拋棄了焦文姬。如今焦文姬願意做小，滿少卿自然開心，
卻沒想到，焦文姬的出現即象徵著他的生命正在倒數。

　　焦文姬死後若無法透過冥府索命討公道，對於讀者而言，便是天理難容、
憤恨不平的結局。所幸焦文姬能夠死後復仇，使負心漢得到應有的懲罰。只是
幾家歡樂幾家愁，最無辜的無非是朱氏，「單苦了朱氏下半世，亦是滿生之遺
孽也」〔註107〕，若有前世今生、因果輪迴，只怕滿少卿下一世，也要償還對
朱氏的連累之債。而文本中所塑造的滿少卿形象，也正提醒著世人，飲水思源，
切勿當一個負心無情，知恩不報的人，否則天道好輪迴，有時候不是不報，只
是時候未到。

　　本小節最後以表 3-13 統整焦文姬如何面對負心的情節、經過以及結果：

表 3-13　焦文姬面對負心情節之事件表

	事　件 ➡	經　過 ➡	結　果
焦文姬與滿少卿產生私情	一、焦大郎將滿少卿帶回家	見滿少卿俊秀有氣質，焦文姬芳心暗許	焦文姬與滿少卿有了私情
	二、焦大郎發現不對勁	看到滿少卿有焦文姬的衣物，逼問丫鬟青箱，私情才曝光	焦大郎妥協，答應讓他們結成夫妻
	三、滿少卿一舉登第	對於滿少卿的離開，焦文姬充滿不安	滿少卿安撫焦文姬情緒，夫妻感情濃厚
滿少卿選官	一、前往京城選官	焦大郎變賣家產，希望可以讓滿少卿選個好官	滿少卿到京選官，巧遇族人
	二、族人要滿少卿先回鄉見親族	滿少卿本想拒絕，卻說不過族人，只好妥協	歸鄉後，叔父早已為自己議親

〔註106〕（明）馮夢龍：《古本小說集成・情史》，頁 1359。
〔註107〕（明）凌濛初撰；劉本棟校訂；繆天華校閱：《二刻拍案驚奇》，頁 219。

	一、滿少卿為婚事猶豫掙扎	轉念一想，認為與焦文姬不過是偷情外遇	決定先成親，日後焦文姬找來再做打算
掙扎後負心	二、朱氏看滿少卿滿腹愁緒	朱氏知道焦文姬的存在，願意接納	滿少卿敷衍了事，未解決與焦文姬的糾葛
焦文姬尋來	一、多年後，焦文姬出現	投奔滿少卿，情願做小，只願有個依靠	朱氏對焦文姬憐愛有加，相處和睦
	二、滿少卿酒後入焦文姬房	隔天遲遲未見人出房	滿少卿死在房中。焦文姬現身與朱氏道別，說要拉滿少卿魂魄去陰府對理

（二）〈王嬌鸞百年長恨〉穆廿二娘

　　除了焦文姬，穆廿二娘也是死後討命的，她的故事是〈王嬌鸞百年長恨〉的入話。張乙想投宿在城外一間客房，但店房已滿，不能相容。張乙注意到有一間空房深鎖，好奇店主為何不讓他住在那間房。店主則言房中有鬼，張乙聽聞強調自己並不害怕，便在那間房住下了。

　　深夜，有一美婦前來，對著張乙說道：「妾乃鄰家之婦，因夫君遠出，不能獨宿，是以相就。勿多言，又當自知。」〔註108〕張乙也不再過問。後來在打聽之下，從店主口中知道此房曾有婦人縊死。張乙遂在美婦又出現時，詢問她是不是就是縊死的女鬼。美婦說自己叫穆廿二娘，生前是個娼妓，與客人楊川相識，楊川許諾會迎娶她，她也將私藏的錢財給了楊川，誰知道人財兩失，楊川一去不回。穆廿二娘無法脫身，抑鬱不止，最後自縊而死。那老鴇將居所賣掉，成了如今的旅店。

　　交代自己來歷後，穆廿二娘向張乙打聽楊川的消息，張乙說「去歲已移居饒州南門，娶妻開店，生意甚足」〔註109〕，穆廿二娘聽後感慨萬千，不再言語。後來張乙要回家，穆廿二娘表明了跟隨意願，穆廿二娘與張乙夫妻兩人一鬼過上一段安穩日子後，一日，穆廿二娘問張乙：「妾尚有夙債在於郡城，君能隨我去索取否？」〔註110〕張乙便帶著穆廿二娘的牌位前去，一到地點，穆廿二娘就說去找楊川討債了，張乙疑惑，跟在穆廿二娘身後，見她進入一間店裡，一陣子，店裡傳來哭聲，店中人云：「楊川向來無病，忽然中惡，九竅流血而死」〔註111〕，張乙明白這是穆廿二娘討命成功了，之後張乙如何向牌位

〔註108〕（明）馮夢龍編；嚴敦易校注：《警世通言》冊下，頁516。
〔註109〕（明）馮夢龍編；嚴敦易校注：《警世通言》冊下，頁517。
〔註110〕（明）馮夢龍編；嚴敦易校注：《警世通言》冊下，頁517。
〔註111〕（明）馮夢龍編；嚴敦易校注：《警世通言》冊下，頁517。

呼喊，也未再見穆廿二娘現身。

　　穆廿二娘是很典型死後成功索命的類型。但她與焦文姬不同的是，她必須借助張乙的力量，唯有牌位移動才能離開，並請張乙帶她到楊川所在之地才能成功討命。而焦文姬借助的則是冥府的力量，因為十年已過，可以申報冤情，焦文姬才有機會到人間找滿少卿，她的活動範圍似乎並不受限制，相比穆廿二娘更加自由。

　　本小節最後以表 3-14 統整穆廿二娘如何面對負心的情節、經過以及結果：

表 3-14　穆廿二娘面對負心情節之事件表

	事　件　➡	經　過　➡	結　果
穆廿二娘自縊而亡	一、穆廿二娘與楊川相厚	楊川帶著穆廿二娘的錢財一走了之	等不到楊川，穆廿二娘抑鬱自盡而死
	二、張乙入住客店有鬼的房間	一美婦自來薦枕，張乙從店主的敘述中猜出美婦身分	穆廿二娘自訴身世，詢問楊川現況，嗟嘆良久
穆廿二娘跟隨張乙	穆廿二娘想跟隨張乙離去	請張乙製作牌位，與張乙回家	穆廿二娘說自己有夙債要討，懇請張乙隨她去索取
穆廿二娘向楊川索命	一、張乙顧船而行	船中供著牌位，一人一鬼同行同宿全不避人	船靠岸後，穆廿二娘才說自己是要去找楊川討債
	二、穆廿二娘上岸，直入楊川店裡	張乙聽見店裡傳來啼哭聲，店中人說楊川九竅流血而死	索命成功後，穆廿二娘再未現形

　　從焦文姬、穆廿二娘的故事中可見，一直到了死後，兩名女子報復的方式仍需透過幫助才可以成功。放眼《三言》、《二拍》中癡情女子報復負心漢的情節，唯有鄭義娘憑己之力成功現形拽韓思厚入江，而焦文姬需要得到冥府的同意才能到人間向滿少卿索命；穆廿二娘則是需要張乙的幫助，製作牌位後才能離開自縊的房間。連故事中的女子想要報復負心人都困難重重，需要借助外力才能讓情節大快人心。現實中，只怕更多的是無力可回天的女子，她們沒有選擇權，只能被動的接受一切。故事中讓人拍手叫絕的成功報復，許是一種社會期許的反應。太多人無能為力，只能透過故事的情節設計，才能達到心理的平衡，宣揚不負心、不背叛、不作惡的思想。

　　而在焦文姬與穆廿二娘的文本中，我們仍能看出這些癡情女子與負心漢

之間，除了情愛糾葛，還有恩報關係的糾纏。負心漢在窮困潦倒時或許接受了女方的幫助，這是有施受關係的，因此不能否認，在女方施予男方幫助時，心中多少會期許著對方出人頭地，而自己與娘家也將能連帶得到榮耀。男方若將女方的付出、資助拋在腦後，實現社會地位翻轉後便翻臉不認人，對女方而言，除了真心錯付，也隱隱透著恩報關係的失序。黃仕忠也曾對此討論道：

> 書生負妓女、寒賤女子的故事，因出於下層市民的心態而表現的悲愴激烈，但主要地是出於恩報關係的破滅。有恩報恩固然是社會道德準則之一，但中國傳統又極推崇以德報怨。因而《王魁》、《滿少卿》等主要仍是基於民間的愛憎，禮教道德色彩非常淡薄。〔註112〕

在講究以德報怨的民族中，有仇報仇似乎脫離了禮教道德的束縛，更加呈現了民間對於愛恨的真實情感。在許多文本裡，不難看出男女主角的相識相愛中，的確摻雜了不少施恩、受恩的元素，如〈金玉奴棒打薄情郎〉中，金玉奴以金錢資助莫稽學習，這是施恩的舉動，而莫稽受恩於金家，實現社會地位的翻轉後，竟反過頭來嫌棄金玉奴的家世，並想要殺害妻子，抹去「金團頭女婿」的名聲，這是忘恩負義的行為；〈滿少卿飢附飽颺　焦文姬生仇死報〉中，焦大郎提供滿少卿吃住，滿少卿卻與焦文姬私通，甚至在焦氏父女變賣家產只為讓滿少卿選個好官後，另娶他人，不管不顧焦氏死活，這也是忘恩的表現。

　　從這些文本中可見到，「癡情女子負心漢」在《三言》、《二拍》中，男女相愛的背後，也常混雜著恩報關係。而負心漢的拋棄，除了棄女子的真心，也毀壞了恩報的平衡。

　　結合第三節所介紹的女子們，其實不難發現文本還蘊含著「果報」的思想。為什麼這些女子拚盡生命，不惜死後重返人間，也要給負心漢教訓？我們可以注意到，在擬話本中，透過說書人，即第三人稱角度的敘述來詮釋故事，往往讓讀者有旁觀的抽離感，因此能更加全面、客觀的審視故事人物的愛恨情仇、情緒變化，「第三人稱在本質上似乎就存在著一種『描寫』的情勢，敘述者接受處於『旁觀』的位置。」〔註113〕雖說讀者無法以第一人稱角度的方式貼近人物心聲，無法確切得知他們的思考，但全知全能的旁觀模

〔註112〕黃仕忠：《落絮望天・負心婚變與古典文學》第三章之三〈悲劇的成立〉，頁101。

〔註113〕徐岱：《小說敘事學》（北京：中國社會科學出版，1992）第五章第二節之二〈第三人稱〉，頁286。

式卻反而使讀者更加客觀清晰，對於是非對錯都能有較公允的思考。在這種敘述模式下，人物的善惡終有報除了使閱讀體驗良好，也隱隱警戒著世人，故事中人物尚且如此，現實中，百姓又如何能不謹記在心？更詳細關於果報思想的討論，可見本論文第六章第二節之一「因果報應，懲惡揚善」。

第四節　癡情女子抉擇背後的要素

在擬話本中，除了文人、商人的相關撰寫，也有關於女性的細膩敘述。這些女性不再是幫襯男主角的「綠葉」，而是故事的核心：

> 在擬話本作者筆下，女性一躍而為小說的主體，成為審美的聚光點，被置於中心位置加以頌揚，不僅肯定了婦女的品德教養，更難能可貴的是肯定和讚頌了婦女的聰明才智和過人膽識，熱情肯定婦女對自主婚姻等個人理想追求。〔註114〕

女性一旦成為故事主體，她的遭遇、形象便會更加具體。如〈趙春兒重旺曹家莊〉的趙春兒，曹可成一開始不聽勸告、屢教不改，趙春兒雖然失望，卻從不放棄自己的丈夫，不斷隱忍、扛下家計，並耐心等待丈夫幡然悔悟、浪子回頭。趙春兒賢慧、聰明、真誠的一面都在情節推移中展現，讀者除了感慨曹可成過了十五年才終於過上官運亨通的日子，也佩服趙春兒對丈夫的支持、鼓勵。

除了趙春兒這類堅強聰慧，與丈夫一起努力的女性形象外，還有被負心漢拋棄的癡情女子，她們真心換絕情，冀盼著平凡的幸福日子，卻遭負心漢離棄，人生產生了巨大的變化。

遭遇負心漢背叛的癡情女子們各自有不同的心情、決定，但她們為何會做出不一樣的選擇？有的選擇苟且偷生，祈禱著負心漢的回心轉意；有的奮力一搏，為自己爭取公道；也有的既不奢求喚回負心漢的心，也不願意原原諒……這些女子做選擇後，又常走向異曲同工之妙的結局，如：與負心漢言歸於好、向負心漢報復、步入死亡。是什麼促使這些女子在不同的選擇中走向相似的結局？而她們看似擁有不一樣的選擇，會不會實際上是別無選擇呢？

〔註114〕宋若云：《逡巡於雅俗之間：明末清初擬話本研究》第三章〈建構與解構：擬話本的體制構成及其衍變〉，頁107。

　　本節將探討前文的癡情女子們，即將面臨負心與遭遇負心後，各自的決定。而影響著她們走向不一樣終點的原因，大抵可以歸類於人格特質的展現、家世背景的影響與明代社會的複雜，最後再統攝這些干涉的因素，下面將以這四個方向討論：

一、人格特質的展現

　　所謂獨立人格是指人的獨立性、自主性，可以自己作主，不受人擺弄，更不會輕易被動搖。人們若有獨立人格，可不依賴於任何外在的精神權威，也不依附於任何現實的力量，在真理的追求中具有獨立判斷能力〔註115〕。每個人都有獨特的人格特質，有的敦厚老實、有的善解人意、有的自私自利、有的博愛親切……這些人格特質會展現在人物的行事作風上。而人格不是一蹴可幾的，它是經由個體所經歷的環境、氣質、見聞、智慧等因素層層疊加而產生的結果。

　　此節特別想要討論的是「獨立」的人格特質。前面介紹的癡情女子們擁有完整獨立人格的較少，真正擁有的大概只有李鶯鶯。其他女子都或多或少有些守舊色彩、被父權思想制約。杜十娘在故事中展現的獨立性雖然也很強，可惜李甲的背叛、孫富的挑撥，讓她傷痕累累，最終逃不過死亡。

　　之所以說李鶯鶯有獨立人格特質，是因為她不怕世俗眼光，主動爭取自己的幸福，並積極謀取機會與張浩維持聯繫，妥善抓住時機，促成兩人私下見面的機會。這個李鶯鶯，雖然脫胎自《西廂記》裡的崔鶯鶯，但她不需要紅娘，也不需要他人來教她做決定，她可以自己抓住幸福。

　　不同於李鶯鶯，大多數癡情女子們所依附的對象都是負心漢。張福娘倚靠朱天賜，那是因為她盼望著兒子日後認祖歸宗；而陳玉蘭倚靠兒子陳宗阮，是因為其為阮三郎償還前世之債後，要讓陳玉蘭過好日子的依靠〔註116〕。除了

〔註115〕關於人格的定義，朱道俊結合多家說法，綜合比較後，得到幾個重要的概念：一、人格是個體的各種行為品質的組合體，並且保持有統一性；二、人格是因人而不同的，各個人有各個人的行為模式，各個人在人格的表現上均顯示其特性；三、人格的表現須從其與環境發生關係時考察，而且係一種動的組織；四、各人的人格是其體格、智慧、氣質、有機的基本需求，生理的特質和習慣等項因素所決定的。以上內容可見於朱道俊：《人格心理學》（臺北，臺灣商務印書館，1987）第一章〈人格之意義〉，頁3、4。

〔註116〕阮三郎託夢給陳玉蘭，道：「你前世抱志節而亡，今世合享榮華。所生孩兒，他日必大貴，煩你好好撫養教訓。從今你休懷憶念。」阮三郎明確告訴了陳玉蘭孩子前途無量，若能好好撫養，會是玉蘭日後好的依靠。阮三郎託夢給陳玉蘭的內容可見於（明）馮夢龍編；許政揚校注：《古今小說》冊上，頁93。

依附「人」外，也有的癡情女子是依附自己的才學、錢財，或者是看重誓言、信物。但她們依附其他人、外在事物時，往往容易忽略自身價值。當這些人物失去他們所依附的對象、物品後，她們的人生也失去了重心，或說是生存的依靠，因此失去生活重心，宛如行屍走肉。

這些女子從小被灌輸「未嫁從父，出嫁從夫，夫死從子」的觀念，習慣了聽從、乖巧，無有自己的思考，始終依靠著他人、他物過活。她們無法自己生存，似乎順應著父權思想的限制而活，遵守三從四德才能是好妻子、好母親、好女人。而當這些依憑對象、物品破碎後，女子往往慌恐懼怕，除了害怕他人的嘲笑、議論，也沒有獨立生存的經濟能力，到最後也許只有死亡才是解脫。

而或許到這時候，那些沒有獨立人格的女性經歷痛苦與磨難，反而學會了「獨立」。在徬徨絕望中，她們選擇投入死亡的懷抱，這是一種選擇，更是她們不受人誘騙勸說之下，所自行做出的決定。

在這些癡情女子中，唯有李鶯鶯是最掌握自身命運的，她展現出堅強、積極主動、果敢等人格特質，既不輕易向命運低頭，也展現了「自己的婚嫁對象自己決定」的意識。癡情女子中，比較能經濟能力自主的，唯有杜十娘，而她持匣投江的作法，也更顯現她寧為玉碎不為瓦全的高尚人格。穆廿二娘雖藏有銀兩，卻將錢財贈與楊川，最後人財兩失，心灰意冷之下了結了生命。

癡情女子中既有聰慧的心思，又有錢財足以獨立生活的杜十娘應是最具備獨立人格要素的人，她早早就明白想離開教坊司，除了橫著被抬出去，便是拿出大量的錢財贖身。因此她為自己打算，私下積累了不少錢財。百寶箱對於杜十娘來說，就是未來重獲自由的希望，更是她的寄託。在〈《三言》妓女主體意識探析──以杜十娘、王美娘、玉堂春為例〉中有這麼一段：

> 蕭國亮在《中國娼妓史》裡提到，妓女的歸宿不外乎五種：從良、
> 出家、殉情（志），做鴇母和淪為乞丐。而「從良」是妓女所有歸宿
> 中唯一能回歸社會常態生活，並轉為良民階級的方式。因此，為了
> 達到從良的理想目的，妓女們往往在從良歷程中極盡所能爭取自己
> 可能的機會，並不惜與老鴇相對抗。〔註117〕

現在的日子多麼水深火熱，對於未來從良的渴望與執著就會有多強烈。奮力掙扎後得來的自由，便是杜十娘生存的目標。百寶箱中的珠寶錢財，是她從良後

〔註117〕 李筱涵：〈《三言》妓女主體意識探析──以杜十娘、王美娘、玉堂春為例〉，
《語文瞭望》第 1 期（2011 年 5 月），頁 121。

的保障，保障她離開教坊司後，最起碼能用錢財解決許多不方便的事情。遊山玩水、購置房產，或者頂個小舖做買賣，那都是輕而易舉的事情，只要杜十娘願意，這百寶箱便是她重新做人，品嘗市井小民生活的籌碼。

　　只可惜最能夠不依靠男人過活的杜十娘，還是為了李甲的懦弱、不信任、金錢焦慮而遭受背叛，心灰意冷之下怒擲百寶箱，將自己的底氣、希望付諸東流，並命葬江心。祁立峰曾如此評論杜十娘的「怒」是如何層層堆疊起來：

> 我們看到杜十娘的「怒」，並不是一夕而成，也不是在她聽聞以千
> 金被出賣時，忽然發生的舉措。小說層層鋪排，寫杜十娘為了李甲
> 的盡心費力，自己拿出私房妝奩，不斷替李甲解圍，讓李甲更符合
> 自己嚮往中的「良人」的模樣，但最終事與願望。身分無法超越，
> 階級難以跨越，青樓女子，商人富少，士人監生終究是不同世界的
> 人。不要說貧賤夫妻如何了，即便十娘分明有一寶箱的富貴，卻無
> 法找到真心與之長相廝守。所以說無價寶易得，有情人難逢，真不
> 虛也。〔註118〕

杜十娘雖可以獨立生存，但在教坊司多年，卻仍然渴望著純粹的戀愛，與良人互相扶持、相濡以沫。從這點來看，杜十娘雖然身處汙濁，卻是最出淤泥而不染的人。只是在教坊司所結交的人，一旦要同歸正常生活，似乎相忘江湖、各自安好會更好些。而「無暇的愛情」、「從良後樸實的日子」夢破碎後，杜十娘不甘心受人擺布，也不願意被當作商品一樣被轉給他人，因此選擇了死亡。或許從這個意義上來看，杜十娘的獨立人格是強烈的，正因為能夠自己做決定，才能夠毅然決然走向死亡，既以死明志，也用死亡傳達她的悲憤、失望。

　　「癡情女子負心漢」文本中的癡情女子多是依附著心上人過活，她們所仰賴的物品也多是與心上人的信物、誓言，生活重心幾乎在男人身上。她們恪守著禮教，成為男人的附屬品，或可說是可輕易拋棄的玩物，若愛情、肉欲、恩情逝去，則這些女子就什麼都不是。下方表格 3-15，整理了文本中癡情女子所展現出來的人格特質以及憑依重心。我們可以發現，這些癡情女子無論展現出了多麼不同的人格特質，溫柔、順從、溫婉這類人們對女性抱有的刻板印象仍

〔註118〕引文中「但最終事與願望」應為「事與願違」；「卻無法找到真心與之長相廝守」應為「長相廝守之人」。內容可參見於：江江明、何淑貞、李玲珠、李惠綿、林淑貞、祁立峰、張麗珠、陳惠齡、曾昭旭、黃雅莉、黃儀冠、楊宗翰、解昆樺撰述：《理想的讀本》（臺北：一爐香文化事業有限公司，2022）〈小說人物的命名由來？十娘的「俠」之由來？〉，頁356。

是存在的，這對男人來說是好妻子、好母親的先決條件，更是社會大眾對女性的普遍期待、要求。但除了這些人格特質，也有的癡情女子表現出了堅強、堅守原則、愛恨分明的一面，雖然她們仍然憑依著丈夫、兒子過日子，但性格中已隱隱帶有現代女性所追求的精神，能有更多自信，並能思考、堅定自我。

表 3-15　癡情女子人格特質與憑依重心一覽表

人　　物	人格特質	憑依重心
〈宿香亭張浩遇鶯鶯〉李鶯鶯	獨立、理性冷靜、溫婉	自己、與張浩的往來證據
〈白玉孃忍苦成夫〉白玉孃	犧牲奉獻、堅守原則、堅毅	程萬里、一雙鞋
〈閑雲庵阮三償冤債〉陳玉蘭	主動積極、堅守原則	陳宗阮（兒子）
〈楊思溫燕山逢故人〉鄭義娘	重視承諾、觀察細膩	韓思厚、誓言
〈金玉奴棒打薄情郎〉金玉奴	性格剛烈、堅守原則	莫稽、許德厚夫婦
〈簡帖僧巧騙皇甫妻〉楊氏	順從乖巧	皇甫松
〈張福娘一心貞守　朱天賜萬里符名〉張福娘	刻苦耐勞、溫柔、堅守原則	朱天賜（兒子）
〈杜十娘怒沉百寶箱〉杜十娘	剛柔並濟、愛恨分明	李甲、百寶箱
〈王嬌鸞百年長恨〉王嬌鸞	堅守原則、聰穎剔透	周廷章、才情〔註119〕
〈王嬌鸞百年長恨〉穆廿二娘	無私奉獻、愛恨分明	楊川、所藏錢財
〈滿少卿飢附飽颺　焦文姬生仇死報〉焦文姬	為愛大膽主動	滿少卿

　　癡情女子們性格不一，有的能為愛大膽積極，也有的順從聽話，更有的愛恨分明，她們呈現出了女性不同的風采，這既是迷人的一面，也是令人反思的部分。因為無論這些女子擁有多麼讓人著迷的人格特質，卻仍是憑依著男性過日，這並非是指她們軟弱無能，而是呈現出了社會的「普通現象」。

　　在傳統社會中，女子很難有所反抗，更難憑一己之力翻轉父權社會的制式思想。作為讀者，不該只是閱讀文本，而是以此為鑑，明白家庭背景的影響、外在事物的干涉、獨立人格的重要性。時代一直在變化，女性的覺醒也在逐漸壯大，可以看見女性不再執著於與男性的婚姻、綿延子嗣，而是更專

〔註119〕王嬌鸞倚仗的「才情」也可說是靠著自己的才學吸引周廷章，與其交流，最終產生感情，但才情是王嬌鸞報復的武器、優勢，如撰寫〈長恨歌〉、〈絕命詩〉，但並不是她拿來主導局勢的關鍵，因此不像李鶯鶯是憑著意志「自己」決定一切，故在表格中以「才情」列之，不以「自己」作為王嬌鸞憑依的重點。

注在自身的投資，使自己成為更好的人，擁有精緻的生活、往更高學歷鑽研的熱誠，這是舊時代社會難有的事情。癡情女子們在受限的選擇中走向相似的結局，但她們曾燃起過的不願妥協命運的執著意志，像是燭火燃燒，她們終將成為蠟淚，淹沒在時間長河，卻也成全了未來熊熊燃燒的希望火焰。

二、家世背景的影響

　　《三言》、《二拍》中的女性，大多都是市井階級，煙火氣息較重，她們的生活容易引起共鳴，如為了生計而努力奮鬥、為了愛情黯然傷神等。但其中也不乏出身較不錯的女性，如李鶯鶯、王嬌鸞，她們都是士宦人家出身，教育水平比較高，她們在愛情上受到挫折，更可能主動為自己討公道。而那些選擇死亡、對「被拋棄」處境無能為力的女子，多是娼妓或是普通家境的女性。

　　家世背景較優渥的李鶯鶯與王嬌鸞，在自己本身擁有才識的情況下，她們的眼光會比較高，更容易受到男子的才學吸引，如李鶯鶯欣賞張浩的詩才、王嬌鸞與周廷章詩詞唱和。家裡條件好的千金小姐，家風通常也比較嚴格，她們沒有辦法隨心所欲接觸到異性，因此一旦有符合理想條件的男子出現時，她們往往容易動心，並且積極想要擁有這段愛情。此處以表 3-16 呈現李鶯鶯與王嬌鸞兩者行事風格、面臨負心後行為的異同：

表 3-16　李鶯鶯與王嬌鸞人物比較一覽表

人物 異同	李鶯鶯	王嬌鸞
出身	父親作官，家境不錯	父親作官，能替父處理公事
才情	能寫狀書	能作詩詞
果斷處	在與張浩的事情上一直都很果斷主動	替周廷章決定了回鄉探親的事宜，不讓其猶豫
面臨的負心局面	張浩不敢推辭父輩決定的婚事，即將另娶他人	周廷章初時不願父輩的婚事安排，見到婚配對象後，滿意對方家族財力與美貌，遂將王嬌鸞拋諸腦後
遭遇負心後狀況	力挽狂瀾，快刀斬亂麻	垂淚傷心，不想默默而死
結果	狀告訟庭，與張浩終成眷屬	撰寫詩文，控訴周廷章之薄倖，隨後自縊

除了人物設定上的異同之外，李鶯鶯與王嬌鸞在行為上也有些有趣的出入，從

這些蛛絲馬跡中能看出兩人為何在某些事情上做了相同的決定，卻最後一個幸福、一個步入死亡。

　　李鶯鶯、王嬌鸞出身不錯，有才學有樣貌，家中父輩為其挑選夫婿的眼光自然也挑剔。李鶯鶯年紀較小，因此張浩縱有迎娶心思，李父卻未有嫁女之意；王嬌鸞則是能力出眾，能為父分擔公事上的壓力，父親不想女兒遠嫁，因此雖然肯定周廷章的才學、家世，卻仍然未同意王嬌鸞的婚事。

　　筆者試以晚嫁、與男主初識的積極與否、保留證物等相似情節製作表 3-17，從中觀察兩名女性的行為異同，如下表所示：

表 3-17　李鶯鶯與王嬌鸞行為比較一覽表

人物＼行為	李鶯鶯	王嬌鸞
晚嫁	×	○
初識時主動促進關係	○	×
出謀劃策	○	○
保留證物	○	○
對負心漢懷有恨意	×	○
扭轉劣勢	○	○
結局時狀態	幸福	死亡

　　「晚嫁」：雖然李鶯鶯在稚嫩的年齡便與張浩有了私約，但李鶯鶯的父親以女兒年齡尚小為由，認為再等兩、三年才會考慮議親。到時挑選夫婿時，李鶯鶯父親為擇良婿，必定請媒人費心思挑門當戶對、品行端正的人，這一來一往又會耗去不少時間。雖然李鶯鶯與張浩終成眷屬時的年齡並不大，但若無張浩，李鶯鶯父母又想多等幾年才為女兒挑選夫婿，也許會因為遲遲找不到適合的人選而蹉跎了女兒的青春，從而形成晚嫁的局面。而王嬌鸞就是典型的例子，因為父親想要找一個配得上自己女兒的如意郎君，所以在尋找人選上小心謹慎，反而使王嬌鸞錯過了最適合的婚嫁年齡，一直到十八歲了還未出閣。

　　「初識時主動促進關係」，李鶯鶯主動向張浩表明了婚嫁意願，使兩人關係躍進一大步；王嬌鸞在後院盪鞦韆，看到周廷章從牆缺處觀看，羞得趕緊回房，但驚鴻一瞥，已對這陌生少年傾心。若王嬌鸞未落下羅帕、周廷章執意要贈詩給王嬌鸞否則不歸還羅帕，兩人大概很難有進一步發展。

「出謀劃策」，李鶯鶯會主動請人幫忙傳送書信、製造見面機會；王嬌鸞則是主導著兩人在曹姨見證下完成婚嫁誓言，並在周廷章猶豫不決是否回鄉探親時，給予了意見並強硬得讓周廷章執行。

「保留證物」，李鶯鶯在與張浩發生關係後，留有張浩的親筆詩賦，在初見面時更交換信物；王嬌鸞則是保留兩人唱和之詞、婚書。

「對負心漢懷有恨意」，李鶯鶯知道張浩即將迎娶他人，能夠體諒張浩；王嬌鸞終於接受了周廷章負心的事實，雖想尋死，卻又不想便宜了薄情之人，可見對周廷章的恨意。

「扭轉劣勢」，李鶯鶯能夠力挽狂瀾，憑一己之力阻止張浩另娶他人，使之與自己能夠終成眷屬；王嬌鸞面對負心，無能為力，只能垂淚頹廢，但她仍然把握手上的證據，翻轉原先「默默而死」的劣勢，在自己了結生命後，讓周廷章也無法繼續過好日子，必須付出生命，得到辜負他人的懲罰。

「結局時狀態」，李鶯鶯阻止了張浩負心另娶的行為，也如願嫁給了意中人，李鶯鶯的結局是所有癡情女子中最理想的；王嬌鸞無法改變周廷章已經另外婚嫁的事實，只能用激烈的方式明志，並寄託公正的第三方為自己討公道。

在出謀劃策、保留證物上，兩人都表現出「積極主動」的態度，可以看出即便沉浸在愛情中，她們仍然保有理智的一面。李鶯鶯今天可以挽救局勢，也有很大一部分是張浩的坦白，在婚前向鶯鶯說明狀況，表達了不得不負心的痛心，李鶯鶯這才能趕緊想出對策，並且挽救兩人的關係。而周廷章薄情寡義，有了新歡不要舊愛，空留王嬌鸞苦等，若周廷章在知道父輩為自己找好迎娶對象時，能夠託人告知王嬌鸞自己的苦衷與不願，或許王嬌鸞也能有其他對策。

除了李鶯鶯與王嬌鸞外，〈閑雲庵阮三償冤債〉裡的陳玉蘭雖然是太尉之女，身分地位較高，但牽扯到負心的實際上是陳玉蘭的前世，玉蘭前世是個妓女，她癡癡等候無果，最後抑鬱而死。前世的身分不屬於名門、仕宦之女，故不列入前面表格中。然而陳玉蘭的選擇也變相透露出一個父權之下的憂患。

陳玉蘭懷孕後，必然會讓父母知道這件事情，父親陳太尉大怒，他斥責妻子沒有把女兒教好，又怕丟人現眼，敗壞門風〔註120〕。當陳玉蘭說出「一生

〔註120〕陳太尉見夫人憂心忡忡，細問之下知道了陳玉蘭懷孕之事，氣得責備妻子：「你做母的不能看管孩兒，要你做甚？」之後左思右想，一夜未眠，陳太尉又與妻子討論：「如官府去，我女孩兒又出醜，我府門又不好看；只得與女孩兒商量作何理會。」言語中可見陳太尉對於玉蘭未婚先孕的事情，不認為自

不嫁人，要生下孩子，等孩子長大後還給阮家，自己責任盡了後再自盡」，陳太尉才接受這件事情〔註121〕。陳太尉作為父親，從頭到尾不曾關心過女兒身心狀況，只在乎門風、旁人怎麼議論。

　　似乎不論是仕宦人家還是市井階層的「癡情女子負心漢」文本，父母對子女的關愛一直都很少多加著墨。癡情女子中有的是娼妓出身如杜十娘，或從小失去父母如白玉孃，她們與父母已斷了緣分，無從觀察與父母的交流。而〈張福娘一心貞守　朱天賜萬里符名〉中，張福娘父母的存在感並不高〔註122〕，後期張福娘忍苦教子，也未描寫父母方給予的幫助。孩子與父母之間的互動似乎都受禮教拘束，這種本身帶有點冷漠的互動，似乎也是女子分外渴望愛情的一個因素〔註123〕。李志宏曾提及：

　　女性人物在文學作品中往往是在男性的主導性闡釋中被凝視（gazed）的情況下出場，即使作為主角人物，其行動表現也常常是在父權制的象徵秩序下作為被檢視的客體對象，用以證成父權制的

――――――――――

己也需要負看管責任，而是責怪妻子沒有看好孩子；在商量玉蘭肚中孩子時，也強調了孩子、府門出醜不好看的心思，比起玉蘭的身心狀況，更加重視門風、面子。內容可見（明）馮夢龍編；許政揚校注：《古今小說》冊上，頁92。

〔註121〕在提出生下孩子的想法前，陳玉蘭先說了「當初原是兒的不是，坑了阮三郎的性命。欲要尋箇死，又有三箇月遺腹在身；若不尋死，又恐人笑。」可知對陳玉蘭而言，會尋死的原因是怕「被人笑話」，但腹中又有小生命，自己不想一屍兩命，因此猶豫不決。內容可見於（明）馮夢龍編；許政揚校注：《古今小說》冊上，頁92。

〔註122〕只有「福娘既生得有兒子，就甘貧守節，誓不嫁人。隨你父母鄉里，百般說諭，並不改心，只績紡補紉，資給度日，守那寄兒長成」中出現了父母，可以證明張福娘並非孤兒。內容可見於（明）凌濛初撰；劉本棟校訂；繆天華校閱：《二刻拍案驚奇》，頁545。

〔註123〕弗洛姆（Erich Fromm, 1900～1980）認為人類有五種基本的需求，其中一項是相屬的需求（the need for relatedness）：「人必須與他人聯繫，才能突破孤獨與分離的狀態，這種需求是整個人類親蜜關係與熱情現象的動力，亦是人類臻於健全所不可少的要素。世界上只有一種感情能滿足人將自我與外界合一的需求，而又同時得到完整與獨立感，那就是愛。愛是一種分享共有的經驗，使人在保有自身的分離性與完整性的情況下與自身以外的某人或某物結為一體。」佛洛姆對愛的本質也有一番介紹，並認為愛是給予、照顧、責任、尊重、了解，這種成熟的愛才是正確的愛。受禮教束縛，而保有距離的，冷淡保守的愛，未必能被他人理解、接受，這種愛相對比較淡薄、畸形，從而容易產生疏離感，彷彿自己是旁觀者、異鄉人，身在其中，卻能以產生共鳴。以上內容可見於郭為藩編著：《人格心理學理論大綱》（臺北：正中書局出版，1984）第五章〈新傅洛伊德學派的精神分析理論・弗洛姆的人格理論〉，頁102。

單一價值標準。〔註124〕

在文本中，女子的選擇、命運也不免俗在父權的籠罩下進行，包含從一而終的觀念、守貞撫養孩子的辛勤、接受丈夫娶妾的大度等，再再都顯現了父權對女性選擇的影響。女性看似出於己願做了決定，使人敬佩其意志，但仍能看出父權思想的流行、束縛，使女子在更多種選擇、命運中，逐漸走向相同的結局。

除卻父權思想的干涉，家世背景較好的女子，她們明顯有清晰的思路，也比較有辦法去爭取自己的公道。李鶯鶯就透過自己告官，親自寫狀書──她必須要會讀書識字，有相當不錯的文才，才能做到；而王嬌鸞則是有骨氣，覺得要死也不能默默死去，需要給薄倖人一點教訓，又剛好替父親處理公文，才有機會將證物放到公文內。若王嬌鸞不是這樣地位出身的女子，又沒有才幹輔佐父親的工作，只怕她根本無法做到後續的這些事情。

家世背景所帶來的教育優勢，較能使女子愛恨分明，冷靜理智，雖然王嬌鸞終究走向死亡，然而她的報復手段乾淨俐落，大快人心。但好的家世，父權的影響也會更大些，女子們在勇於追求愛情的同時，也會畏懼違背禮教、婦德，顛覆社會對女性的期待。縱使意亂情迷下使她們願意婚前性行為，但仍會尋求保障，如李鶯鶯向張浩索取詩賦、王嬌鸞執意要先在曹姨面前寫下婚書、立下誓言，才肯有後續發展。

家世背景的影響主要呈現在女子遭遇負心後的底氣，如金玉奴生死關前走一遭，最後被許德厚夫婦認為義女，她才更有底氣與能力找到莫稽，並「棒打薄情郎」，使之懺悔認錯。李鶯鶯與王嬌鸞也是因為身分地位不同於一般平民百姓，才更有途徑、方法挽回劣勢或向負心漢展開報復。如若是一般市井小民，恐怕難有為自己討公道的機會，只能忍氣吞聲，怨自己命不好，遭到了負心漢的背叛，卻沒有辦法為自己出口氣。

三、明代社會的複雜

明代是充滿複雜的時代，此時的節婦、烈女數量大增〔註125〕，但艷情小

〔註124〕李志宏：《明末清初才子佳人小說敘事研究》第二章〈原型：才子佳人小說敘事建構的本體精神〉，頁111。

〔註125〕雖然宋代時，節婦的數量就已經明顯變多，但到了明代，貞節烈女的數量可說是激烈性的上升。詳細論述可見於董家遵：〈歷代節烈婦女的統計〉，《中國婦女史論文集》（臺北：稻香出版社，1992），頁112。

說的發展也相當繁榮，如《如意君傳》、《金瓶梅》、《龍陽逸史》等，可見明代社會充斥著強烈的矛盾，一是禮教森嚴，一是情欲解放，本是互相衝突的兩者，卻兼容在明代社會裡。《三言》、《二拍》也呈現出了此種複雜性，書裡可以看到遵守禮教、堅持從一而終的婦女，但同時也能看到順應欲望，荒淫無度的人物。這種複雜性，也影響癡情女子的行為、抉擇。

　　藉由文本的比對，可以注意到文人馮夢龍在內容上的調整，如〈閑雲庵阮三償冤債〉。根據《三言兩拍資料》考察〔註126〕，最早文本應是出自《夷堅支》景卷第三〈西湖庵尼〉，講述男子入尼庵欲與喜歡的女子親密接觸，結果太過開心，竟樂極生悲。故事篇幅不大，主要在敘寫男子如何對女子單相思，如何買通尼姑為自己策劃，最後功虧一簣，命喪尼姑庵。

　　而故事輾轉來到明代，經過改編，人物之間有了情愛互動，如《情史》詳細說明了阮華的俊俏、性情，將其與陳玉蘭的情感刻寫得詩情畫意，並且已有關鍵物「戒指」。阮華睹物思人，臥病在床，透過好友的幫忙，請尼姑協助兩人在尼姑庵相見，後阮華命喪尼姑庵，陳玉蘭也未婚懷孕，在向家人吐露意志後，生下孩子，終生素縞，後孩子登第，玉蘭受旌。

　　馮夢龍在《情史》中強調了阮華與陳玉蘭的感情，使「情真」的意味可以更加濃厚；而在《喻世明言》裡，則多了阮三郎與陳玉蘭前世有所糾葛的情節。對比《情史》與《喻世明言》，會發現結尾處，陳玉蘭皆因為孩子登第而受旌，不難看出，不論馮夢龍認不認同，至少在明代，婦女得到貞節旌表是一項殊榮，也因此被作為「圓滿結局」而寫於文本最後。表示陳玉蘭的一生哪怕遭受非議、歷經波折，在最後能得到貞節肯定，便是對她人生價值的正向認同。

　　同理，〈張福娘一心貞守　朱天賜萬里符名〉的張福娘以及〈白玉孃忍苦成夫〉的白玉孃，也是人生起伏，歷經艱苦，但她們堅守貞節，為人稱讚。在文本最後，張福娘之子官運亨通，她也跟著受封章，說書人說這是「守貞教子之報」，雖說書人立場並不全然等於編改者凌濛初的立場，但凌濛初以此段作為圓滿結局的結尾，也有相當程度是認同這樣的結局是好的、正面的，是可以引發人效仿學習的；白玉孃的青春都奉獻給了尼姑庵，她為自己在乎的人祈福、祈求丈夫程萬里順心、平安。二十多年後兩人重逢，她自知難生育，為程萬里廣置姬妾，使其能綿延子嗣。雖然文章未直接肯定白玉孃守貞行為，但從

〔註126〕譚正璧編：《三言兩拍資料》（上海：上海古籍出版社，1981），頁27～33。

白玉孃的選擇、忍苦度日，以及文末的「治家有方，上下欽服」，可見像白玉孃這樣堅持從一而終、以丈夫需求、傳宗接代為重的女性，是能得到他人敬重的，白玉孃的犧牲奉獻相當偉大，同時也符合人們對妻子乖順、善解人意的要求。

又如〈王嬌鸞百年長恨〉，周廷章千方百計想與王嬌鸞更進一步，他的急迫展現出了舊時代社會，男性與女性結識的管道過於狹隘，因此另闢蹊徑，透過表親關係試圖親上加親：

> 在禮法森嚴的舊社會裏，儒教所豎立之行為標準根深蒂固，牢不可
> 破，尤以士大夫階層家庭為最，年輕男女唯一交往機會多少以表兄
> 妹關係為基礎。在此種狀況之下，撰述才子佳人小說戲曲之文士墨
> 客，多採取此背景以增添其創作之寫實成分。〔註127〕

實際上，在明律令中，就言明不可同姓為婚，違反者各杖六十並且強迫離異〔註128〕。這樣的律法從唐、宋時便存在，甚至唐律還規定了良賤不可通婚。從成文法來看，對男女婚姻的條件是嚴苛、遵從禮法的。像〈王嬌鸞百年長恨〉中，周廷章透過認親的方式來增加與王嬌鸞的接觸機會，是有跡可循的，因為它表達了舊社會中男女結合的一種方式，但這在唐以後明顯是在律令邊緣游走，雖然呈現了人物追求愛情的手段，但也挑戰了社會制度、律法。

王嬌鸞在文本中的表現也貼合了明代律令的規定，如重視婚書、希望周廷章省親完畢後，同父母議婚姻之事。王嬌鸞與周廷章結下私情，發生婚前性行為前，在曹姨的見證下發誓，寫下婚書，這與明律令的「寫立婚書，依禮聘嫁」〔註129〕不謀而合。雖然王嬌鸞有追尋愛情的勇氣，不畏懼發展私情，但她的理想仍然是周廷章委託家長向自己家下聘，一切符合正規婚嫁流程，如若她最後能與周廷章成為律法保障的夫妻，則之前的私下幽會、纏綿都將變得理所當然。而這樣的結局也符合馮夢龍所希冀的「真情」——真情不分貧富貴賤，只要純粹真實，就算從私情發展而來，或因肉體欲望而起，都能得到認同。

文本所呈現出來的王嬌鸞是複雜且真實的，她對愛情的渴望就像馮夢龍對「真情」的解釋，順應心意，不隱藏自己的情緒（包含肉體上的渴求），但一方面又掙扎於成文法的規定，希望私情的終點是正規流程的婚姻保障，因此

〔註127〕 伊藤漱平著；謝碧霞譯：〈「嬌紅記」成書經緯：其變遷及流傳過程〉，《中外文學》（1985年5月）第13卷第12期，頁102。

〔註128〕 黃彰健編著：《明代律例彙編》（臺北：中研院史語所，1979）下冊，頁503。

〔註129〕 黃彰健編著：《明代律例彙編》下冊，頁499。

王嬌鸞要立誓、寫婚書，除了間接說明了明代社會對婚書的看重，同時也展現了女性在情欲、理性的搖擺。

審視文本，能夠看到私情與禮教、律法的不斷衝突，文本中的男女情愛是自由，充滿勇氣的，但在現實中，光是律法規定的「嫁娶皆由祖父母父母主婚」〔註 130〕、「男女婚姻各有其時，或有指腹割衫襟為親者，並行禁止」〔註 131〕就可能使許多人退卻、被迫拆散。不否認文本的世界多了想像、無畏，但也承載了當時社會的想法，例如〈滿少卿飢附飽颺　焦文姬生仇死報〉，入話開頭便提起了一個疑問：為什麼男人可以在妻子死後再娶，女子在夫死後再嫁就顯得天理不容？雖然文本主軸為「負心」題材，但此疑問也彰顯了男女是否應該公平對待、平等視之的議題。

或許在明代社會中，已有不少人爭論起了男女的雙重標準，並認為既然男性可以再娶，女性再嫁也是情理之中，不應該受到比男性更為嚴重的批評。然而這樣的想法恐怕還只是在萌芽階段，雖然有部分群眾能夠反思，但敵不過主流思維，仍然順應傳統社會的要求，希望男性頂天立地、出人頭地，女性則能勤儉持家，相夫教子，各司其職，互不干涉。

《三言》、《二拍》中，馮夢龍、凌濛初雖然不乏在文本中灌輸了相當新穎、前衛的思考，但他們的作品面向大眾，希望能夠盡可能流傳更廣、更快，文本不能只有辛辣、犀利的角度，還要有符合傳統思維的男女婚嫁，以及對女性守貞節的肯定，才能在明代禮法森嚴的社會中得到大多數人的喜愛，達到教化的初衷，即越多人閱讀，並細品內容，才越能達到端正風氣的效果。也因此，即便馮夢龍、凌濛初在思想上有所突破，但《三言》、《二拍》多是點到即可，若語重心長、苦口婆心，又有多少讀者願意在案頭閱讀時，還要接受諄諄教誨？這與百姓藉由閱讀作品想要娛樂舒壓的本意是互相違背的。

明代社會的複雜，充斥著情欲、禮法的掙扎，這些癡情女子雖然嚮往愛情，也渴望脫離媒妁之言，由自己來選擇想嫁的良人，但最終仍然會回歸社會對男女的期待。而這份期待中，對女性的要求比較嚴格，諸如守貞節、從一而終、忍苦教子等，一方面凸顯出了女性成為妻子、母親後的犧牲奉獻，一方面也詮釋了女性的悲哀。

我們看到了女性鼓足勇氣踏出的步伐，不侷限於父母議定的親事，而是順

〔註 130〕 黃彰健編著：《明代律例彙編》下冊，頁 500。
〔註 131〕 黃彰健編著：《明代律例彙編》下冊，頁 500。

著心意找尋情人、伴侶，同時也在欲望的發展中逐步走出「真情」，她們不是
為了肉體的宣洩而發展私情，更多是找尋精神上契合的另一半，但最後，又需
要回歸現實，唯有律令保障的婚姻才是她們可以依靠的底氣，她們表現了對誓
言、婚書的執著，展現出女性依傍著的希望光芒。

　　若誓言、婚書盡數破碎，如王嬌鸞遭遇的背叛，這類女子將會顯得一敗
塗地，她們賭上清白、聲譽而追尋的愛情，竟如此不禁風吹草動。負心漢可
以一走了之，另外再娶，但女子清白已毀，心靈深受打擊，又如何能裝作無
事一樣？因此癡情女子在遭逢背叛後的選擇雖然看似多樣，但其實殊途同
歸，她們只能在苟活與死亡中徘徊。

四、統攝干涉的因素

　　前文所提三種要素都是干涉癡情女抉擇的關鍵，此節想要統攝上面所論
的人格特質、家世背景、社會複雜，綜合討論，整理出干涉、影響女子最大的
因素。在「癡情女子負心漢」文本中，我們可以注意到，在男女雙方所遇到的
愛情考驗裡，旁人、社會的干涉占了很大的部分，如長輩的主婚、社會的期
待、大眾對貞節觀的重視等，這些都或多或少影響癡情女子與負心漢的價值
觀，使他們在面臨抉擇之際，容易受這些干涉而改變初心，最後做出令人唏
噓的決定。

　　如〈王嬌鸞百年長恨〉的王嬌鸞，她與周廷章定下私情，但周廷章面對父
輩的議親，他是難以拒絕的，又見婚配對象魏氏貌美、家世極好，對前途有很
大幫助，使周廷章開始反思與王嬌鸞之間的關係。

　　周廷章當然是喜歡王嬌鸞的，甚至在與王嬌鸞分別時，閱讀她所寫的詩
也會睹物思人，涕淚交流，這是真情流露，做不了假。然而周廷章也有成為
人上人的野心，他見父輩議定的婚事，不僅形式上符合傳統的婚嫁流程，在
人選上也合心合意，挑不了刺，因此周廷章拋棄王嬌鸞，順從父輩的安排，
成家立業，再不管不顧癡癡等著他回來的王嬌鸞。而王嬌鸞知道自己被拋棄，
她明明可以重新開始新的生活，放下負心漢，但她執著認為自己與周廷章寫
過婚書、洞過房，已是真夫妻。人不可無信，周廷章已食言，她難道也要違
背當初的誓言嗎？因此王嬌鸞寧可長齋奉佛，也不願接受父母替她擇配夫婿
的計畫。

　　在王嬌鸞與周廷章的故事中，使他們關係走向「離散」的干涉事件為「父
輩議親」，以及「晚嫁」。「父輩議親」使周廷章動搖，他雖然想婉拒，卻又不

知道如何跟父輩交代已與王嬌鸞私下定情。周廷章自己也心志不堅，在見著婚配對象的美貌與財力後，便禁不住誘惑點頭答應了；「晚嫁」則是王嬌鸞父親見女兒聰明有才幹，不捨得太早把她嫁出去，希望多留在身邊分擔工作上的繁忙。

已屆適婚年齡，卻又遲遲沒有被擇配夫婿，王嬌鸞眼看著姊妹已經嫁人，心裡對愛情、婚姻是有嚮往的，這份對良人的想像、盼望，也成為她喜歡上周廷章的一個契機。正所謂來得早不如來得巧，兩人因緣際會遇見，漸漸熟稔，王嬌鸞對這份感情有了期待，她認定了周廷章就是理想中的人，因此深陷在愛情中無法自拔。就該文本而言，「晚嫁」是使王嬌鸞與周廷章有機會「聚合」的契機，而「父輩議親」則是使兩人走向「離散」的關鍵之一。

被「父輩議親」這干涉事件影響的文本還有：〈閑雲庵阮三償冤債〉、〈宿香亭張浩遇鶯鶯〉以及〈滿少卿飢附飽颺　焦文姬生仇死報〉。〈閑雲庵阮三償冤債〉阮三郎（前世）受父輩議親，不敢坦白自己已與一名妓女（陳玉蘭前世）訂下私情，只能接受婚配，辜負了殷殷企盼的妓女，使之最後鬱鬱而終；而今生中，陳玉蘭在阮三郎死後懷上孩子，她承受著「社會對女子的苛刻與期待」這干涉事件，如知曉未婚先孕會被眾人議論，因此本想一死了之，這是社會對女性的苛刻處；而陳玉蘭經過考量，承諾要將孩子拉拔長大，這卻是社會對女性的期待處，希冀著這樣柔弱的女子展現出母親偉大堅強的一面，成為那雙「推動搖籃的手」。不能否認陳玉蘭在做決定的背後，或許有考量到社會對女性那微妙的寬容度，在最大限度的範圍內，既保全了自己與阮三郎的名聲，也能順利讓孩子長大成人，並且成為狀元，從此街坊鄰居再不提當年對陳玉蘭指指點點的行為，只稱讚陳玉蘭教子有成，貞節賢慧。至此，陳玉蘭符合了社會對女性形象的期許，得到了眾人的認同。

〈宿香亭張浩遇鶯鶯〉也面臨「父輩議親」這項干涉事件，張浩與李鶯鶯的感情可說是水到渠成，只要李鶯鶯到了適婚年齡，張浩再央人說親，這件事必定能成，誰知道張浩的父輩竟已替他議親。張浩性格內斂，不知道如何拒絕，只能順勢接受婚事，並請惠寂轉達自己的不捨與無力。這時李鶯鶯不願被「父輩議親」這個事件成為她與張浩得到幸福的阻礙，因此打破了「社會對女性苛刻與期待」的干涉，奮力爭取公道，如願與張浩結為夫妻。

認為女性要乖巧聽話，等待父母擇配夫婿，這是社會對女性的期待；而女性私下定情的對象準備另娶他人，卻又難以為自己住持公道，便是社會對女性

的苛刻處，因為沒有透過父母、媒人而產生的交集、情感都是有違道德、律法的〔註132〕，是不被允許的。而李鶯鶯能夠打破社會對女性的固有限制，積極主動爭取自身婚姻，這是不簡單的行為，同時也是她如願以償的關鍵。

〈滿少卿飢附飽颺　焦文姬生仇死報〉中，若無「父輩議親」干涉，或許滿少卿會順利選官，迎焦氏父女一同赴任官地，從此幸福度日。可惜滿少卿的父輩沒有問過他的意見，也沒有徵求他的同意，直接將婚配對象定下，滿少卿回族中，見到事情如火如荼進行著，有些騎虎難下。因此「父輩議親」成為一個分水嶺，使滿少卿與焦文姬逐漸走向「離散」的結局。而焦文姬千算萬算，大抵也沒想到，滿少卿選官的途中會遇到族人，回族省親的時候就被追趕著成家。當然滿少卿的負心除了「父輩議親」這樣的干涉事件外，還有內心對於「明婚正配」的掙扎，他認為與焦文姬的情感是私情展開的，只能算是外遇，因此兩人分開後各自嫁娶，也是非常合理的，只是滿少卿沒想過，焦文姬是真心看待這段婚姻，也因此當滿少卿一去不回時，她才格外懊惱悔恨，最後走上絕路。

除了「父輩議親」外，在「癡情女子負心漢」文本中，還有「社會對女子的苛刻與期待」，通常這個干涉事件伴隨的有社會大眾對貞節觀的重視，還有對婚姻流程的要求，以及希望女子保持某種形象者，都能歸屬於此類。前文討論「父輩議親」時，也能看到一些癡情女子也面臨著社會對女子的苛刻與期待，一邊承受著輿論，一邊活成社會大眾最敬佩的樣子（守貞、忍苦教子等），不禁讓人唏噓女性明明沒有多少選擇，卻處處受限，她們的人生似乎比起「自己怎麼想」更多卻是在乎「別人怎麼看待」，也因此，能夠打破「社會對女子的苛刻與期待」的李鶯鶯更教人佩服與讚嘆。

〈金玉奴棒打薄情郎〉中，金玉奴無非也是被「社會對女子的苛刻與期待」給限制住，她講究著門第觀念，哀怨自己家風不好，因此更用心支持莫稽讀書。而後莫稽為了更美好的前程，竟對金玉奴產生殺意，將之推入江中。金玉奴獲救後，堅決不肯改嫁，甚至直言「雖出寒門，頗知禮數」，代表金玉奴也被受限於門第關、貞節觀中，她雖然不是出自名門世家，但也表明要堅

〔註132〕 在上一小節「明代社會的複雜」中提到，明代有成文法規定，男女的婚姻需要透過父母、媒人經由「寫立婚書，依禮聘嫁」的流程，才能受律法保障。若有違律法，則婚姻無效，還會受到懲罰。在〈宿香亭張浩遇鶯鶯〉中，李鶯鶯上訴成功，挽回了與張浩的感情，除了呈現私情與禮法的衝突，也展現了男女情愛在成文法上的挑戰。

守婦道，不願意因為莫稽的背叛而玷汙自己的婦節。

　　講究著婦女守貞守節，希望婦女從一而終，乖順溫婉支持著丈夫，一向都是社會對女子的苛刻與期待，苛刻的是女子即便從丈夫身上得到傷害，但她們難以擺脫不對的人，只能無盡的忍耐與承受；而期待的部分則是希望女子在哪怕是金玉奴這種情境下受到丈夫迫害，也要不改初心，恪守婦道，寧可自己一生孤苦伶仃，也不可以打破「從一而終」局面。

　　同樣是面臨了「社會對女子的苛刻與期待」這項干涉事件，李鶯鶯選擇打破，而金玉奴選擇乖順接受，她們雖然同樣迎來了「聚合」的結局，卻讓筆者心裡有些不舒坦，認為金玉奴對莫稽的懲罰太輕，對他的原諒太快，但又不得不體認到，這是多少個舊時代女子會遇到的事情？而這些女性中，恐怕多的是委曲求全的金玉奴，難有為自己討公道的李鶯鶯。

　　〈白玉孃忍苦成夫〉中的白玉孃也被「社會對女子的苛刻與期待」影響著，她被賣到顧大郎家後，不願背叛程萬里，寧可吃更多的苦，只願保持貞節，不辱夫名。後來白玉孃入尼姑庵出家，她日夜為重要的人誦經祈福。白玉孃是很典型的「犧牲奉獻」的女性，她是丈夫眼中聰明賢慧的妻子，在外人眼中則是支持著丈夫行為，吃再多苦也不怕的「成功男人背後的偉大女人」，她比起李鶯鶯少了一點執著、積極，卻又比金玉奴多了一點灑脫，她受限於貞節觀，同時心裡也不願委身他人，因此勇敢說不，拒絕了顧大郎，而她一路走來，堅忍不易，她不怨天尤人，只默默做好自己的事情，願一切問心無愧，願所愛的人一生順遂，她不奢求再續前緣，只要程萬里當個好官，造福百姓，她便知足滿意。

　　筆者認為，白玉孃並沒有像李鶯鶯一樣打破「社會對女子的苛刻與期待」，相反她是「超越」，她已然不在乎世俗如何看待，而是專注在自身，她牽掛著程萬里，知道他平安、成功，她便心滿意足，她不認為自己受苦，更多是順應著命運，既來之，則安之，雖然無力改變自己的處境，但她不自怨自艾，一心向前，反而讓人驚覺，如此犧牲奉獻的女性，原來也可以活得灑脫自在。也正是如此，讀者才能理解，多年後程萬里託人尋回白玉孃時，為何她原先是拒絕回到程萬里身邊的，因為比起夫妻團圓，她更重視的是程萬里有無完成她的期待（當好官，造福社稷），程萬里做到後，她便再無牽掛。就這點而言，白玉孃的心態是相當好的，她並不糾結於情愛，而是眼光放遠，期許亂世之中有人能給百姓一個安穩的生活狀態，她自己是窮困潦倒還是長

伴青燈都無所謂。

白玉孃雖然表現出了犧牲奉獻、乖順聽話、守貞守節的形象，但實際上她無謂脅迫，勇敢做出自己認為對的事，說出自己的想法，這是非常不容易的，也使人不禁思考，白玉孃忍苦成夫，是不是其實也在成就她自己？她雖然無力改變自己的艱難處境，但她心懷眾生，不是男兒卻更勝男兒，也無怪程萬里在與之對談時，曾一度因為白玉孃不凡的見識而懷疑其為張千戶派來試探的人。

另外，「家人的指責」與「父輩議親」有些大同小異，都是長輩的干涉居多，如〈李克讓竟達空函　劉元普雙生貴子〉孫姓兒子與妻子如膠似漆，卻因為婆婆看不慣媳婦而不斷挑播離間，讓孫姓兒子常被父親責罵，夫妻間更是因為父母的嫌惡情緒而常有衝突，家庭氣氛降到冰點。而「家人的指責」除了是夫妻感情產生裂痕的因素，也展現出孫姓兒子唯唯諾諾沒有擔當的性格，他以和為貴，希望藉由休妻來使家庭氣氛和諧，他無視妻子的委屈，又無法成為家庭衝突中的調和劑。妻子看清了孫姓兒子的態度，只能紅著眼眶，帶著休書離開。

與「父輩議親」相近的還有「父親怒火」，〈杜十娘怒沉百寶箱〉中，多次提及李甲畏懼父親權威，甚至因為知道父親處在盛怒之下所以花光了錢財也不敢回家，以及成功替杜十娘贖身後，又顧忌著父親的怒火而不領杜十娘回家，打算先在附近遊山玩水，待父親情緒緩和後，再作打算。「父親怒火」並非造成李甲與杜十娘走向破滅的關鍵，卻是成功看出李甲性格的一面鏡子，從李甲的行為舉止，讀者不難發現他膽怯怕事的性情，若回家後李甲父親十分不滿意杜十娘曾經的妓女身分，強烈要求李甲趕走她，或許李甲幾經掙扎，仍然會順從父親的要求，將杜十娘驅逐。

除了「父親怒火」，文本中還出現「孫富貪圖美色」及「錢財」等干涉因素，孫富見到杜十娘的美貌，驚為天人，因此產生了想要得到美人的念頭；而錢財一直都在文本中反覆出現，首先是「三百金贖身費」而後是「千金換十娘」的交易，「錢財」一直是李甲的軟肋，三百金是柳遇春、杜十娘幫忙才湊足的，加上不敢回家，阮囊羞澀，他對錢財是渴求的。這時孫富帶著千金而來，只要求交換十娘，如此一來，錢財有了，父親怒火也會平息。這對李甲來說當然是求之不得的事情，但李甲的性格中是有「拿捏不定主意」的，他甚至不願當決斷的人，因此詢問杜十娘意見。在杜十娘答應千金易人後，他喜上眉梢，既有孩童的天真直率，又有負心漢的殘酷無情。

　　在多重的干涉因素之下，李甲的缺點越漸明顯，甚至威脅到了杜十娘的人身自由，才剛從教坊司重獲自由的杜十娘，又如何願意跳入另一個火坑？因此她做了決定，非要給負心人以及挑播離間的人一個教訓，讓他們知道錯誤，最好終生都不得解脫，而故事最後也向讀者展示了兩人的結局，的確是抑鬱、精神錯亂，就算還活著，也已經是行屍走肉了。

　　〈簡帖僧巧騙皇甫妻〉則是因「簡帖僧設下的騙局」這干涉事件而使得皇甫松與妻子楊氏「離散」，這項騙局可說是相當縝密了，非常精準得勾起皇甫松的懷疑，等楊氏被休後，簡帖僧再找一個婆子勸阻楊氏自殺，等安穩住楊氏情緒後，再一步步引導楊氏嫁給自己。這項騙局若非皇甫松與楊氏心中還有著彼此，再度相遇時，兩人眼眶含淚，情緒感慨，簡帖僧對此有些不滿，才坦白了自己設下的這場騙局，只怕皇甫松到死都不會知道與楊氏的分開，竟然是有心人所設下的局。而這個外在因素也間接呈現出了女子脫離丈夫後，無依無靠的下場，要嘛一死了之，要嘛另尋對象改嫁。女子的選擇充滿無奈，她們無所謂要不要、想不想，而是只能在生與死中做決定，若為生，則需要改嫁或趕緊學到自力自強的生活技能；若為死，則在被休離後沒多久，女子便會失去希望投向死亡的懷抱。楊氏的無助，也呈現了傳統女性被丈夫休離後的窘境。

　　〈楊思溫燕山逢故人〉中出現的干涉事件則是「生死相隔」與「丟棄骨匣」，韓思厚雖然給予了鄭義娘不續弦的承諾，但兩人生死相隔，無法有夫妻生活、情感交流，韓思厚總會寂寞，而他生性風流，也的確又喜歡上了別人，最後出爾反爾，娶了繼妻。韓思厚的行為無可厚非，但他最不可饒恕的行為是「丟棄骨匣」，竟將好不容易帶回金陵安葬的骨匣又掘了出來，丟棄至江中，這讓鄭義娘情何以堪？原先鄭義娘是明白韓思厚性子的，她也不強求、不約束韓思厚，但韓思厚給出承諾又做不到，甚至丟棄骨匣，實在天理難容，也令鄭義娘寒心，因此最後鬼魂現身，索討韓思厚性命，讓他為自己的言行舉止付出代價。

　　〈王嬌鸞百年長恨〉頭回中，穆廿二娘所面臨的干涉因素恐怕是「門當戶對」，她是妓女，楊川是尋芳客，兩人的身分本來就不對等，在愛情中又如何能平起平坐？楊川臨走前承諾會迎娶她，穆廿二娘便主動拿出錢財，想要幫助楊川，期待他有所成後再來帶她走，但她盼呀盼，只換來心灰意冷。楊川在故事中並未出現，無法得知他的思考，但妓女與尋芳客之間，很難有美好的結局，甚至楊川在多年後娶妻生子，成家立業，恐怕對穆廿二娘也沒有

多少愧疚心。對他而言，或許只有門當戶對的婚姻才是真，與妓女的風花雪月不過是一次次的感情消遣。穆廿二娘的深情並沒有錯，但她敗給了門當戶對的觀念，只要她是妓女的一天，似乎永遠沒辦法和人平等地談情說愛，也無法名正言順成為某個男人的正妻，因為在那之前，男人必定有更多更好的姑娘家可以選擇，他並不一定要身處妓院的「殘花敗柳」，而在縱情聲色的場所，又有多少人願意交出真心呢？

下面以表格 3-18 統攝前文，將各文本中所發生的干涉因素一一羅列：

表 3-18 「癡情女子負心漢」癡情女做抉擇背後的外在因素一覽表

文　本	外在因素
《喻世明言·金玉奴棒打薄情郎》	社會對女子的苛刻與期待
《喻世明言·簡帖僧巧騙皇甫妻》	簡帖僧設下的騙局
《喻世明言·閑雲庵阮三償冤債》	社會對女子的苛刻與期待、父輩議親
《喻世明言·楊思溫燕山逢故人》	生死相隔、丟棄骨匣
《警世通言·宿香亭張浩遇鶯鶯》	社會對女子的苛刻與期待、父輩議親
《警世通言·杜十娘怒沉百寶箱》	孫富貪圖美色、錢財、父親怒火
《警世通言·王嬌鸞百年長恨》頭回	門當戶對
《警世通言·王嬌鸞百年長恨》正話	晚嫁、父輩議親
《醒世恒言·白玉孃忍苦成夫》	社會對女子的苛刻與期待
《拍案驚奇·李克讓竟達空函　劉元普雙生貴子》	家人的指責
《拍案驚奇·東廊僧怠招魔　黑衣盜奸生殺》	社會對女子的苛刻與期待
《二刻拍案驚奇·滿少卿飢附飽颺　焦文姬生仇死報》正話	父輩議親
《二刻拍案驚奇·張福娘一心貞守　朱天賜萬里符名》	社會對女子的苛刻與期待

我們可以發現，在這些干涉因素中，來自長輩、社會的壓力是最大宗的，一直到現如今，也時常有人深陷煩惱，深怕自己達不到長輩的要求，害怕自己無法融入社會，活出社會所期待的模樣。

文本中的女性焦慮、痛苦，因為求而不得，以及深刻認知到自己的無能為力，所以更加難以解脫，她們孤立無援，似乎除了自憐自救，也沒有其他的辦法。在癡情女子做抉擇的背後，我們可以看到許多相似的干涉因素，她們有的

敵不過壓力，選擇妥協；有的打破規則，活出自我；也有的超越它，重新定義了生命的價值。這些女子雖然只是文本中的人物，但她們所散發的精神、表現出來的形象，無一不影響著後世，也使讀者在閱讀完畢後反思，如果遇到類似的情況，自己會想要成為什麼樣的人呢？面對困境，我們會做出跟癡情女子一樣的決定嗎？而當讀者陷入這樣的思考，並能得出結論的時候，文本傳世的意義也愈發深刻，它不再只是娛樂大眾，供人閒暇時閱讀的作品，而是呈現世間百態，宛如借鏡的存在。

本章小結

　　癡情女子遭遇負心漢的背叛、離棄後，必須對自身處境做決定。有趣的是，明明她們有不一樣的出身、性格、學識，卻又驚人的走向相似的結局。如基於各種理由被負心漢拋棄背叛，但對此只能無力回天的白玉孃、陳玉蘭（前世）、鄭義娘、金玉奴、楊氏、張福娘；以及不同情境下被背叛，有的設法教訓，有的只能以死尋求解脫，但她們都是香消玉殞的一類，令人憐憫，如杜十娘、王嬌鸞、焦文姬、穆廿二娘。

　　可以發現這些女子們所能做的決定不多，甚至對她們來說，「自我了結」或許才是最能夠自己控制的事情。其他如守貞、出家、再嫁，很多都是迫於生活的無奈、社會的風氣、時代風貌才做出的決定，未必是她們本心。而在她們極度痛苦、難受之際，步入死亡的這個決定才是她們這一生中最不受他人影響、干涉的選擇。

　　但儘管這些癡情女子有相似的結局，但她們在文本中卻先後有不同的決定，如選擇守貞過日的（張福娘、陳玉蘭），本想尋死卻經人勸說打消念頭，後來又為了生存而改嫁的（楊氏），長伴青燈為人祈福誦經的（白玉孃），也有積極奮力為自己出頭的（李鶯鶯）。從文本來看，關鍵在於家世背景的影響、人格特質的展現。家世越好的，在行為決斷上較有想法，也會主動積極。她們不卑微，理智聰明，因為較難有機會接觸異性，一旦有機會便會格外珍惜得來不易的愛情。只是這些家庭環境不錯的女性仍然逃脫不了父權之下的固有思想，仍受限其中，在面對負心後，所能做的選擇也相對狹隘。

　　人格特質的展現之所以重要，是女子能夠跳脫「依附男子」思維的關鍵。從文本中不難看出女子對男子功名利祿的重視、期許，但女子自身的價值卻少有體現，無不是相夫教子，當個賢慧的賢內助為最終理想。待在男子身後

默默支持的女子，一旦遭到負心，很容易兩頭空，什麼都沒有、什麼都不是。只有自己主動、積極爭取，面對困境也有辦法面對解決，才可能提升自身價值。

家世背景較普通的女子，則是常見的傳統女性，她們講究禮教、婦德、婦節，也沒有底氣（錢財、才學）可以改變自己的劣勢，通常只能指望著孩子爭氣、負心漢回心轉意。她們軟弱無力，面對背叛是痛心怨恨的，卻也很難有機會給予負心漢懲罰，只能在哀怨中過活，甚至因為負心漢的拋棄而無法生存。

這些女子的經歷、思維，有些呈現了明代社會的複雜性，既展現了對男女標準不一的見解，也表現出了禮法森嚴之下，對私情發展的默許，她們或許知道自己的行為不符律令，但情難自禁，因此踏出了步伐，追求真情。但鼓足勇氣的同時，也希冀著最終目標是婚姻的保障，如此一來，她們才不會在不安中數度徘徊，也因此，當癡情女子遭遇背叛，她們身心受到打擊，也只能在苟活與死亡中選擇。

統攝這些干涉的因素，可以發現「父輩的議親」、「社會對女性的苛刻與期待」無一不是女性壓力的來源，她們縱使找到了對的伴侶，卻又可能敵不過那些干涉因素，如文本中最常出現的「父輩議親」，當父母為負心漢擇訂婚配對象時，負心漢往往在糾結過後，選擇了最符合「明婚正配」的形式，從而拋棄癡情女子。同時，有些干涉事件的發生，有利於讀者更明白人物性格、思維，在細節上更能確立人物形象的具體性。

傳統社會中的女性大多習慣了壓抑，她們學習如何溫順婉約、乖巧聽話，她們展現了社會上所希望的女性美，抑制了自己本身的人格特質。在文本中，能夠迎向較美好結局，或者展現出令人敬佩的精神、意志的女性，都是有充分展現人格特質的，如李鶯鶯的積極主動；杜十娘的小心謹慎，她們敢於展現自我，表現出女性的另種風情，如自信、大膽、主動。而那些不能跨出第一步，在講究統一的女性審美的社會中逆風展現人格特質的癡情女子，則容易故步自封，被父權社會對女性的既定印象給束縛，最終消失在時間的長河中。

人格特質的培養與展現並非一朝一夕，除了教育水平、社會歷練、家庭環境都有所影響外，更重要的是愛自己。只有對自己重視在乎，精神上不依附他人、他物，才能更專注於成長，體現女性獨有的價值。

統攝第三章「癡情女子面臨負心的處境與應對」之論述結構圖如下：

圖 3-1　第三章結構圖

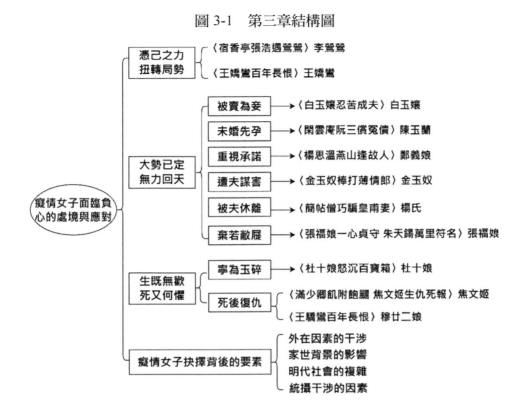